Morgan Dark

SECRET ZERO

Morgan Dark

SECRET ZERO

DER DOPPELGÄNGER

Roman

Aus dem Spanischen von
Kristin Lohmann

GULLIVER
von BELTZ & Gelberg

MIX
Papier aus verantwortungsvollen Quellen
FSC® C089473
www.fsc.org

Dieses Buch ist erhältlich als:
ISBN 978-3-407-74961-1 Print
ISBN 978-3-407-75784-5 E-Book (EPUB)

Die spanische Originalausgabe erschien unter dem Titel *Doble Zero*
bei Rubiños 1860, Madrid
Übersetzung: Kristin Lohmann
Lektorat: Christian Walther
Neue Rechtschreibung
Einbandgestaltung: Cornelia Niere, München
Bildnachweis: CHBD/gettyimages
Satz: publish4you, Engelskirchen
Druck und Bindung: Beltz Grafische Betriebe, Bad Langensalza
Printed in Germany
1 2 3 4 5 23 22 21 20 19

Weitere Informationen zu unseren Autoren_innen
und Titeln finden Sie unter: www.beltz.de

PROLOG

Niemand wollte in Garden Rose leben. Einmal abgesehen von seinem poetischen Namen, kam dieses Elendsviertel einer menschlichen Müllhalde gleich. Dort landete man, wenn es wirklich keinen anderen Weg mehr gab, wenn einem nichts anderes mehr blieb, als von dem zu leben, was andere wegwarfen, oder in völliger Armut vor sich hin zu vegetieren. Nicht einmal die Polizei wagte sich an diesen Ort, wo sich fast ausschließlich Bettler und Drogenabhängige herumtrieben. Es gab keinen Strom. Auch kein fließendes Wasser.

Die Straßen waren menschenleer. Kein Kind spielte oder lachte hier. Nichts als Müll lag auf den Straßen, irgendwelcher Schutt, den die Leute aufsammelten und später auf dem Schwarzmarkt verkauften, und auf öden Freiflächen standen dicht zusammengedrängt halb verfallene Baracken.

Er aber fürchtete sich nicht, trotz des deprimierenden Anblicks. In gleichmäßigem Takt hallten seine Schritte durch die Nacht. Tock. Tock. Tock. Die Hände hatte er tief in den wärmenden Manteltaschen vergraben.

Er blickte sich um. Kaum hatte er den Kopf gedreht, huschten zwei Schatten in die schützende Dunkelheit. Aber er blieb gelassen; ihm war klar, dass er beobachtet wurde. Garden Rose gab sich Fremden gegenüber nicht besonders aufgeschlossen. Und *er* war ein Fremder. Ein Unbekannter in dieser verlassenen Gegend. Er ging weiter, nahm es stoisch hin, heimlich gemustert zu werden, bis er schließlich fand, was er suchte.

Ein Haus. Halb verfallen. Das Dach eingestürzt, die Holzlatten der Fassade vermodert.

Sein Mund verzog sich zu einem falschen Lächeln.

Mit einem Handschlag fegte er das dürre Unkraut beiseite, das den Eisenzaun um das Haus völlig in Beschlag genommen hatte, und drang in den Garten ein. Wilde Blumen und Gestrüpp zerknickten unter seinen Schritten.

Er blieb erst stehen, als er ihn sah. Wie er auf einem Schaukelstuhl aus Korb unter dem Dach der Veranda saß. Mit geschlossenen Augen und zurückgelehntem Kopf. Er war alt geworden; das Haar weiß und das Gesicht von Falten zerfurcht. Wie ein Greis sah er aus. Ein ausgemergelter, schwacher alter Mann.

»Hallo, Timothy.«

Der Mann im Schaukelstuhl fuhr zusammen. Er richtete sich auf und fokussierte das Gesicht des Besuchers. Wie in Zeitlupe weiteten sich seine Augen. Ein Ausdruck des Entsetzens durchfuhr sein leichenblasses Antlitz.

»Du ... du ...«, stammelte er. »Wie ... wie hast du mich gefunden?«

»Na, hör mal, Timothy. Begrüßt man so einen Freund?« Er kam ein paar Schritte näher. Sein Fuß streifte einen Busch, und im selben Moment schoss eine spitze Lanze zwischen den Ästen hervor und zischte durch die Luft. Er drehte sich gerade noch rechtzeitig weg; die Spitze berührte ihn nicht einmal. Aber er verzog den Mund in einem Anflug von Genervtheit.

»Ich rechne schon seit Jahren mit dir«, sagte Timothy. »Und ich habe mich auf deinen Besuch vorbereitet.«

»Das habe ich gemerkt ...«

»Warum bist du gekommen?«

»Ich will dich nur um deine Hilfe bitten.« In einer Geste der Unschuld hob er die Arme. »Ich suche jemanden ... und um diesen Jemand zu finden, brauche ich dich. Sobald ich ihn habe, verschwinde ich dorthin zurück, wo ich hergekommen bin.«

Timothy schluckte. Ein paar Sekunden schwieg er. Aber dann klang seine Stimme selbstsicherer und gefestigter als zuvor.

»Ich habe in den letzten zehn Jahren versucht, die Vergangenheit zu vergessen. Ich habe mich gezwungen, mir selbst zu verzeihen für das, was ich getan habe. Das ist mir bis heute nicht gelungen. Ich werde nicht zulassen, dass sich die Vergangenheit wiederholt, nie mehr. Ich werde tun, was zu tun ist – und wenn es bedeutet, dass ich dabei sterbe.«

»Heißt das, du wirst mir nicht helfen?«

»Ganz genau.«

Der Fremde verlagerte das Gewicht von einem Bein auf das andere, als würde er gründlich über die Antwort auf eine komplizierte Frage nachdenken.

»Mir schlägt man nichts aus, Timothy«, raunte er schließlich unterkühlt. »Ich werde ihn so oder so finden, mit oder ohne deine Hilfe. Das weiß du genauso gut wie ich.«

»Mag sein. Aber zuvor werde ich dafür sorgen, dass er weiß, wer du bist und was du getan hast.«

»Aber nur, wenn ich damit einverstanden bin ...«

Er nahm die Hände aus den Taschen. Zwischen seinen Fingern blitzten bedrohlich zwei spitze, funkelnde Dolche in der Dunkelheit.

»Es gab eine Zeit, in der wir gute Freunde waren, Tim ... Wirklich bedauerlich, dass unsere Freundschaft so enden muss.«

Die Dolche schnellten aus seinen Händen und drangen mit einem dumpfen Geräusch in Timothys Körper ein. Blut rann über den Schaukelstuhl und ein markerschütternder Schrei zerriss die Stille der Nacht.

ERSTER TEIL

KAPITEL 1

Es ging doch nichts über einen Tag, der mit einer guten Nachricht begann – das jedenfalls war eine meiner felsenfesten Überzeugungen. Deshalb war ich auch schlagartig bester Laune, als ich nach dem Aufstehen die Zeitung durchblätterte.

»Star«-Detective entlassen

Fast ein halbes Jahr ist es her, dass die Behörden Dimitri Cooper offiziell zum Verantwortlichen für Zeros Gefangennahme machten. Gestern nun gaben der Polizeichef von Los Angeles und der Bürgermeister in einer Pressekonferenz die vorzeitige Entlassung des Detectives bekannt.

Grund dafür ist offenbar sein letzter Einsatz, von dem nur wenig an die Öffentlichkeit durchgedrungen war. Wer sein Nachfolger wird, ist noch nicht bekannt, es wird jedoch spekuliert …

Mein ärgster Feind, mein hartnäckigster Verfolger, wegen dem ich mir einen Riesenschwindel hatte ausdenken müssen, um nicht im Gefängnis zu landen, verschwand nun also endlich aus meinem Leben.

Ich hätte ihn ja zu gerne gesehen. Hätte zu gerne neben ihm gestanden, als seine Vorgesetzten sagten: »Sie sind gefeuert, Cooper.« Das wäre doch mal eine Szene, die es wert wäre, sich für immer ins Gedächtnis zu brennen. Wobei, wenn ich es mir recht überlegte: Ich könnte die Aufzeichnung von der Pressekonferenz ja auch einfach stehlen und sie mir immer mal wieder reinziehen, wenn mir langweilig war ... Hm, eigentlich ein ziemlich verlockender Gedanke.

Und außerdem ein schöner Vorwand, um mal wieder in Zeros Anzug zu schlüpfen.

Ein Monat war vergangen seit dem Erntedank-Dinner. Seitdem hatte ich keinen einzigen Diebstahl mehr begangen. Auch weil mir die Ärzte nach der Operation, bei der die Reste des Chips entfernt worden waren, geraten hatten, erst mal ruhig zu machen, damit ich mich erholen konnte. Und ruhig machen hieß: keine Diebstähle. Keine Verfolgungsjagden. Keine aufgebrachten Polizisten.

Ich hatte immer noch einen kleinen, rechteckigen Verband auf dem Kopf, der mich an den jüngsten chirurgischen Eingriff erinnerte. Aber mal abgesehen davon, dass die Stiche gelegentlich ziepten, ging es mir blendend. Die Albträume hatten aufgehört. Mir war auch nicht mehr übel und ich hatte keine Kopfschmerzen mehr. Mein Leben und meine Erinnerungen waren wieder dort, wo sie hingehörten, ich hatte Len und Miranda an meiner Seite und meine Kugel ruhte in Sicherheit in dem gepanzerten Raum unter der verlassenen Kapelle meiner Eltern.

Alles war zur Normalität zurückgekehrt.

Und um das zu feiern, hatte ich heute das Polotraining sausen lassen und den gesamten Nachmittag auf einer Luftmatratze mitten im beheizten Pool von Drayton verbracht.

Das nenne ich Leben!

»Mister Blake!« Die Stimme von Sebastian Lawrence, dem Direktor von Drayton, durchbrach die friedliche Ruhe meines entspannten Nachmittags. Darum bemüht, nicht nass zu werden, lief er den Rand des Pools entlang, bis er auf meiner Höhe war. Er trug einen grauen Anzug mit passender Krawatte und das unerlässliche weiße Hemd dazu. Makellos, wie immer.

»Sebastian!« Ich hob die Hand zum Gruß. »Hast du's schon gehört? Sie haben Cooper entlassen! Sieht ganz so aus, als ob der lästige Typ kein Hindernis mehr für uns wäre. Dir ist schon klar, was das heißt, oder? Größere Bewegungsfreiheit!«

»Äh ja, Sir, wirklich eine großartige Nachricht, nur ...«

Dieses »nur« gefiel mir ganz und gar nicht. Genauso wenig wie das Begräbnisgesicht, das Sebastian dazu machte.

»Was ist?«

»Sie haben Besuch.«

»Und? Ich habe eine Badehose an. Du wirst ja wohl kaum wollen, dass ich in dem Aufzug einen Gast empfange, oder? Das wäre vermutlich nur schwer mit deinem Anstandsempfinden zu vereinbaren ...«

»Nein, Mr. Blake. Sie verstehen nicht ...« Er war nervös. Und in seiner Stimme lag eine gewisse Beunruhigung. Wahrscheinlich sprach er auch deshalb so leise, dass ich ihn nur mit Mühe verstehen konnte. »Es handelt sich um Adam Grossman.«

Ich richtete mich so abrupt auf, dass meine Luftmatratze ins Schwanken geriet und ich beinahe ins Wasser gefallen wäre.

»Grossman? Was will der denn hier?«

»Ich weiß es nicht, Sir. Er ist vor wenigen Minuten in Drayton eingetroffen, und das Erste, worum er mich bat, war, Sie zu sprechen.«

»Mich?«, wiederholte ich erstaunt. Sebastian nickte.

»Wenn Sie möchten, sage ich ihm, dass Sie sich unpässlich fühlen ...«

Ich stieß die Luft aus, die ich, ohne es zu merken, angehalten hatte. Ich hatte Grossman nicht mehr gesprochen, seit wir uns auf dem Empfang des Erntedank-Dinners begegnet waren, kurz bevor Miranda in Zeros Outfit Cooper den ultimativen Schlag versetzt hatte. Warum war er jetzt plötzlich so sehr daran interessiert, mich zu treffen?

»Nein. Ich komme«, entschied ich. »Mal sehen, was der Mörder meiner Eltern von mir will.«

Adam Grossman wartete in Sebastians Büro auf mich. Als ich die Tür öffnete, wanderte sein Blick unruhig im Raum umher, bis er schließlich dem meinen begegnete – als hätte er sich in der Zwischenzeit überlegt, ob er mich am Leben lassen sollte oder nicht. Er hatte Platz genommen, die Beine übereinandergeschlagen und die Hände im Schoß verschränkt. Die typische Haltung eines unerträglichen Arrogantlings. Die allerdings perfekt zu ihm passte. Er dachte nicht nur, dass ihm die Welt gehörte, sondern er verhielt sich auch so.

»Hi, Kyle.« Ich war immer noch überrascht, was für eine Wut in mir aufloderte, wenn ich ihn sah. Ich deutete ein diplomatisches Lächeln an.

»Hi, Mr. Grossman. Welche Überraschung, Sie erneut in Drayton zu begrüßen.«

»Ich wollte nur sehen, wie es dir geht nach dem Vorfall beim Erntedank-Dinner.«

Ich spürte den Impuls, mich auf ihn zu stürzen und ihm die Faust in sein durchtriebenes Heuchlergesicht zu zimmern.

»Oh, vielen Dank, wie nett von Ihnen.« Ich dehnte mein Lächeln so weit aus, dass mir die Gesichtsmuskeln wehtaten. »Es geht mir ausgezeichnet. Das war ja eigentlich ein ganz belangloser Unfall.«

»Das freut mich zu hören.« Er stand auf und kam auf mich zu. Dabei waren seine Bewegungen so langsam, dass sie mir wie einstudiert vorkamen. »Michael spricht ja in den höchsten

Tönen von dir, er hört gar nicht mehr auf damit. Sieht aus, als wärt ihr das optimale Team.«

»Mike und ich sind Freunde, seit wir im Internat sind. Man könnte sagen ...«, ich machte eine Pause, um nach den passenden Worten zu suchen und keinen Mist zu bauen, »... dass wir uns einfach perfekt verstehen. Wie Brüder.«

»Brüder, ja? Hm ... verstehe.« Seine Mundwinkel bogen sich nach oben, als fände er diese Vorstellung besonders witzig. Ein paar Sekunden lang beobachtete er mich einfach nur. Dann hielt er mir einen weißen Umschlag hin. »Ich wollte dir aber auch das hier geben.«

»Was ist das?«, fragte ich misstrauisch.

»Eine Einladung. Ich werde in der Vorweihnachtszeit eine Wohltätigkeitsveranstaltung in meinem Haus abhalten und es würde mich freuen, wenn du kommst. Es war gar nicht so einfach, Mike davon zu überzeugen, mich dir die Einladung persönlich überbringen zu lassen.«

»Aber die Mühe hätten Sie sich doch nicht extra machen müssen.«

»Aber sicher doch! Du bist schließlich der beste Freund meines Sohnes, und Freundschaften muss man pflegen.« Genau – indem man sie erschießt, seine Freunde, so wie er meinen Vater, dachte ich grimmig. Ich streckte die Hand aus und nahm den Umschlag. Aber Grossman ließ nicht los. Er hielt den Umschlag sogar extra fest, damit ich ihn nicht an mich nehmen konnte. »Ich muss gestehen, dass ich schon seit den Ereignissen beim Erntedank-Dinner unter vier Augen mit dir reden wollte.«

»Ach ja?«

»Es gibt nicht viele Menschen, die sich trauen würden, Zero auf diese Art aufzuhalten. Dazu braucht es ganz schön viel Mut.«

»Ich habe nur getan, was mir richtig erschien.«

»Ich denke, es war doch etwas mehr als das. Erst recht, wenn man die seltsame Vorstellung von Detective Cooper hinsichtlich deiner Beziehung zu Zero bedenkt ...« Er ließ die Wörter einfach so fallen, als ob nichts wäre, als würde er irgendwo vorbeikommen und spontan entscheiden, einfach mir nichts, dir nichts eine Atombombe fallen zu lassen. Aber ich biss nicht an und blieb völlig ungerührt.

»Wir wissen doch alle, das Zero mich seiner Diebstähle beschuldigt, um Cooper hinters Licht zu führen und selbst mit heiler Haut davonzukommen. Der Detective hat einfach nur seine Arbeit gemacht.«

»Du bist wirklich sehr verständnisvoll. Sogar Leuten gegenüber, die dir nach dem Leben getrachtet haben und dich hinter Gitter bringen wollten.«

»Das hat mit Verständnis nichts zu tun. Es geht einfach nur um ... Gerechtigkeit.« Bei den Worten runzelte Grossman die Stirn. »Gerechtigkeit« gehörte wohl kaum zu seinem Vokabular. Erneut versuchte ich, den Umschlag an mich zu nehmen. Nichts. Grossman hielt ihn fest, als steckte sein eigenes Leben darin. »Ich gehe jetzt wohl besser zurück zu den anderen. Mike und Neal warten auf mich, damit wir ...«

Aber er ließ mich den Satz nicht beenden. Er packte mich am Handgelenk und zog mich ungehalten zu sich heran. Seine Lippen waren ganz dicht an meinem Ohr. Ich spürte seinen Atem.

»Du hast dich ganz schön verändert, kleiner Blake.«

Ich erstarrte, klebte wie festgenagelt am Boden. *Wie ...?* Mein Atem ging schneller.

»Als wir uns das letzte Mal gesehen haben, warst du ein schwächlicher kleiner Pimpf, der um seine toten Eltern wimmerte. Den Eindruck machst du heute nicht mehr. Sogar die

Art, wie du mich ansiehst, hat sich verändert. Da ist nichts Ängstliches mehr in deinem Blick, eher etwas Herausforderndes. Aber deine Augen sind noch dieselben. Genau wie die deines Vaters.« Endlich ließ er den Umschlag los und packte mich am Kinn. »Als ich dich in Drayton gesehen habe, wusste ich sofort, dass du Richards Sohn bist. Du siehst genauso aus wie er, als er so alt war wie du heute. Hat Jane dir das nicht gesagt?«

»Nehmen Sie die Hände weg!«, stieß ich hervor. Grossman ließ eine Reihe weißer Zähne blicken.

»Und wie es aussieht, hast du auch den Charakter deines Erzeugers geerbt.«

»Wenigstens habe ich nicht die Gene eines Mörders«, sagte ich. »Das kann Mike nicht behaupten.«

»Ich an deiner Stelle würde es nicht wagen, irgendjemandem zu drohen. Ich könnte Jane ins Gefängnis bringen, weil sie deinen Tod vorgetäuscht und deine Geburtsurkunde gefälscht hat. Hast du das eigentlich gewusst?«

»Nein. Ehrlich gesagt hatte ich keine Ahnung davon«, erwiderte ich gleichgültig. »Und? Was wollen Sie noch? Mich umbringen? Wenn Sie's noch mal darauf anlegen, bitte, versuchen Sie's doch. Aber ich warne Sie – diesmal werde ich es Ihnen nicht mehr so leicht machen wie damals im Waisenhaus.«

»Ob du existierst oder nicht, interessiert mich schon lange nicht mehr.«

»Vermutlich seit Ihnen klar ist, dass ich die Kugel gar nicht habe, auf die Sie so scharf waren, richtig?«

»So ist es. Obwohl ich es zugegebenermaßen schon auffällig finde, dass ausgerechnet du der beste Freund meines Sohnes bist ...«

»Finden Sie vielleicht, dass ich kein passender Umgang für Ihren verhätschelten Nachkömmling bin?«

»Sagen wir eher, du bist kein besonders vorteilhafter Umgang für ihn. Du hast einfach nichts, was Mike auf irgendeine Weise weiterbringen könnte. Du bist nichts als ein Rotzlöffel, der sich für jemanden ausgibt, der er nicht ist.«

»Ich gebe mich nur für den aus, der zu sein Sie mich gezwungen haben.« Ich drehte mich auf dem Absatz um, um dem Gespräch ein Ende zu setzen. Das war doch reine Zeitverschwendung. Es gab nichts zu besprechen mit Grossman. Auch wenn er das offenbar anders sah. Wieder packte er mich, diesmal am Ellenbogen, und zwang mich stehen zu bleiben. Das gab mir den Rest. In einer einzigen Bewegung drehte ich mich um, griff mir den dolchartigen Brieföffner von Lawrence' Schreibtisch und hielt ihn Grossman an den Hals. »Nicht anfassen, hab ich gesagt.«

»Hey, du hast ja scheinbar einiges gelernt in den letzten Jahren«, brachte Grossman heraus.

»Sie machen sich keine Vorstellung«, gab ich zurück. Ich drückte den Brieföffner immer noch an seinen Hals, während sein Blick mich durchbohrte.

»Es wird dir gefallen zu hören, dass auf meiner Veranstaltung auch ein sehr besonderes Diamantarmband zum Verkauf angeboten wird. Es hat einmal Allison Blake gehört. Deiner Mutter. Wenn ich mich recht erinnere, trug sie es, als sie starb ... Ich bin mal gespannt, wo es landen wird, ihr kostbares Schmuckstück ...«

Ich presste die Kiefer so fest aufeinander, dass es knirschte. Als Grossman es bemerkte, brach er in hämisches Gelächter aus.

»Es wird mir ein Vergnügen sein, dich in meinem Haus zu empfangen, Kyle. Dann können wir ganz in Ruhe reden. Um der alten Zeiten willen.«

KAPITEL 2

Vom Aussichtsfenster des zweiten Stockwerks sah ich Adam Grossmans Wagen nach, wie er den gepflasterten Weg entlangfuhr, der ihn zurück in die Stadt bringen würde. Wie er sich immer weiter von Drayton und mir entfernte. Aber auch der Abstand zwischen uns konnte meinen Ärger über seinen Besuch nicht besänftigen. Ich donnerte meine Faust gegen die Fensterscheibe, dass der Rahmen durch den Aufprall vibrierte.

Hinter meinem Rücken glitten zwei Schatten durch den Raum. Ohne das leiseste Geräusch, wie zwei sehr diskrete Geister. Sie mussten sich nicht zu erkennen geben. Ich wusste sehr gut, wer das war.

»Was ist passiert?«, fragte Len.

»Adam Grossman hat mir einen Besuch abgestattet.«

»Und was wollte er?«

Das Auto von Mikes Vater war nur noch ein winziger Punkt in der Ferne. Ich trat vom Fenster zurück.

»Er weiß, dass ich Jayson Blake bin.«

Len ließ ein unterdrücktes Murmeln hören. Der Schatten neben ihm wand sich unbehaglich.

»Wie hat er das herausgefunden?« Mirandas Stimme war unverwechselbar. So hell und melodiös.

»Über meinen Vater. Ich sehe ihm einfach zu ähnlich, meinte er. Er wusste es schon beim Empfang des Erntedank-Dinners.«

»Und wir dachten schon, das Schlimmste wäre passiert …«, flüsterte Len.

»Meinst du, das macht die Dinge jetzt komplizierter?«, fragte Miranda.

»Dass Grossman weiß, dass ich Jayson Blake bin, ist mir egal. Hauptsache, er findet nicht heraus, dass ich Zero bin. Aber dieses Geheimnis dürfte sicher sein. Zumindest im Moment noch. Wenn er es wüsste, hätte er es mir sicher auf die Nase gebunden.«

»Aber trotzdem …«

»Ich weiß schon. Er wird mich überwachen.« Meine Freunde beobachteten mich mit einem Ausdruck zwischen Besorgnis und Wut. »Sehe ich meinem Vater wirklich so ähnlich?«

»Das müsstest du Lawrence fragen.«

Gute Idee eigentlich. Dem Brand, der mein Zuhause verwüstet hatte, waren auch die Fotos meiner Eltern zum Opfer gefallen. Ich konnte mich zwar an ihre Gesichter erinnern, aber nicht deutlich genug, um sie in meinen eigenen Zügen wiederzuerkennen.

»Grossman hat mich auf seine bescheuerte Weihnachtsfeier eingeladen, um mir klarzumachen, dass er immer noch mein Leben kontrolliert. Deshalb hat er auch das Armband meiner Mutter für die Versteigerung ausgewählt und nicht irgendein anderes Stück. Wenn ich hingehe, wird er seinen Spaß daran haben, meine Reaktion zu beobachten. Und wenn nicht, ist es wie ein Eingeständnis, dass ich ihn immer noch fürchte.«

»Er provoziert dich doch nur, Kyle«, sagte Len.

»Das weiß ich selbst! Genau das ist ja das Problem. Ich werde es einfach nicht mehr hinnehmen, dass er so weitermacht.«

»Und wie willst du das anstellen?«

Ich schnalzte mit der Zunge. Ich war es leid, dass Grossman auf mir herumtrampelte. Und wütend, dass mich seine Machenschaften immer noch so hart trafen. Aber es gab einfach keinen Weg, ihm offen gegenüberzutreten und zu beweisen, dass ich tatsächlich nicht mehr derselbe war, den er im Waisenhaus versucht hatte umzubringen ... Oder doch?

»Kyle ...«, sagte Len warnend. »Ich kenne diesen Gesichtsausdruck.«

»Ich auch«, sagte Miranda.

»Welchen Gesichtsausdruck?«

»Den du jetzt gerade hast.«

»Du willst, dass Zero auf die Versteigerung geht, stimmt's?«

Ich zuckte mit den Schultern.

»Das wäre zumindest eine Möglichkeit.«

»Eine Möglichkeit?«, wiederholte Miranda mit hochgezogener Braue. »Du denkst ernsthaft daran, das Armband deiner Mutter zu stehlen, bevor Grossman es verkaufen kann?«

Ganz genau. Sie hatte ins Schwarze getroffen.

»Dir ist doch klar, dass die Gegenstände der Versteigerung extrem gut gesichert sind«, sagte Len.

»Ja.«

»Und du musst dich noch von der Operation erholen.«

»Ja.«

»Mal ganz abgesehen davon, dass die Sache nicht leicht wird.«

»Ja ... Aber ich weiß auch, dass wir diesem Mörder zeigen müssen, dass er nicht unbesiegbar ist. Außerdem ...«

»Außerdem?«

»Hat er mich schließlich selbst eingeladen, oder nicht?« Ich grinste. »Es wäre doch sehr unhöflich von mir, nicht zu erscheinen ...«

»Kyle!«

Jemand legte mir so fest den Arm um die Schultern, dass es mich würgte. Ich war kurz davor, im Reflex einen Hebelgriff anzusetzen. Zum Glück hielt ich mich noch zurück. Ich drehte mich um, um zu sehen, wer mich so vertraut anfasste. Mike und Neal. Die Söhne von Adam Grossman und Juliette Morrison. Mir kam die Galle hoch.

Offiziell waren die beiden meine besten Freunde, die Menschen, denen ich am meisten vertraute, denen ich einfach alles sagte ... Inoffiziell hatte ich nichts als Verachtung für sie übrig. Die größte Verachtung, die es überhaupt geben konnte.

Len entfernte sich unauffällig und tat so, als wäre er in ein Bild an der Wand des Korridors vertieft. Miranda tat es ihm nach. Wir mussten unsere Fassade aufrechterhalten und »sich hassende Klassenkameraden« spielen, um keinen unnötigen Verdacht auf uns zu lenken. Niemand in Drayton wusste, dass wir schon zusammen waren, seit wir acht waren.

Mike und Neal nahmen den Positionswechsel der beiden gar nicht wahr. Grossmans Sohn, der Miranda das strahlendste Lächeln seines Repertoires zeigte, war so von ihrem Anblick verzaubert, dass er es nicht einmal gemerkt hätte, wenn ein Flugzeug direkt vor seiner Nase vorbeigeflogen wäre.

Ich räusperte mich, damit er aufhörte, sie so anzuglotzen. Es störte mich.

»Wo hast du denn gesteckt? Wir haben dich überall gesucht«, sagte Neal.

»Ich war im Pool, hab ein bisschen geplantscht.« Mein darstellerisches Können konnte sich mittlerweile wirklich sehen lassen. Es wäre wohl niemand auf die Idee gekommen, dass ich meine beiden »Freunde« innerlich mit Beleidigungen nur so überschüttete, während wir miteinander plauderten.

»Hast du mit meinem Vater gesprochen?«, fragte Mike. »Er hat mir gesagt, dass er dir heute die Einladung für die Feier vorbeibringen will.«

»Äh, ja. Ich hab ihn gesehen ...«

»Und? Du kommst doch, oder?«

Ich lächelte.

»Na klar! Das würde ich mir um keinen Preis entgehen lassen.« Mike stieß einen Jubelschrei aus.

»Ich schnapp mir die Schlüssel zum Weinkeller, damit wir ein bisschen extra Champagner nur für uns haben.«

»So ist's recht, Kollege«, sagte Neal. »Ich hab echt keine Lust, wieder so zu enden wie auf Patricks Geburtstag.«

Die beiden waren genau wie ihre Väter. Dachten immer, dass sie was Besseres wären.

Eine Sekunde lang, einen winzigen Moment der Schwäche, spielte ich mit dem Gedanken, ihnen zu sagen, was ich wirklich von ihnen hielt. Aber ich tat es nicht. Mike war bisher meine einzige Quelle gewesen, über die ich an Informationen über Grossman herangekommen war, und er war es immer noch. Ich brauchte ihn. Vielleicht wusste er ja sogar etwas über die Versteigerung, das mir von Nutzen sein konnte.

Ich gab ihm einen freundschaftlichen Klaps.

»Ich will mir ein bisschen die Beine vertreten. Wie wär's, wenn wir mal nachsehen, wie weit sie mit der Weihnachtsdeko sind? Eigentlich müsste inzwischen schon der Baum im Foyer aufgestellt werden.«

»Gute Idee, Kyle.«

»Ja«, sagte ich, »amüsieren wir uns ein bisschen.«
Und währenddessen würde ich dafür sorgen, dass Grossmans Sohn mir alles erzählte, was er von der »interessanten« Wohltätigkeitsveranstaltung seines Vaters wusste ...

KAPITEL 3

Die Ankunft der riesigen Tanne im Foyer war immer ein Zeichen dafür, dass nun die Weihnachtszeit in Drayton begann. Miranda und ihr unzertrennlicher Trupp der Veranstaltungsorganisatorinnen überwachten jedes Jahr die Vorbereitungen, damit auch wirklich jedes Schmuckstück am richtigen Platz landete und das Internat am Ende wie das Königreich von Santa Claus persönlich aussah. Lawrence nutzte die Gelegenheit und hielt währenddessen seine traditionelle Weihnachtsansprache.

»Liebe Schülerinnen und Schüler. Einmal mehr feiern wir Weihnachten in unserer ehrenwerten Einrichtung. Ich darf daran erinnern, dass die Schüler, die die besinnliche Zeit zu Hause verbringen möchten, ab dem 20. Dezember abreisen können. Wie Sie wissen, endet an diesem Tag auch der Unterricht für dieses Semester ...«

Ich lauschte Sebastians glanzlosem Vortrag mit einem Ohr und hängte dabei kleine Glasengel an die untersten Zweige der Tanne. Traditionellerweise war die Oberstufe für die Dekoration des Internats zuständig, und in diesem Jahr traf es zum ersten Mal auch mich. Nach dem Gespräch mit Grossman war ich zwar nicht gerade in der Stimmung dafür, aber ich konnte mich der Sache schlecht entziehen. Mike und Neal hätten Verdacht geschöpft.

Halb Drayton war beteiligt und drapierte Weihnachtskugeln, Glitzersterne und Lametta. Sogar Gisella hatte sich in ihrer kompletten Hardrock-Star-Aufmachung dem Treiben angeschlossen und reichte Lauren rote Schleifen, die diese an die Zweige band.

Mir fiel eine Gruppe von Neulingen aus der Neunten auf, die mich aus den Augenwinkeln beäugten und dabei so taten, als würden sie die am Baum hängenden Zuckerstangen kontrollieren. Das passierte mir öfter in letzter Zeit. Der Vorfall beim Empfang des Erntedank-Dinners hatte mir eine Art Heldenstatus im Internat verschafft. Alle hatten gesehen, wie ich mich an Zeros Beine gehängt hatte, um seine Flucht zu vereiteln. Wie ich die Glaskuppel durchschlagen und dem Hundert-Millionen-Dieb auf der Dachterrasse die Stirn geboten hatte. Die ganze Szene hatte auch durchaus dazu beigetragen, meinen guten Ruf bei den Mädchen noch zu steigern.

Ob sie mich wohl immer noch genauso ansehen würden, wenn sie herausfänden, dass ich mir nie wirklich einen Kampf mit Zero geliefert hatte? Allein schon deshalb, weil ich ja selbst Zero war ... Ich zwinkerte ihnen zu, woraufhin die Mädchen einen Chor aus dummem Gekicher anstimmten.

Während unserer konstruktiven Dekorationsarbeit streckte ich langsam meine Fühler aus.

»Auf der Feier findet doch auch eine Versteigerung statt, oder?«

»Ja, genau. Mein Vater will ein paar Sachen loswerden, und die wird er unter seinen Freunden versteigern«, erklärte Mike.

»Du weißt ja, wie er ist. Er holt aus allem gerne noch was raus.«

Ja … das wusste ich allerdings nur zu gut. Ich bückte mich und nahm einen Glasengel aus der Schachtel mit dem Weihnachtsschmuck. Ich ließ ihn zwischen meinen Fingern hin und her gleiten und betrachtete ihn.

»Muss ja ganz schön kompliziert sein, so eine Versteigerung zu organisieren. Vor allem in punkto Sicherheit …«

Der Köder war ausgelegt, und ich hoffte, Mike würde anbeißen. Aber das tat er leider nicht. Er war zu beschäftigt damit, eine Girlande richtig auseinanderzufalten. Ich verdrehte die Augen. Ich würde wohl eine andere Strategie anwenden müssen.

»Ich schätze mal, dass dein Vater nach dem, was letzten Monat in Drayton passiert ist, besondere Vorkehrungen getroffen hat, damit Zero bei der Veranstaltung nicht …«

Das ließ Mike aufhorchen. Gedankenverloren legte er die Girlande beiseite.

»Wenn dieser Mistkerl es wagt, die Sachen für die Versteigerung zu stehlen, dann ist er erledigt.« Mir blieb nicht verborgen, mit welcher Verachtung er das Wort »Mistkerl« aussprach. War ja auch kein Wunder. Nachdem Zero erst das Kaiserin-Diadem seiner Mutter und dann Mikes eigene goldene Uhr gestohlen hatte, konnte man jede Wette eingehen, dass er ganz oben auf der Liste seiner meistgehassten Personen stand.

»Wie meinst du das?«

Mike beugte sich vor und senkte die Stimme, damit nur Neal und ich ihn hören konnten.

»Mein Vater hat die Gegenstände der Auktion schon vor ein paar Tagen zu uns nach Hause gebracht, damit sie in Sicherheit sind. Er traut den Banken nicht, das übernimmt er lieber selbst. Der Saal, in dem die Feier stattfinden wird, ist komplett mit Alarmanlagen ausgestattet, damit keiner an die Schmuckstücke herankommt. Zero hat keine Chance, sich den Sachen zu nähern, ohne dass wir es mitbekommen.«

Also war das Armband meiner Mutter bereits in der Grossman'schen Villa … interessant. Es hatte nicht viel gebraucht, um an die nötige Information heranzukommen. *Danke, Mike.* Jetzt musste ich nur noch herausfinden, was für ein Sicherheitssystem sie im Haus installiert hatten.

»Und wie will dein Vater die Villa absichern?«, fragte ich. Ich hängte einen weiteren Engel an die Tanne, damit mein Interesse am Thema nicht allzu auffällig war.

»Das spielt doch keine Rolle!«, funkte Neal dazwischen. Er saß am Boden und entwirrte eine bunte Lichterkette. Seinem Gesicht nach fiel es ihm nicht gerade leicht. »Zero ist doch sowieso am Ende. Er wird mit Sicherheit nichts stehlen auf der Versteigerung. Habt ihr das nicht mitbekommen? Er ist doch schon seit Wochen nicht mehr aufgetaucht. In den Medien heißt es, er sei tot.«

»Da würde ich mich freuen«, sagte Mike leise. »Der Typ hat doch nichts anderes drauf, als Schaden anzurichten und anderen wehzutun. Soll er doch in der Hölle verrotten.«

Sein Kommentar machte mich wütend. Zero ging es nicht darum, Schaden anzurichten, das stimmte einfach nicht.

»Ich glaube nicht, dass er tot ist.« Ich ging in Verteidigungsstellung. »So leicht wird der beste Dieb aller Zeiten wohl kaum zu erledigen sein.«

»Der beste Dieb aller Zeiten?«, wiederholte Mike. Er schnaubte und in seinem Ausdruck lag Bitterkeit. »Zero ist doch nur ein Feigling, der unschuldige Menschen angreift, weil er denkt, er sei etwas Besseres. Aber deshalb ist er noch lange nicht unbesiegbar.«

Ich schloss die Hand um einen der Engel, und das Glas knackte unter meinen Fingern. Mike hatte absolut nicht das geringste Recht, Zero zu kritisieren. Schließlich gab es den Hundert-Millionen-Dieb überhaupt nur wegen dem, was sein Vater vor zehn Jahren getan hatte. Alles, was sie besaßen, gehörte mir.

»Vielleicht sind die Leute, die er angreift, ja gar nicht so unschuldig, wie es den Anschein hat …«, murmelte ich.

»Aber Zero hat doch schon mehrfach meine Familie angegriffen. Und mein Vater ist kein Krimineller.«

Das war der Tropfen, der das Fass zum Überlaufen brachte. Meine Wut ging los wie eine Rakete kurz vor dem Start.

»Du hast doch keinen Schimmer von Zero! Hör auf, solchen Schwachsinn zu verbreiten!«, schrie ich.

Mike und Neal stand der Mund offen. Und damit waren sie nicht allein. Als ich mich wieder gefangen hatte, war das gesamte Foyer verstummt und alle sahen zu mir.

Ich erstarrte.

Oh, oh …

Was hatte ich mir nur dabei gedacht? Ich konnte doch Zero nicht vor Mike in Schutz nehmen. Beziehungsweise konnte ich Zero vor dem ganzen Internat nicht in Schutz nehmen. Da hatte ich einen ganz schönen Bock geschossen. Ein Prachtexemplar von einem Bock.

»Äh, also … Ich …«, setzte ich an. Das Unbehagen im Raum war fast greifbar. Mike und Neal sahen sich an, völlig geplättet. Sie begriffen nicht, was meine Reaktion überhaupt ausgelöst hatte. Natürlich nicht … Sie wussten ja auch nicht, wer ich wirklich war. Aber ich wusste, wer sie waren. Das war der Unterschied zwischen uns. Ich tat mein Bestes, den Fehler wiedergutzumachen. »Was ich eigentlich sagen wollte, ist: *Wir wissen doch gar nichts von Zero* … ist doch so, oder?«

Aber eine so billige Ausrede konnte den Schaden, den ich angerichtet hatte, natürlich nicht beseitigen. Da musste ich mich schon etwas mehr ins Zeug legen.

»Ich meine, der Typ ist doch ein Rätsel. Man weiß einfach rein gar nichts von ihm, also kann es doch sein, dass es für die Diebstähle vielleicht, und ich sage extra vielleicht, denn ich weiß ja auch nichts über Zero, also dass es vielleicht doch einen Grund dafür gibt.«

Das schien Mike und Neal jetzt doch ein wenig zu beruhigen. Die Gespräche im Foyer wurden wieder aufgenommen und um uns herum setzte erneut geschäftiges Treiben ein. Ich erlaubte mir, leise erleichtert aufzuatmen.

»Ja, klar. Möglich ist das«, murmelte Mike.

»Ich wollte Zero nicht in Schutz nehmen. Das wäre ja auch wirklich das Letzte«, stellte ich klar. »Es ist nur ...«

»Ist schon okay, Kyle. Ich weiß doch genau, dass du dich nie auf Zeros Seite schlagen würdest.«

Darauf antwortete ich lieber nicht.

»Ich geh dann besser mal, äh, ... was essen. Ich sterbe vor Hunger«, sagte ich mit der aufgeräumtesten Miene, die ich hinbekam. Wieder sahen Mike und Neal sich an. Es schien, als hätten sie vereinbart, mir etwas zu sagen, und als würde sich jetzt keiner trauen, den ersten Schritt zu tun. Schließlich stieß Neal Mike mit dem Ellenbogen an.

»Hör mal, Kyle. Wir wollten dich was fragen ...«

Ich schluckte. Ich richtete mich auf. Hatten sie gemerkt, dass meine Verteidigungsrede für Zero doch etwas verdächtig war?

»Vor dem Empfang des Erntedank-Dinners hast du doch gesagt, dass du uns etwas Wichtiges erzählen müsstest. Weißt du noch?«

Klar wusste ich das noch. Kurz bevor ich meine Erinnerungen und mein Leben zurückerhalten hatte, bevor ich entdeckte, dass Mike und Neal meine Feinde waren und nicht meine Freunde, hatte ich ihnen versprochen, dass ich ihnen alles erzählen würde, was ich über Zero herausgefunden hatte.

Ich machte eine abschätzige Handbewegung, um der Sache die Bedeutung zu nehmen.

»Echt? Ich erinnere mich gar nicht mehr ... ach, wird schon nicht so wichtig gewesen sein.«

»Ach ja? Und was ist damit, was beim Empfang des Erntedank-Dinners passiert ist?«

»Was soll damit sein?«

»Komm schon, Kyle! Das passt doch überhaupt nicht zu dir. Du bist keiner, der einen Verbrecher stellt oder sich auf der Dachterrasse des Internats mit einem maskierten Typen prügelt.«

»Wir kennen dich doch«, sagte Neal, »wir wissen doch, dass dir solche Szenen nicht liegen.«

Kein bisschen kennt ihr mich ... Ihr habt nicht die leiseste Ahnung, wie ich wirklich bin.

»Es schien mir einfach das Beste, was ich tun konnte. Ihr hättet an meiner Stelle genauso gehandelt.« Weder Mike noch Neal schluckten diesen Blödsinn. Ich änderte die Taktik. »Es ist alles in Ordnung. Wirklich. Ich bin in keiner Teufelssekte oder so. Und wenn ich irgendwie komisch bin in letzter Zeit, dann nur weil ... weil ich Ordnung in ein paar Angelegenheiten zu bringen habe.«

Neals Gesicht nahm einen anderen Ausdruck an.

»Ah – ein Mädchen?«

Das war nicht gerade die Antwort, die ich gegeben hätte, aber es schien mir eine gute Tarnung, und so klammerte ich mich daran wie an einen Rettungsring.

»Tja, ihr wisst ja, dass mein Liebesleben nie zur Ruhe

kommt«, sagte ich. Und um mein Alibi noch zu untermauern, grinste ich zu den Neulingen rüber.

»Sicher, dass da nicht noch was anderes ist?«, fragte Mike.

»Sicher!«

»Du weißt ja, dass du auf uns zählen kannst, wenn du was brauchst. Wir sind doch Freunde, in guten wie in schlechten Zeiten.«

»Klar, weiß ich doch«, sagte ich. »Ich sehe euch dann im Speisesaal.«

Ich entfernte mich, ohne dass jemand bemerkte, wie unangenehm mir die beiden waren. Ich konnte einfach nicht vermeiden, dass es mir jedes Mal vorkam, als würde ich ihre Väter vor mir haben, wenn ich Mike und Neal sah. Und dass ließ mich die beiden nur noch mehr hassen.

Immer stärker hatte ich mit meinen Lügen zu kämpfen. Allmählich fand ich es unerträglich, meine Tarnung im Internat noch aufrechtzuerhalten.

KAPITEL 4

Ich wartete darauf, dass die Uhr von Drayton Zwölf schlug. Als der erste Schlag noch nachhallte, war ich schon aus dem Raum geschlüpft. Meine Schulkameraden schliefen schon seit Stunden – davon zeugten die ungleichmäßigen Schnarcher, die aus dem hinteren Teil des Korridors durch die geschlossenen Türen zu hören waren.

Für mich dagegen fing die Nacht gerade erst an.

Der Notausgang, von dem aus man in die Schulgärten gelangte, befand sich direkt neben meinem Zimmer. Das war natürlich kein Zufall. Sebastian hatte Len und mir das allerletzte Zimmer im Korridor zugeteilt, das Zimmer, das am weitesten entfernt von den anderen lag; so hatten wir es leichter, auch nach der Sperrstunde noch ein- und auszugehen. Lawrence hatte wie immer an alles gedacht ...

Ich öffnete die Tür und stieg nach draußen.

Ein kalter Wind peitschte mir ins Gesicht, und ich schlang meinen Mantel fester um mich. Ich stieg die Leiter hinab, wobei ich versuchte, möglichst wenig Lärm zu machen.

Wenn es etwas gab, das mir an Drayton gefiel, dann die

Stille, die dort herrschte. Sobald es Abend wurde, verschwanden die weitläufigen Rasenflächen in der Dunkelheit, und das Stimmengemurmel der Lehrer und Schüler verstummte. Dann waren nur noch die Geräusche der Uhus und der Tiere zu hören, die in den Pinienwäldern rund um das Hauptgebäude zu Hause waren. Sonst nichts.

Ich richtete den Blick in die Ferne. Über die Bäume und das Polofeld hinaus. Am Ende des Horizonts war ein Hügel zu sehen, auf dem ein altes, halb verfallenes Gebäude stand.

Genau dort wollte ich hin.

Die Kapelle meiner Eltern war verlassen. Wie immer. Die haarsträubenden Legenden von Geistern und Toten, die auf dem Gebäude lasteten, schreckten die anderen ab und hielten sie auf Abstand von dem Geheimnis, das die alte Kirche barg.

Es war nicht schwer, ungesehen ins Innere der Kirche zu gelangen. Ich verschwand zwischen den eingefallenen Mauern und lief über die vertrockneten Blätter auf dem Boden, bis zur Ziegelwand am Ende des Gebäudes. Zu meinen Seiten verfolgten der Engel mit dem Schwert und der Teufel auf dem Pferd, die auf den Wandteppichen abgebildet waren, jede meiner Bewegungen.

Wer auch immer hier vorbeikäme, würde denken, dass an dieser Mauer nichts Besonderes wäre. Aber das täuschte.

Ich kniete mich hin. Meine Finger fuhren über einen der Ziegelsteine, den dritten von unten. Ich schob ihn ein Stück zurück, um das kleine Eingabefeld mit den zehn Ziffertasten freizulegen, das sich dahinter verbarg. Ich gab das Passwort ein und sogleich setzte sich die Mauer in Bewegung. Erst wich sie ein paar Zentimeter zurück, dann teilte sie sich in der Mitte und die beiden Wandhälften schoben sich auseinander und legten einen beleuchteten Gang frei.

Dieser Korridor endete in dem bestgeschützten Raum von ganz Drayton.

Zeros Versteck.

Ich war nicht mehr hier gewesen, seit ich meine Erinnerung zurückerlangt hatte. Und so überkam mich ein Schauer der Ungeduld, als ich all die Maschinen sah und die Treppe zum Keller, in dem wir die Gegenstände lagerten, die ich in den vergangenen Monaten gestohlen hatte, und die Tür zu dem gepanzerten Raum, in dem meine Kugel lag.

»Du kommst spät«, sagte Len.

»Überrascht dich das? Kyle kommt doch immer als Letzter zu unseren nächtlichen Treffen«, sagte Miranda.

»Stimmt. Irgendwie ziert er sich immer ein bisschen.«

Sie saßen an dem Glastisch inmitten unseres Rückzugsortes. Genau wie ich waren auch sie nicht in Schlafanzug und Hausschuhen; alle drei waren wir ganz normal angezogen. Bereit für die Arbeit.

»Was ist das eigentlich für eine Begrüßung? Ich hatte eher einen Empfang mit Luftballons und Konfetti vor Augen.« Ich nahm meinen Platz ein, zwischen Len und Miranda.

»Ach Mist, das haben wir ganz vergessen«, gab Miranda sarkastisch zurück.

»Seid ihr vielleicht rücksichtslos ...«

»Konntest du etwas über die Versteigerung rausfinden?«, fragte Len.

Ich rief mir das Gespräch mit Mike am Nachmittag in Erinnerung. Mal abgesehen von meinem Fauxpas hatte ich eine Menge Informationen aus ihm herausbekommen.

»Die Gegenstände der Versteigerung sind bereits in der Grossman'schen Villa.«

»Warum das denn? Es ist doch noch eine Woche hin bis zu der Veranstaltung.«

»Grossman traut den Banken nicht, was deren Sicherheit angeht.« Was nachvollziehbar war, wenn man bedachte, dass ein Bankraub für mich ein Kinderspiel war. »Sie haben die Sachen zu sich nach Hause verlagert, damit sie sicherer sind. Nach dem, was Mike gesagt hat, ist das Armband bereits im Hauptsaal, gut geschützt durch mehrere Alarmsysteme.«

»Hm, eigentlich keine schlechte Idee ... Und konntest du herausfinden, was für Alarmsysteme das sind?«

»Nein ...« Hätte ich nicht die Nerven verloren, hätte ich auch das locker noch von Mike erfahren. Aber das Thema jetzt noch mal aufzugreifen, ohne dass es seltsam wirkte, wäre nicht so einfach. Allerdings kannten wir die Villa der Grossmans, also würde uns die fehlende Information vor kein allzu großes Problem stellen. »Der Plan ist einfach. Ich geh rein, schnapp mir das Armband und geh wieder raus, ohne dass überhaupt jemand merkt, dass ich dort war. Ganz unkompliziert.«

»Und wann soll das stattfinden?«

»Heute Nacht.«

»Das nenne ich mal ein anständiges Comeback!«

»Die Polizei ist bestimmt hocherfreut, wenn du wieder auftauchst«, meinte Miranda. »Sie haben dich sicher schon vermisst.«

»Daran habe ich nicht den geringsten Zweifel«, gab ich zurück.

Ich stand auf und ging zum Ende des Raums. Vor den Panzerschränken blieb ich stehen. Dort drin ruhte Zeros silberne Maske auf einer Halterung. Mein Gesicht spiegelte sich in ihrer glänzenden Oberfläche wider.

Endlich ...

Ich nahm die Maske heraus und hielt sie mir vors Gesicht. Sie passte sich perfekt meinen Zügen an. Ohne die kleinste

Störung. Sie war maßgeschneidert für mich. Maßgeschneidert für Zero.

Ich lächelte.

In ein paar Stunden würde das Armband meiner Mutter mir gehören. Dieses Mal würde ich Adam Grossman nicht davonkommen lassen. Das war der Moment, um ihm zu beweisen, wie sehr ich mich seit der Zeit im Waisenhaus verändert hatte.

KAPITEL 5

Ich versteckte mich hinter einem Busch, ohne die Wachleute aus den Augen zu lassen, die im Garten der Grossman'schen Villa umherstreiften. Sie waren nicht die einzigen. Im ganzen Haus wimmelte es nur so von Wächtern, die von einer Seite zur anderen patrouillierten und auf jede Bewegung achteten. Wie es aussah, war Mikes Vater viel daran gelegen, dass niemand den Schmuckstücken zu nahe kam.

»Hast du die Wolken gesehen? Sieht ganz nach Regen aus«, meinte einer der Wachmänner.

»Ach was, glaube ich nicht«, gab sein Kollege zurück. »Im Dezember regnet es normalerweise nur selten in Kalifornien.«

»Also, meine Schwester lebt in San Francisco, und sie beschwert sich die ganze Zeit über den vielen Regen.«

»Dann solltest du ihr mal sagen, dass sie nach Los Angeles ziehen soll. Hier ist das Klima besser als in San Francisco.«

Einer der beiden gähnte.

»Lass uns mal lieber mit unserer Runde weitermachen.«

»Ja, du hast recht. Wäre schlecht, wenn jetzt der Chef käme und wir hier einfach so herumstehen würden.«

Ihre Schritte entfernten sich und ihre Stimmen verloren sich in der Ferne. Pech für die beiden. Hätten sie fünf Minuten länger gewartet, hätten sie eine maskierte Silhouette zu sehen bekommen, die die Fassade auf der Rückseite des Hauses hinaufkletterte und geschickt die Ziegel und Vorsprünge nutzte, bis sie schließlich auf der Terrasse des ersten Stockwerks landete. Kaum hatte ich die Brüstung erreicht, verbarg ich mich im Schutz der umstehenden Bäume und spitzte die Ohren. Ich konnte zwar das Geräusch von Stimmen ausmachen, doch waren sie zu weit entfernt. Außerhalb meiner Reichweite.

Perfekt.

Ich steckte die Hand in die Seitentasche meines Anzugs. Meine Finger stießen auf etwas Kaltes. *Meine Kugel.* Ich holte sie hervor. Ihre Oberfläche war genauso dunkel wie der Himmel über Los Angeles. Rabenschwarz, wie ein tiefer Brunnen. Als sie meine Gegenwart spürte, fing sie leicht an zu schimmern. Ihre spezielle Art, mich zu begrüßen. Ich drückte sie sanft.

Trotz der langen Zeit, die wir nun schon zusammen verbrachten, begeisterte mich ihre Perfektion immer wieder aufs Neue. Ihre übernatürliche Schönheit. Ihre Macht. Ich musste einfach nur eine Frage formulieren, und schon sagte sie mir, was geschehen würde.

Irgendjemand Unangenehmes in Sicht?

Die Kugel vibrierte in meinen Fingern. Eine leichte Erschütterung. Dann tänzelten Buchstaben in ihrem Innern, wie aus flüssigem Gold.

Die Wachleute haben nicht bemerkt, wie ich ins Haus eingedrungen bin. Keiner von ihnen hat mich gesehen.
Die Jungs brauchen mehr Unterhaltung, so viel ist klar.

Oder hat sich meine Begabung als Profidieb noch mal verbessert?

Ich sehe mich um, um sicherzugehen, dass ich auch alleine bin. Alles ist ruhig. Der Garten liegt völlig verlassen da. Die Bahn ist frei.

Die Kugel noch in der Hand, stand ich auf, brach das Schloss eines der Fenster auf und schmuggelte mich ins Innere des Hauses.

Ich landete in Mikes Zimmer.

Ich hatte diesen Weg sehr bewusst gewählt, denn das war das Zimmer, das ich von allen Räumen der Villa am besten kannte. Ich wusste, dass die Türangeln quietschten und dass die dritte Diele neben dem Schrank knarzte, wenn man darauf trat. All diese Details hatte ich mir ganz bewusst eingeprägt, als ich mit Mike hier gewesen war – für den Fall, dass sie mir eines Tages nützlich sein könnten. Und dieser Tag war nun endlich gekommen.

Ich schlich durch das Zimmer, ohne auf etwas Bestimmtes zu achten, aber bevor ich an der Tür angelangt war, erregte doch etwas meine Aufmerksamkeit. Auf dem Nachttisch neben dem Bett stand ein gerahmtes Foto. Mein Gesicht neben dem von Mike, und beide grinsten wir. Ich wusste noch sehr gut, wann wir dieses Bild aufgenommen hatten. Bei unserem letzten Besuch im Vergnügungspark. Wir waren nur zu zweit dort gewesen, um endlich einmal die ganzen Fahrgeschäfte zu fahren, bei denen Neal am Ende immer kotzte. Hinterher war uns so schlecht gewesen, dass wir mit dem Bus nach Hause fuhren. Und trotzdem – wir hatten uns richtig gut amüsiert ...

Ich schüttelte den Kopf und verscheuchte die Erinnerung.

Adam Grossmans Sohn war nicht mein Freund. Das durfte ich nie vergessen.

Ich kehrte dem Foto den Rücken zu und ging weiter, ohne mich noch einmal umzusehen.

Der Korridor, von dem die Schlafzimmer abgingen, lag leer und in dämmeriges Licht getaucht da. Wenn mich mein Orientierungssinn nicht täuschte, befand sich der Hauptsaal genau ein Stockwerk tiefer. Es würde nicht schwierig sein, dort hinzugelangen. Ich müsste nur die Treppe hinuntergehen, um in den Eingangsbereich zu kommen, und dann nach rechts abbiegen. Ein Kinderspiel.

»Len. Kannst du mich hören?« Ich kontrollierte die Reißverschlüsse meines Anzugs und stellte sicher, dass die Messer, die an den Hosenbeinen befestigt waren, an Ort und Stelle waren. Wenn Miranda sich für mich ausgab, hatte sie sie normalerweise nicht dabei, weil sie nicht gut damit umgehen konnte. Sie meinte immer, statt sich zu verteidigen, wäre es wahrscheinlicher, dass sie sich damit verletzte.

»Laut und deutlich, Kyle.« Die Stimme meines Freundes erklang gestochen scharf durch den Knopf, den ich versteckt im Ohr trug.

»Ich bin jetzt im Korridor im ersten Stock.«

»Ja, ich sehe dich.«

»Bist du etwa hier?«

»Eigentlich sitze ich ganz gemütlich vor meinem Rechner. In Drayton.« Er lachte. »Schau dich mal um.«

Das tat ich. Hinter mir waren nur ein Sekretär und die lachsfarbene Wand des Korridors. Ich wollte Len gerade mitteilen, dass ich nichts Besonderes sah, als mir die kleine Überwachungskamera an der Decke auffiel. Sie war direkt auf mich gerichtet.

»Ich habe die Kontrolle über die Kameras in der Villa übernommen. Bis du fertig bist und das Armband hast. So kannst du dich freier bewegen. Und, wie sieht's aus?«

»Besser, als wir dachten«, gab ich zurück. »Es gibt jede Menge Wachleute, aber die meisten sind draußen. Konntest du die Alarmanlagen unschädlich machen?«

»Ich bin dabei. Das System ist etwas kompliziert.«

»Das wirst du schon hinkriegen, mein Lieber.« Ich hielt meine nach oben gerichteten Daumen in die Kamera, um ihm Mut zu machen. »Miranda, wie ist die Lage?«

»Kann nicht klagen«, antwortete sie. »Mein Auto hatte eine ›Panne‹ vor dem Haus der Grossmans, und die Wachleute im Eingangsbereich haben mir ihre Hilfe angeboten. Ist doch nett von ihnen, nicht?« Ich vernahm zwei Männerstimmen, die gerade darüber berieten, wie sie Mirandas Cabrio am besten wieder hinbekämen. »Oh Mann. Haben die immer noch nicht geschnallt, dass ich den Wasserbehälter selbst beschädigt habe?«, stöhnte sie. »Als Mechaniker taugen die jedenfalls nicht viel, das ist mal klar.«

»Gib Bescheid, wenn Adam Grossman zurückkommt.«

»Keine Sorge.«

Ich ging weiter den Korridor entlang. Alles war ruhig, keine Komplikationen in Sicht. Sollte es wirklich so einfach sein, das Armband meiner Mutter zurückzubekommen? Kein einziger Kampf, der die Sache ein wenig komplizierter machen würde, kein einziges Hindernis, das ...?

Plötzlich stieß ich mit dem Fuß gegen etwas. Eine große Vase, die in einer Ecke stand. Weil es so dunkel war, hatte ich sie nicht gesehen, aber als sie jetzt ins Taumeln geriet und schließlich umfiel und dabei mit einem Höllenlärm in tausend Stücke zersprang, wünschte ich mit aller Kraft, ich hätte sie früher bemerkt.

Wie versteinert blieb ich stehen.

Was ...? Hatte mich meine Kugel etwa vor dem Zusammenstoß gewarnt und ich hatte es nur nicht bemerkt? Ich hob sie auf Augenhöhe und suchte ihr Inneres nach irgendeiner Vorhersage ab. Sie war leer. Komplett leer. Kein einziges Wort war darin. *Unmöglich ... das konnte doch nicht ...*

Plötzlich wurde mit einem Ruck die Tür eines der Schlafzimmer aufgerissen, und die pummelige Figur von Marissa Grossman zeichnete sich im Türrahmen ab, im Nachthemd und den Kopf voller Lockenwickler.

»Wer ist da?«, tobte sie.

Ich hielt mich nicht lange mit Erklärungen auf. Um ihrem Blick zu entgehen, rannte ich zur Treppe, die in das darunterliegende Stockwerk führte, und verbarg mich mit bis zum Anschlag klopfendem Herzen hinter einer Trennwand, die ich neben dem Haupteingang ausgemacht hatte.

Hatte meine Kugel versagt? Ich sah sie erneut an. Dasselbe wie zuvor. Keine Voraussagen. Um ihr irgendeine Reaktion zu entlocken, stellte ich ihr eine Frage. *Wird Mikes Mutter mich finden?* Aber obwohl ich meine Frage laut und deutlich im Kopf formulierte, vibrierte die Kugel nicht. Es erschienen auch keine goldenen Buchstaben. Ich blinzelte, weil ich meinen Augen nicht traute. *Was war los?*

»Kyle!« Mirandas Stimme dröhnte so laut in meinem Ohr, dass ich beinahe vor Schreck aufgeschrien hätte. »Wir haben ein Problem.«

»Was für eins?«

»Ein fettes. Zwei Wachleute sind auf dem Weg zu dir.«

»Das kann nicht sein.«

»Ich sehe sie, Kyle! Sie gehen jetzt gleich ins Haus. Du musst da weg!«

Genau in dem Moment tauchten die beiden im Vorraum auf. Es waren dieselben Wachleute, denen ich zuvor entwischt war. Nur dass sie mich diesmal sahen, bevor ich ein besseres Versteck finden konnte als die Trennwand, die mich vor Mikes Mutter bewahrt hatte.

»Es ist Zero!«, rief einer der beiden.

Ihre anfängliche Bestürzung hielt weniger lange an als meine. Ohne lange zu fackeln, zogen sie ihre Pistolen und schossen. Hey, schon mal was von Unschuldsvermutung gehört? Ich verpasste der Trennwand einen Fußtritt und nutzte sie als Schutzschild vor dem Kugelhagel. Nur brachte das nicht viel. Die Geschosse durchlöcherten das dünne Holz, als wäre die Wand aus Knetmasse.

»Vorsichtig, Jungs«, schrie ich. »Ich schätze meine Körperteile viel zu sehr, als dass ich mir von euch eines wegpusten lassen wollte.«

Aber meine Worte brachten die beiden Gorillas nur noch mehr auf die Palme. Sie feuerten immer mehr Schüsse ab, und ich musste mich hin und her winden, während ich mich langsam zurückzog, um nichts abzubekommen. Die Trennwand glich einem Sieb und fiel völlig zerstört zu Boden. Ich hatte nicht gerade viele Zufluchtsorte zur Auswahl, und so verbarg ich mich hinter einer Marmorstatue, die neben einer Wand stand.

Wann war die Situation nur derart außer Kontrolle geraten?

Wieder flogen mir die Geschosse um die Ohren. Sie prallten an der Statue ab, und bei jedem Aufprall platzte ein Stück Marmor von der Oberfläche. Als Nächstes hörte ich ein Pfeifen. Es kam von einer der Alarmanlagen, die jetzt ausgelöst worden war – ein ohrenbetäubendes, durchdringendes Kreischen.

»Zero ist hier! Wir brauchen Verstärkung.«

Stimmt. Zero war da. Wobei sie nicht erst ihre Kumpels herbeizurufen brauchten, um mich mit ihren Salven umzubringen.

Als die Magazine ihrer Waffen leer waren, nutzte ich die Gelegenheit, und ging zum Gegenangriff über. Ich zog meine Messer und machte mich bereit. Den Umgang damit hatte ich während meines Trainings gelernt, als ich neun Jahre alt war. Tante Jane hatte darauf bestanden, dass ich perfekt mit Messern umgehen können müsse, um mich notfalls verteidigen zu können, und so hatte ich tagelang damit auf Zielscheiben geworfen, die Tante Jane eigens angefertigt hatte. Und die sie immer höher gehängt hatte, um es mir immer schwerer zu machen.

Dank dieses Trainings konnte ich jetzt auf meine ausgezeichnete Treffsicherheit bauen.

Ich visierte mein Ziel an und warf die Messer. Das erste blieb im Oberschenkel eines der Wachmänner stecken. Das zweite im Fuß seines Kollegen. Keine gravierenden Verletzungen, aber zumindest waren sie eine Weile außer Gefecht gesetzt.

»Kyle, du musst da raus!« Diesmal war es Len, der mir wie ein Irrer ins Ohr schrie. »Sie umzingeln dich!«

Ich wich zur Treppe zurück. Fast gleichzeitig drangen sechs weitere Wachleute in die Villa ein.

»Da ist er!«

Im Laufschritt rannte ich zurück in das obere Geschoss. Etwas anderes blieb mir nicht übrig. Es wäre völliger Schwachsinn, dieser bewaffneten Truppe ohne meine Kugel die Stirn zu bieten. Sechs gegen einen – das war nicht gerade ein ausgewogener Kampf, und meine Chancen auf einen Sieg waren gering. Das Risiko konnte ich nicht eingehen.

Im Korridor erwartete mich Marissa Grossman.

»Hilfe! Zero will meine Juwelen rauben! Zu Hilfe!«, heulte sie, kaum dass sie mich sah.

Ich rammte sie mit der Schulter und drückte sie gegen die

Wand, um freie Bahn zu haben. Sie schrie auf, als wäre sie tödlich verletzt worden. Ich ließ sie stehen und rannte weiter.

Ich flüchtete erneut in Mikes Zimmer und blockierte die Tür mit dem Schreibtisch neben dem Schrank, damit niemand hereinkommen könnte. Ich schwitzte und merkte, wie angespannt meine Muskeln waren.

»Miranda!«, schrie ich.

»Wo bist du?«

»In Mikes Zimmer ...«

Die Wachleute rammten die Tür. Die Scharniere ruckten, das Holz knarzte. Sie schienen regelrecht besessen davon zu sein, sich Zutritt zu dem Raum zu verschaffen ... und ich davon, daraus abzuhauen. Ich wog meine Möglichkeiten ab. Viele waren es nicht gerade. Eigentlich war der einzige Ausweg das Fenster, durch das ich auch hereingekommen war.

Nur gab es da ein Problem.

Die Truppe, die zuvor im Garten patrouilliert war, hatte sich jetzt unterhalb der Terrasse versammelt, auf die Mikes Zimmer hinausging. Sie hatten sich eine Leiter beschafft, und die ersten waren schon dabei, hinaufzuklettern, um mich festzunehmen.

Ich war in die Enge getrieben.

Meine Verzweiflungskurve stieg exponentiell an. Es gab keine Fluchtmöglichkeit mehr! Außer ... Ich griff mit der Hand an meinen Rücken. An den Gürtel meines Anzugs geschnallt befand sich die Pistole, die Miranda damals am Tag des Erntedank-Dinners in Drayton benutzt hatte, um aus dem Foyer zu entkommen. Ich hätte sie beinahe in Drayton gelassen, aber Len hatte darauf bestanden, dass ich sie mitnahm, für den Fall, dass »irgendeine Notsituation eintritt«. Ich fühlte eine unendliche Dankbarkeit dafür, dass mein Freund so intelligent war.

Ich hielt die Pistole fest in der Hand und zielte auf eine der Palmen, die den Garten der Grossmans zierten. Ich drückte ab. Aus dem Lauf schoss ein Metallhaken und blieb an der höchsten Stelle des Baumes hängen, wobei er einen transparenten Draht hinter sich her zog. Ich holte Schwung, und ohne weiter darüber nachzudenken, sprang ich vom Balkon. Die Reaktion der Wachleute ließ nicht lange auf sich warten. Sie feuerten los, als wäre ich der erste Preis in einer Spielhölle, aber irgendwie gelang es mir, den Kugeln auszuweichen.

Ich nutzte den Haken als Pendel und schwang mich über den Zaun der Villa, wobei ich mit den Beinen die vorstehenden Zacken des Gitters streifte. Kaum hatte ich die Grundstücksgrenze passiert, ließ ich los.

Die Fallhöhe betrug mindestens zwei Meter, sodass ich nicht gerade sanft landete. Ich rollte weiter, verdrehte mir das Knie und blieb schließlich zusammengepfercht zwischen Blättern und Ästen im Gestrüpp liegen. Mir war schwindlig, aber ich rappelte mich hoch und machte mich die Straße aufwärts aus dem Staub.

Ich wollte nur noch weg von hier, und zwar so schnell wie möglich.

KAPITEL 6

Ich hatte höchstens zwei Stunden geschlafen. Ich sah entsetzlich aus, meine Wangenknochen waren geschwollen und jede Pore meiner Haut strahlte bleierne Müdigkeit aus. Dabei hatte der Abend so gut angefangen ... Immerhin war es mir gelungen, nach Drayton zurückzukehren. Wenn auch mit leeren Händen und in Folge meiner Flucht aus dem Haus der Grossmans übersät mit blauen Flecken.

Der Raub des Armbands war auf ganzer Linie gescheitert. Tatsächlich war das mein erstes derart komplettes Scheitern überhaupt, seit Zero auf der Bildfläche erschienen war. Und dass sich der Fehlschlag auch noch im Haus meines ärgsten Feindes ereignet hatte, ging mir am allermeisten gegen den Strich.

Ich schlüpfte zwischen meinen Schulkameraden hindurch in den Speisesaal. Len war schon dort, genauso schläfrig wie ich selbst. Er gab sich alle Mühe, wach zu bleiben, und trotzdem fielen ihm immer wieder die Augen zu.

Ich ließ mich auf den freien Stuhl neben ihm fallen.

»Du solltest dich da nicht hinsetzen«, murmelte er.

»Wenn jemand fragt, sage ich einfach, dass es keinen anderen freien Platz mehr gab.« Len sah sich um. Bis auf eine kleine Gruppe von Schülern neben der Tür waren alle Tische frei. Er sah mich skeptisch an.

»Ja, okay, dann denke ich mir halt was anderes aus«, schnaubte ich. »Ich kann immer noch nicht glauben, dass wir gestern gescheitert sind.«

»Ich auch nicht. Wir sind in die bestbewachten Räume der Welt eingedrungen, und dann ist uns die Villa der Grossmans dermaßen überlegen.«

»Grossman ... Immer Grossman!« Ich schlug mit der Faust auf den Tisch. »Wieso muss ich immer wieder ausgerechnet über ihn stolpern?«

Miranda schlurfte in den Speisesaal. Mit ihrem Seidentüchlein um den Hals und den makellosen Stöckelschuhen sah sie so perfekt aus wie immer. Aber dennoch konnte die ganze Schminke nicht die Augenringe verbergen, die dunkle Schatten auf ihr Gesicht warfen. Len und ich waren scheinbar nicht die Einzigen, die kaum geschlafen hatten.

»Morgen«, brummelte sie. Sie zog einen Stuhl heran und setzte sich zu uns.

»Du solltest dich da nicht hinsetzen«, sagten Len und ich. Len schnaubte verärgert.

»Das sagt der Richtige«, murmelte er. Miranda beachtete uns nicht weiter und tat, als hätte sie nichts gehört.

»Ich fühl mich wie eine zermatschte Kakerlake. Nicht mal in den Unterricht hab ich's geschafft.«

»Ich auch nicht«, gab ich zu. Ich hatte den Wecker zwar gehört, ihn aber direkt gepackt und ans andere Ende des Zimmers geschleudert.

»Habt ihr herausbekommen, was gestern eigentlich schiefgelaufen ist?«

»Meine Kugel ist schiefgelaufen. Sie hat mich nicht gewarnt vor dem, was passieren würde.«

»Sie hat keine einzige Vorhersage gemacht?«

»Keine einzige, seit ich das Haus betreten hatte.«

»Vielleicht ist sie ja kaputt?«

Ich schüttelte den Kopf.

»Ich habe sie heute Morgen getestet – sie hat mir sogar angezeigt, dass du mir genau diese Frage stellen würdest.«

»Ich glaube ja, dass das alles mit diesem Haus zusammenhängt, nicht mit deiner Kugel«, schaltete Len sich ein.

»Was meinst du damit?«

Len holte seinen Rechner aus der Tasche und stellte ihn mit dem Monitor zu uns gewandt auf den Tisch. Auf dem Bildschirm sah man das Haus der Grossmans. Aber da war etwas um das Haus herum. Eine Art bläulicher Dunst umgab das Gebäude.

»Was ist das?«, fragte ich.

»Nach allem, was ich herausfinden konnte, hat genau *das* deine Kugel lahmgelegt.« Len drückte eine Taste, und der Nebel wurde deutlicher. »Eine spezielle Strahlung aus Mikropartikeln, die der Zusammensetzung deiner Kugel entgegenwirkt. Mit anderen Worten ...«, er holte Luft, bevor er weitersprach, »... funktioniert in diesem Haus keine einzige Kugel.«

Ich brauchte einen Moment, bis ich begriff, was ich gerade gehört hatte.

»Du machst Witze«, sagte ich schließlich.

»Überhaupt nicht«, erwiderte Len. Immer noch ungläubig sah ich mir noch mal das Bild der Grossman'schen Villa an. Ein Dunst, der die Vorhersagen meiner Kugel unterdrücken sollte?

»Wenn du die Sache mal nüchtern betrachtest, macht das schon Sinn«, meinte Miranda nachdenklich. »Mikes Vater hat die Träger der Kugeln doch jahrelang bestohlen. Deshalb will er sich mit Sicherheit um jeden Preis vor ihnen schützen. Was gibt es da Besseres, als sein Haus gegen die Macht der Kugeln immun zu machen?«

»Noch schlimmer ist«, sagte Len, »dass es schätzungsweise mindestens einen Monat dauern wird, bis wir eine Lösung dafür gefunden haben.«

»Wir können aber keinen ganzen Monat warten!«, rief ich. »Die Versteigerung ist doch schon in einer Woche.«

»Bis dahin kriegen wir's nicht hin. Was sollen wir denn unternehmen in so kurzer Zeit?«

»Uns wird schon was einfallen.«

»Das schaffen wir nicht, Kyle. Ohne deine Kugel bist du ein ganz gewöhnlicher Dieb. So kannst du unmöglich Adam Grossmans Sicherheitssysteme überlisten.«

Auch wenn ich es nicht zugeben wollte, hatte Len recht. Die Kugel war unser Dreh- und Angelpunkt. Ohne sie wäre keiner meiner Raubzüge so einfach gewesen. Musste ich mich wirklich vom Armband meiner Mutter verabschieden und mich damit abfinden, dass ich nicht in der Lage war, meinen schlimmsten Feind in seinem eigenen Revier zu besiegen? Das kam überhaupt nicht infrage! So leicht würde ich mich nicht geschlagen geben.

»Wie kriegen sie es eigentlich hin, das Haus auf diese Art zu sichern?«

»Keine Ahnung. Ich weiß weder, von wo diese Strahlung ausgeht, noch, wie sie es hinbekommen, dass sie das ganze Gebäude umgibt. Dafür müssten wir schon hingehen und Aufzeichnungen des Hauses machen. Nur so könnten wir ein Gegenmittel gegen die Wirkung dieses Dunstes finden.«

»Das wäre reiner Selbstmord«, sagte ich. »Nach dem, was gestern passiert ist, werden sie noch besser vorbereitet sein.«

»Fällt dir was Besseres ein?«, fragte Len.

Ich antwortete nicht. Kein genialer Vorschlag kam mir über die Lippen. Wir waren in einer Sackgasse gelandet. Nur Adam Grossman wusste, wie sein Anti-Kugelträger-Sicherungssystem funktionierte. Und dann höchstens noch einer der Menschen, denen er am meisten vertraute. Dan Alec, Juliette Morrison und, vielleicht, ...

»Warte mal. Vielleicht weiß ja Mike etwas. Grossman vertraut seinem Sohn blind. Er hat ihm ganz bestimmt was erzählt.«

»Kann schon sein«, meinte Len, »nur wird er dir seine Infos nicht so ohne weiteres mitteilen. Es wird dauern, bist du ihn so weit hast, Kyle.«

»Aber ich könnte es schneller schaffen«, sagte Miranda. Len und ich drehten uns zu ihr um.

»Wie denn?«

»Mike ist doch schon länger in mich verliebt. Das könnte ich ausnutzen. Seiner affektierten, hingebungsvollen Geliebten wird er ganz sicher nichts ausschlagen.«

»Warte mal, warte mal. Du willst mit Mike ausgehen, um rauszufinden, wo der Schwachpunkt des Hauses liegt?«

»Genau.«

»Keine schlechte Idee«, meinte Len anerkennend.

»Wie bitte?«, rief ich aus. »Nein! Kommt überhaupt nicht infrage.«

»Ich kann das schon machen, Kyle«, murmelte Miranda.

»Du wirst nicht mit ihm ausgehen.«

»Das ist aber der beste Weg, um an das Armband deiner Mutter zu kommen.«

»Wir überlegen uns was anderes.«

»Ich kann mich besser verstellen als du.«

»Ich habe Nein gesagt!«, brüllte ich. Ich schlug so fest auf den Tisch, dass Len seinen Rechner festhalten musste, damit er nicht herunterfiel.

»Du weißt ganz genau, dass das die beste Lösung ist. Du wirst das nie hinbekommen!«

Natürlich wusste ich, dass das die beste Lösung war. Miranda war Mikes Schwachstelle. Er war verrückt nach ihr und würde ihr notfalls sogar die PIN seines Bankkontos anvertrauen. Und trotzdem ... Ich musste mir die beiden nur zusammen vorstellen, und schon fing mein Blut an zu kochen.

»Ist mir egal. Mir gefällt die Idee einfach nicht.«

»Sie muss auch nicht dir gefallen, sondern mir.«

»Was soll das denn jetzt wieder heißen? Stehst du vielleicht auf Mike?«

»Geht dich doch nichts an, auf wen ich stehe und auf wen nicht!«

»Doch, klar geht mich das was an!«

»Ach ja?« Miranda hob eine Augenbraue. »Und warum, wenn man fragen darf?«

Ich kreuzte die Arme vor der Brust und ging in Verteidigungshaltung.

»Ich mache mir eben Sorgen um dich.«

»Das kannst du dir sparen. Ich brauche deine Sorgen nicht. Du machst doch auch immer einfach, was dir gerade in den Sinn kommt, und ich stell dir nie Fragen. Das solltest du dir auch mal aneignen.«

»Das eine hat doch mit dem anderen überhaupt nichts zu tun, Miranda. Das ist doch ein völlig anderes Thema.«

»*Du* wechselst doch einfach das Thema, wenn es dir gerade passt!«, brüllte sie. Wir schrien uns richtig an, und Gabriel warf uns aus der Küche einen vorwurfsvollen Blick zu. Len verfolgte unsere Diskussionen, als würde er sich eine Tennispartie ansehen. »Du bist mein bester Freund. Nicht mein Aufpasser. Hör auf, dich in Dinge einzumischen, die dich nichts angehen.«

»Ach ja? Na, wunderbar.« Ich winkte ab. »Dann muss ich mir ja keine Mühe mehr geben. Von mir aus mach doch, was du willst.«

»Genau das werde ich auch tun!«, rief Miranda. Wutentbrannt sprang sie auf und stürmte aus dem Raum. Sie verabschiedete sich nicht mal.

Ich grummelte etwas in mich hinein und sah ihr nach.

»Was ist denn mit euch los?«, fragte Len.

Als Antwort brummte ich irgendetwas in mich hinein, und dann verließ auch ich den Saal, wobei ich möglichst fest aufstampfte, um meiner Wut auch deutlich Ausdruck zu verleihen.

KAPITEL 7

Zu den absurdesten Traditionen in Drayton gehörte die Zeremonie, die den Polospielen vorausging. Seit Gründung der Schule war es Brauch, dass der Mannschaftskapitän gemeinsam mit dem Trainer, dem Vizekapitän und dem Direktor der Schule im Eingangsbereich des Internats die gegnerische Mannschaft empfing. Das sollte eine Art ritterliche Haltung gegenüber den Rivalen demonstrieren. Als ich jetzt im Laufschritt durch die Korridore schlingerte, kam ich aus dem Fluchen nicht mehr heraus. So ein idiotischer Brauch!

Ich kam spät. Sehr spät. Die Mannschaft aus Rockland war mit Sicherheit schon da. Und ich, der ich als Erster von allen da sein sollte, würde als Letzter ankommen. Lawrence würde rasen vor Wut. Ich hatte seine Tirade schon im Ohr. *Ein Blake unterscheidet sich von anderen Menschen in erster Linie durch seine Pünktlichkeit.*

Hastig stürmte ich die Treppe hinunter ins Foyer. Dort erwartete mich Patrick Neville. Kaum hatte er mich erspäht, hob er seine Kamera und fing an, mich zu knipsen. Bis ich auf seiner Höhe war, ließ er den Auslöser überhaupt nicht mehr los.

»Hast du eigentlich irgendwann mal genug Fotos von mir?« Ich hielt das Objektiv zu, damit er Ruhe gab.

»A-a-auf keinen Fall«, gab er zurück. »M-mein Notizbuch ist voll mit Fotos von dir. Aber k-k-keine Sorge. Ich lasse sie n-n-niemanden sehen.«

Ich verdrehte die Augen.

»Du solltest dir echt ein Hobby suchen«, murmelte ich. Patrick ließ sich von meinem Seitenhieb nicht aus der Ruhe bringen. Im Gegenteil. Er widmete mir sein strahlendstes Lächeln und versuchte, seine Kamera von meiner Hand zu befreien, um seine Fotosession fortzusetzen. »Arbeitest du heute gar nicht? Ich dachte, du bist samstags immer im *Ninos.*«

»Äh, ja, also ich b-b-bin deinem Rat gefolgt und hab d-d-den Arbeitsplatz gewechselt. Ich b-b-bin jetzt beim *Los Angeles Mirror*. A-a-als Stipendiat.«

»Beim *Los Angeles Mirror?«* Ich pfiff anerkennend. »Wow. Ist das nicht einer der besten Fernsehsender der Stadt?«

»D-d-doch«, antwortete Patrick. »A-a-als Journalist lassen s-s-sie lassen mich nicht arbeiten, w-w-weil ich immer stottere, w-w-wenn ich aufgeregt bin. Aber ich helfe bei der P-p-programmgestaltung.«

Es lag auf der Hand, dass dieser Job deutlich geeigneter für ihn war als der eines Kellners in einer Diskothek. Jedenfalls müsste er sich jetzt nicht mehr mit dem alten Thomas anlegen und könnte sich die Peinlichkeit ersparen, wenn ihm mal wieder ein Glas hinunterflog. Die täglichen Nachrichten waren da schon deutlich leichter zu handhaben.

Patrick sah sich um, um sich zu vergewissern, dass wir alleine waren, und rückte dann ein Stück näher an mich heran.

»Das gestern war ein Ablenkungsmanöver, oder?«

»Ein was?«

»In der Zeitung hieß es, dass Zero beim Einbruch in das

Haus der Grossmans scheiterte, aber das glaube ich nicht. Zero scheitert nie. War das Teil des Plans?«

Ich hatte keine Lust, ihm irgendwelche Erklärungen abzuliefern, also stimmte ich zu.

»Klar! Das war alles Teil des Plans.«

Patrick nickte sachverständig.

»Hab ich mir schon gedacht.«

Ich ließ ihn alleine weiter über die Gründe spekulieren, die mich zum »Scheitern« veranlasst haben mochten, und verabschiedete mich. Ich hatte mich immer noch nicht an diese fast krankhafte Bewunderung gewöhnen können, die er mir gegenüber an den Tag legte, und auch nicht an die Art, wie er mich ansah – als wäre ich sein absoluter Lieblings-Popstar, den er gleich um ein Autogramm bitten würde. Das lag zum Teil auch daran, dass ich ihm nicht hundertprozentig über den Weg traute. Wobei – eigentlich steckte gar kein Misstrauen dahinter. Eher eine Art Unruhe. Es gefiel mir nicht, dass jemand anderes außer meinen Freunden wusste, dass ich Zero war. Andererseits war mir klar, dass Patrick mich längst verraten hätte, wenn das seine Absicht gewesen wäre.

Nachdem ich meine Erinnerungen wiedererlangt hatte, war ich in sein Haus eingedrungen und hatte die Videobänder und Zeitungsausschnitte vernichtet, die er in seinem Zimmer aufbewahrte. Er hatte sich nicht beschwert. Hatte mich nicht aufgesucht, um zu fragen, warum ich das getan hatte, obwohl er ganz genau wissen musste, dass ich es gewesen war. Mit der Polizei hatte er auch nicht gesprochen. Einen ganzen Monat hatte er Zeit gehabt, das nächstgelegene Polizeirevier aufzusuchen, und trotzdem hatte er es nicht getan. Dafür fotografierte er mich jetzt jedes Mal, wenn wir uns über den Weg liefen. In den Korridoren, im Unterricht ... Da kam ich nicht mit. Das überstieg einfach mein Vorstellungsvermögen.

Ich war schon fast am Haupteingang angelangt, als mich jemand am Arm berührte.

»Patrick, ich hab dir doch schon gesagt, dass ...«

»Hi, Kyle.« Das war nicht die Stimme von Charles Nevilles Neffen. Ich drehte mich um. Hinter mir stand Lauren. Sie hatte sich ihren Schal in den Farben von Drayton um Kopf und Hals geschlungen und den in derselben Farbe wie Mirandas Haare gefärbten Schopf zu einem hohen Pferdeschwanz gebunden. Bildete ich mir das nur ein oder hatte sie mehr Lippenstift aufgetragen als sonst?

»Lauren, wie geht's? Bist du nicht mit den anderen auf dem Polofeld?«

»Doch ... ja ... ich wollte gerade hingehen. Und du? Rockland ist eben angekommen.«

Ich sah aus dem Fenster. Tatsächlich, da standen die Busse unserer Rivalen in militärisch exakter Anordnung, und die in identischen gelb-grünen Uniformen steckenden Schüler waren gerade dabei, in wohlformierten Zwanziger-Gruppen auszusteigen. Die Mitglieder der Polomannschaft hatten als Erste den Boden betreten und führten die Prozession an, mit ihrem Trainer zu ihrer Rechten. Wie ich schon befürchtet hatte, war ich der Letzte. Na, großartig ...

»Ach ja ... Danke. Ich geh dann mal lieber, bevor ...«

Aber so schnell ließ mich Lauren nicht entkommen. Sie stellte sich auf die Zehenspitzen und gab mir einen Kuss auf die Wange. Aber keinen flüchtig hingedrückten Kuss. Sie klebte mir ihre Lippen so fest aufs Gesicht, dass mir der Abdruck ihres Lippenstifts regelrecht in die Haut eintätowiert wurde.

»Ich sehe dich dann beim Spiel«, hauchte sie. Dann entfernte sie sich, ohne das Lächeln von ihren Lippen zu lösen. Das Ganze traf mich so unvermittelt, dass mir die Spucke wegblieb. *Was soll das denn jetzt?* war alles, was ich denken konnte.

»Kyle!«

Mike tauchte am anderen Ende des Foyers auf und gestikulierte wild in meine Richtung.

»Ist dir klar, wie spät es ist? Lawrence und der Trainer gehen gleich die Wand hoch wegen dir. Da wird dir noch ordentlich was blühen.«

»Tut mir leid. Ich hab irgendwie die Zeit vergessen.«

»Beeil dich, Alter.«

Auf der Freitreppe vor dem Eingang des Internats warteten Sebastian und Cleave, unser Trainer, auf die Gäste, um mit der traditionellen Begrüßung loszulegen.

In der leisen Hoffnung, dass er meine Verspätung nicht bemerkt hatte, nahm ich meinen Platz zu Lawrence' Rechten ein, aber die Miene, mit der er mich bedachte, zerstreute meine Erwartung sofort.

»Sie sind spät, Mister Blake«, zischte er mit einer gewissen Beherrschtheit.

»Ich bin eingeschlafen.«

Er seufzte.

»Sie sollten daran denken, dass ein Blake …«

»… niemals zu spät kommt«, rezitierte ich matt. »Du lässt ja keine Gelegenheit aus, mir das ins Gedächtnis zu rufen.«

»Zumindest kann ich feststellen, dass Ihr Gedächtnis besser funktioniert als Ihre Umgangsformen.« Sebastian sah aus dem Augenwinkel zu Cleave und Mike. Die beiden berieten über die beste Strategie, mit der die Mannschaft aus Rockland zu schlagen wäre, und achteten nicht auf uns. »Und ich gehe davon aus, dass Ihre Verspätung nichts mit der Versteigerung von Adam Grossman zu tun hat …«

»Natürlich nicht!«, zischte ich mit gespielter Entrüstung.

»Ich wette, Sie haben die ganze Nacht damit verbracht, zusammen mit Mister Lu den Diebstahl vorzubereiten.«

Ich zog einen Schmollmund.

»Ja, okay. Ich bin spät ins Bett gestern.« Sebastian räusperte sich – er wollte die ganze Wahrheit hören. »Okay, okay. Ich war mit Len zusammen ... Wir sind ein paar Alternativen durchgegangen ... Wie wir das Armband stehlen könnten.«

»Es ist nicht mal einen Monat her, dass Sie fast Ihr Leben verloren hätten, Mister Blake. Sie sollten sich ausruhen.«

»Ich habe mich schon ausgeruht!«

»Aber nicht ausreichend.«

»Komm schon, Sebastian. Es ist das Armband meiner Mutter.«

»Und? Warum stehlen Sie es nicht in ein paar Monaten, wenn irgendjemand es erworben hat und es weit weg ist von Adam Grossman? Denken Sie nicht, das wäre einfacher?«

»Hmm ...« Ich wog seinen Vorschlag ab. »Nein.«

»Warum nicht?«

»Ich will es Grossman selbst wegnehmen. Das ... motiviert mich mehr.«

Mit dem Gefolge seiner Schule dicht hinter sich, kam Abraham Downer auf uns zu. Sebastian und ich unterbrachen unsere Unterhaltung und überzogen unsere Gesichter mit einer Maske diplomatischer Herzlichkeit.

Downer sah älter aus, als er war. Sein plumper Gang und der gebeugte Rücken hatten ihm in Drayton den Spitznamen »Der Bucklige« eingebracht. Ich hatte mich zwar nie besonders gut mit den Rocklands verstanden, aber ihren Direktor fand ich sympathisch. Ich streckte ihm die Hand entgegen.

»Ah, der junge Bradford. Immer wieder ein Vergnügen, Sie zu sehen.«

»Das kann ich nur zurückgeben, Sir.«

»Bereit, einen Sieg einzufahren?«

»Das hoffe ich doch.«

Nach Downer zogen die Spieler der Mannschaft von Rockland an uns vorbei. Bis ich schließlich dem gegnerischen Kapitän gegenüberstand.

»Griffith.«

»Lange nicht gesehen, Bradford.« Keiner von uns machte Anstalten, dem anderen die Hand entgegenzustrecken.

Robert Griffith und ich kannten uns aus dem Waisenhaus. Allerdings hatten wir nie ein besonders herzliches Verhältnis zueinander gehabt. Ohne dass es ihm bewusst war, hatte er mich sogar einmal beinahe umgebracht, als er versucht hatte, meine Kugel zur Belustigung seiner Freunde mit einem Stein kaputtzuschlagen. Was in Westlake geschehen war, als ich noch den Chip im Kopf hatte, war nur eine Kostprobe unserer gegenseitigen Geringschätzung gewesen.

Beide wussten wir, dass ich nicht Kyle Bradford hieß und er nicht aus einer wohlhabenden Familie stammte, was er tunlichst zu verheimlichen suchte. Aber keiner von uns beiden war je irgendwo mit der Wahrheit herausgerückt. Wahrscheinlich aus Angst, dass der andere dann auch offenlegen würde, was er wusste.

»Na, bereit, die nächste Schlappe einzustecken?«

»Diesmal wirst *du* mit einem Schlag ins Gesicht nach Hause gehen.«

»Da wäre ich nicht so sicher«, gab ich zurück. »Du hast ja nicht mal deine Freunde mitgebracht, damit sie dir zur Hand gehen.«

»Die brauche ich auch nicht, um Hackfleisch aus dir zu machen.«

»Das wage ich zu bezweifeln ...«

Mit schlecht verborgenem Groll musterten wir uns, bevor

wir auseinandergingen. Als Robert auf Mikes Höhe angelangt war, grinste der ihn nur spöttisch an.

»Na, Griffith, schon erholt von Kyles Abreibung?«

Robert wurde rot vor Scham, und ich fand zum ersten Mal einen Kommentar von Mike richtig gut.

KAPITEL 8

Ich sah auf die Anzeigetafel. 3 : 0. Gar nicht schlecht. Vor allem, wenn man bedachte, dass wir es waren, die in Führung lagen. Dabei machte uns das unfaire Spiel der Rocklands ganz schön zu schaffen. Innerhalb von weniger als zehn Minuten hatten wir vier Fouls abbekommen, und unser Trainer hatte Chris auswechseln müssen, nachdem ihm Griffith einen extrem unsportlichen Hieb mit dem Ellenbogen verpasst hatte, der, dem Schiedsrichter zufolge, »zur Dramatik des Spiels« gehörte.

»Kyle!«, schrie Mike. Er versetzte dem Ball einen Schlag, sodass dieser zwischen den Beinen eines gegnerischen Pferdes hindurch in meine Richtung flog.

Ein ohrenbetäubendes Tosen ging über das Spielfeld. Die Polospiele weckten immer große Erwartungen im Internat, und die Spiele gegen Rockland waren ohne Zweifel die beliebtesten. Die Ränge waren zum Bersten voll. Rechts saßen die Schüler von Drayton. Die linken Ränge waren von unseren Rivalen besetzt.

Patrick hatte einen der besten Plätze in der ersten Reihe ergattert und folgte dem Spiel, ohne seine Kamera aus der Hand zu legen. Auch Miranda war da, sie saß neben Lauren.

Seit unserem Streit im Speisesaal hatten wir kaum ein Wort gewechselt. Ich war ihr ganz bewusst aus dem Weg gegangen. Sie ging jetzt noch nicht mal eine Woche mit Mike aus und hatte in der kurzen Zeit schon mehr über Adam Grossman in Erfahrung gebracht als ich im Laufe von Jahren. Eigentlich müsste ich zufrieden sein. Aber ich war es nicht. Meine Laune war sogar dermaßen im Keller, dass es selbst Neal aufgefallen war. Und jedes Mal, wenn ich Mike zusammen mit Miranda sah, sank sie noch tiefer. Es war unerträglich.

Sobald er realisierte, dass ich den Ball hatte, stürzte sich Robert auf mich. Ich zog die Zügel von Furia, meinem Pferd, fester, damit sie sich nicht erschreckte, und wich seinem Angriff aus, wobei ich gleichzeitig den wertvollen Ball schützte. Griffith setzte erneut an, aber diesmal hatte er es absichtlich auf mein Bein abgesehen. Sein Schläger prallte mit voller Wucht gegen meinen Oberschenkel, und ein stechender Schmerz jagte mein Bein hinab bis zu den Zehen.

»Oh nein, Draytons Schönling hat sich wehgetan«, spottete er.

»Wie immer spielst du unfair«, gab ich zurück.

»Das ist nun mal meine Spezialität. Oder weißt du vielleicht nicht mehr, wie das damals war im Waisenhaus? Am Ende hab ich dich doch immer gekriegt.«

»Mit so faulen Tricks kann das jeder. Sogar einer wie du. Du bist doch einfach nur ein verfluchter ...«

Gerade, als ich Griffith zur Hölle schicken wollte, vibrierte meine Kugel. Sie lag gut versteckt in unserem Rückzugsort, unter der Erde und in ziemlicher Entfernung von mir. Und dennoch nahm ich ihre Bewegung wahr, als läge sie direkt neben mir. Mit einer Klarheit, die mich selbst überraschte und ganz schön verwirrte. Robert nutzte meine Irritation aus und nahm den Ball an sich. Er trabte mit ihm davon und hämmerte ihn in unser Tor. Die Rocklands brachen völlig außer sich in Jubelgeschrei aus. Ich rührte mich nicht vom Fleck.

Als sie mich wie versteinert dastehen sahen, hielten auch die anderen Spieler meiner Mannschaft inne und blickten sich ratlos an. Mike ritt auf mich zu. Er sah besorgt aus und seine gerunzelte Stirn hatte die Form eines Fragezeichens angenommen. Aber ich beachtete ihn nicht weiter. Ich hatte nur Ohren für die Schläge meiner Kugel.

Nie zuvor hatte ich ihre Warnung aufnehmen können, wenn ich ihr nicht ganz nahe war. Warum dann jetzt?

Mit meinen Augen suchte ich das Polofeld ab. Da war nichts Außergewöhnliches ... Ich wandte den Kopf nach rechts und fixierte einen entfernten Punkt hinter den Zuschauerrängen, und als hätte ich unwissentlich einen Schalter umgelegt, wurden die Vibrationen intensiver. Der Hinweis der Kugel stand irgendwie in Verbindung mit diesem konkreten Punkt. *Will sie mich vor etwas warnen ...?*

Die Luft wurde trüb. Sie wurde dichter. Der Himmel zog sich zu und graue Wolken kamen auf. Furia wurde unruhig und begann, unkontrollierte Bewegungen zu machen. Auch die anderen Pferde wurden ganz störrisch. Eines wollte sogar seinen Jockey abwerfen. Griffith musste zurückweichen, um sich im Sattel zu halten. Genauso Mike. Ich presste die Beine gegen die Flanken meines Pferdes, damit es nicht scheute. Den Punkt, den mir meine Kugel gewiesen hatte, ließ ich nicht aus den Augen.

Und dann sah ich es. Halb verborgen hinter einem Baum stand ein Mann. Ich konnte sein Gesicht nicht erkennen, weil er ein Sweatshirt mit Kapuze trug, die er über den Kopf gezogen hatte. Aber dafür konnte ich von meinem Standort aus seine Arme deutlich sehen. Einer hing schlaff herab. Den anderen hatte er nach vorne gestreckt. Und in seiner Hand glänzte etwas Metallisches ...

Ein Revolver. Auf mich gerichtet.

Mit einer verzögerten Bewegung drückte der Finger des Unbekannten den Abzug.

KAPITEL 9

Alles geschah blitzschnell. Die Kugel schoss so rasch über das Spielfeld, dass niemand außer mir sie sah. Gerade noch rechtzeitig warf ich mich nach hinten, und das Projektil schrammte im Vorbeifliegen an meiner Wange entlang. Eine heiße Flüssigkeit lief mir das Kinn hinunter.

Als ich mich wieder gefangen hatte, zog ich als Erstes die Zügel fester, damit Furia sich rückwärtsbewegte und wir aus der Schusslinie kamen. Die plötzliche Bewegung traf sie unvorbereitet und sie wieherte träge. Aber als eine zweite Kugel nur wenige Zentimeter neben ihrem rechten Vorderfuß einschlug, wandelte sich die Trägheit in Sekundenschnelle in Panik.

In heller Aufregung schüttelte sie sich, und ich musste mich an ihrem Hals festhalten, um nicht durch die Luft zu segeln.

»Ruhig, Furia!«, schrie ich.

Aber der Hengst schenkte meinem Flehen keine Beachtung. Erst recht nicht, als jetzt ein Schuss nach dem anderen an ihm vorbeipfiff. Meine Beruhigungsversuche liefen völlig ins Leere. Wie verrückt schlug das Pferd aus, und dann setzte es ohne Vorwarnung zum Galopp an, um vor dem zu fliehen, wovon auch immer es da angegriffen wurde.

Ich verlor das Gleichgewicht und mein Fuß rutschte aus dem Steigbügel. Jetzt hing ich nur noch halb im Sattel. Mein rechtes Bein war gefährlich weit nach oben gerutscht und das linke schleifte am Boden entlang ... Die Jubelrufe meiner Schulkameraden schlugen in Entsetzensschreie um.

Ich klammerte mich am Sattel fest. Wenn ich jetzt fallen würde, käme ich im besten Fall mit schweren Verletzungen davon. Im schlechtesten konnte ich mir schon mal Gedanken über die Farbe meines Sargs machen.

Es war unter den gegebenen Umständen extrem schwierig, das Pferd in den Griff zu bekommen. Furia raste wie eine Irre, und ich hing quasi kopfüber an ihr herunter, gerade mal ein paar Zentimeter über dem Rasen des Spielfelds. Wie eine verschwommene Skizze sah ich den Boden unter mir vorbeiflitzen, und ich hatte keine Chance, mich aufzurichten. Die anderen Spieler, die von Drayton genauso wie die von Rockland, wichen zurück, um nicht mit uns zusammenzustoßen.

Nur Mike und Neal blieben, wo sie waren.

»Kyle!« Mike war jetzt an meiner rechten Seite, er gab seinem Pferd die Sporen, um mit unserem Tempo mithalten zu können, und streckte mir die Hand hin. Zu meiner Linken versuchte Neal, Furias Zügel zu fassen zu bekommen und ihren Irrsinnsritt zu stoppen. »Halt dich an mir fest!«

Das kam mir alles so absurd vor. Die Söhne meiner Feinde, die Menschen, die ich aus tiefstem Herzen verabscheute, versuchten gerade, mir das Leben zu retten. Warum? Warum ausgerechnet sie?

Mike lenkte sein Pferd noch ein Stück näher an meines heran.

»Los jetzt!«, rief er.

Seine Fingerspitzen streiften mein Handgelenk, und einen Moment lang konnte ich mich an ihm festhalten. Aber dann machte Furia einen Satz und ich verlor erneut das Gleichgewicht. Ich versuchte, das Manöver zu wiederholen. Aber es gelang mir nicht. Als ich den Kopf hob und sah, wo wir hingaloppierten, verging mir auch jede weitere Lust darauf.

Wir steuerten geradewegs auf das Eingangstor zu, hinter dem der das Internat umgebende Pinienwald lag.

Unter anderen Umständen hätte ich ja nichts gegen einen beschaulichen Ausritt durch den Wald gehabt. Nur gab es da einen gewissen widrigen Umstand. Das Tor war geschlossen, und um auf die andere Seite zu gelangen, mussten wir schon die vier Meter überspringen, die es maß.

Aus der Aktion würde ich nicht lebend rauskommen.

»Macht das Tor auf!«, brüllte Mike nach hinten. »Macht das Tor auf!«

Mit gewisser Erleichterung sah ich, dass irgendeine barmherzige Seele Mike erhört hatte und sich das Tor langsam öffnete. Furia war nicht mehr aufzuhalten. Sie stürmte durch die schmale Öffnung und weiter in den Wald, wobei sie den Pinien, herabgefallenen Ästen, Felsen und Steinen geschickt auswich. Hinter uns waren immer noch Mikes und Neals Pferde, die alle Mühe hatten, mit uns Schritt zu halten.

Sie konnten nichts für mich tun.

Weil die Vegetation immer dichter wurde, wurden auch die Räume immer enger, und wenn ich an einem Stück nach Drayton zurückkommen wollte, musste ich mir schon selbst helfen.

Ich tastete nach dem linken Steigbügel. Nach mehreren vergeblichen Versuchen hatte ich ihn ausfindig gemacht, ich steckte meinen Fuß hinein und holte Schwung. Ich nahm das letzte bisschen Kraft zusammen, das ich noch hatte, und konzentrierte mich nur auf diese einfache Bewegung.

Irgendwie schaffte ich es in den Sattel. Die Welt stand nicht mehr Kopf und ich saß wieder aufrecht an meinem Platz. Am liebsten hätte ich vor Freude geschrien.

Ich fackelte nicht lange und zog kräftig an den Zügeln, damit Furia stehen blieb – und endlich gehorchte sie. Unvermittelt stoppte sie direkt am Ufer des Sees, der im hinteren Teil des Internatsgeländes lag, und durch den abrupten Stillstand wurde ich aus dem Sattel geschleudert. Ich segelte durch die Luft und landete schließlich bis zum Hals im schlammigen Wasser des Sees.

Keuchend kam Furia auf mich zu, als würde sie nachsehen wollen, ob mit mir alles okay war.

»Es wäre nett, wenn du das nächste Mal für eine etwas sanftere Landung sorgen könntest«, meinte ich zu ihr.

Mike und Neal sprangen von ihren Pferden und liefen auf uns zu. Mike war als Erster bei mir. Er half mir aus dem Wasser und musterte mich von oben bis unten, als würde er mich zum ersten Mal sehen. Er schwieg. Umarmte mich einfach nur. So fest, dass mir die Luft wegblieb. Neal tätschelte mir den Rücken.

Nie zuvor hatte ich die beiden so leichenblass gesehen. Sie schienen verstört. *Sehr* verstört. Etwa wegen mir? Hatten sie etwa Angst um mich gehabt?

»Ich war sicher, dass wir dich verlieren würden, mein Freund«, flüsterte Mike.

Seine Worte hallten in meinem Inneren nach, und mich überkam ein bittersüßes Gefühl.

Freund?

Waren sie wirklich ... meine *Freunde*?

KAPITEL 10

Ich folgte mit dem Blick dem Licht, das Natalie vor meinen Augen hin und her bewegte. Links. Rechts. Links ... Sie beobachtete mich aufmerksam und achtete auf jede meiner Bewegungen. Sie hatte mir zwar nicht gesagt, wofür dieser Test gut sein sollte, aber ich wusste es auch so. Er sollte zeigen, ob mein Gehirn noch funktionierte. Sollte mögliche Folgeerscheinungen aufdecken, die der Sturz verursacht haben konnte.

»Einmal noch, Mister Bradford.«

Ich wiederholte den Vorgang, bis sie sich schließlich zufriedengab. Sie knipste das Lämpchen aus und steckte es in die Tasche ihres Kittels.

»Sieht aus, als wäre alles in Ordnung.«

»Und das Spiel?«

»Wurde abgesagt. Direktor Lawrence und Direktor Downer sind zu dem Schluss gekommen, dass es nicht fair gewesen wäre, die Begegnung fortzusetzen.« Natalie verschränkte die Arme und seufzte. »Sie sind der beste Jockey von ganz Drayton – wie konnte Ihr Pferd nur dermaßen die Kontrolle verlieren?«

Es hat nicht die Kontrolle verloren. Es wurde dazu gebracht, die Kontrolle zu verlieren. Niemand hatte bemerkt, was eigentlich geschehen war.

Die Schüsse waren im allgemeinen Geschrei untergegangen, und jetzt dachten alle, Furia wäre schuld an dem, was geschehen war. Nur ich wusste, was mein Pferd derart erschreckt hatte.

»Machen Sie sich keine Sorgen. Die Saison ist noch lang. Am Ende werden Sie die Meisterschaft gewinnen, Sie werden schon sehen«, sagte Natalie. »Aber Sie müssen besser auf sich achtgeben. Immer wieder bereiten Sie uns solche Sorgen. Vor allem Direktor Lawrence.«

Stimmt. Sebastian hatte wahrscheinlich einen Herzinfarkt erlitten. Als ich zum Spielfeld zurückgekehrt war, Furia an den Zügeln neben mir führend, hatte er sich völlig verzweifelt auf mich gestürzt. Die sonst so tadellose Haltung hatte sich in Rauch aufgelöst, und zurückgeblieben war ein alter Mann mit weißem Haar. Nie zuvor war mir bewusst gewesen, wie alt er eigentlich war. Und wie wichtig ich ihm war ...

Ein zaghaftes Klopfen riss mich aus meinen Gedanken.

»Herein.«

Miranda betrat die Krankenstation mit meiner Schuluniform in der Hand. Hinter ihr kam Len. Der Ausdruck auf ihren Gesichtern erinnerte mich an den von Mike und Neal. Sie machten sich Sorgen. Das konnte ich an den Falten auf Mirandas Stirn sehen.

»Dann mache ich mich mal auf den Weg zu Direktor Lawrence, wo Sie jetzt Gesellschaft haben; er hatte mich um einen ausführlichen Bericht gebeten, sobald wir mit den Untersuchungen fertig wären«, sagte Natalie. »Soll ich Herrn Grossman und Herrn Morrison Bescheid geben? Sie warten draußen auf dem Korridor.«

Ich runzelte die Stirn.

»Nicht nötig«, antwortete ich. »Ich brauche noch ... ein wenig Ruhe.«

»Natürlich.«

Kaum war Natalie aus der Station, kam Miranda zu mir. Ihr Blick blieb an der Schramme hängen, die das erste Geschoss auf meiner Wange hinterlassen hatte.

»Hast du sie dabei?«, fragte ich.

Sie nickte. Sie tastete in ihrer Jackentasche herum und zog schließlich einen kleinen, länglichen Gegenstand hervor. Sie hielt ihn mir hin. Es war eine der Kugeln, die der Kapuzenmann während des Spiels auf mich abgefeuert hatte. Ich hatte sie gebeten, danach zu suchen und sie mir in die Krankenstation zu bringen.

»Was ist eigentlich passiert?«, fragte Miranda. Sie setzte sich neben mich, während ich das Projektil untersuchte. Was geschehen war, hatte zumindest unsere Wut aufeinander ein wenig besänftigt.

»Jemand hat versucht, mich umzubringen«, antwortete ich. »Ich bin nur deshalb noch am Leben, weil mich meine Kugel gewarnt hat.«

»Das kann nicht sein. Die Kugel ist doch in unserem Versteck«, sagte Len.

»Ich weiß. Aber ich schwöre euch, dass ich gemerkt habe, wie sie vibrierte. Ich habe sie so deutlich gespürt, als wäre sie in meiner Jackentasche.« Ich gab Miranda das Projektil zurück. Zwölf Millimeter. Ein ganz gewöhnliches Kaliber. Ohne Markierung. Wie es aussah, würde es mir keine Hinweise über ihren Besitzer liefern. »Etwas seltsam war das schon ...«

»Wir haben nur gesehen, wie du mitten im Spiel plötzlich stehen geblieben bist und zur Seite gesehen hast. Es sah aus, als wärst du hypnotisiert worden. Du warst völlig weg. Und dann, direkt danach, ist Furia plötzlich durchgedreht.«

»Sie ist durchgedreht, weil auf uns geschossen wurde. Da war jemand im ...«

Ich verstummte. Ich ließ meinen Satz halb vollendet im Raum stehen und lehnte mich zur Seite. Ich dachte, ein Geräusch vernommen zu haben. Als wäre etwas heruntergefallen ...

»Kyle, was ist los?«, flüsterte Len. Ich gab ihm ein Zeichen, leise zu sein. Vielleicht bildete ich es mir ja auch nur ein. Seit mich Cooper durch ganz Drayton verfolgt hatte, war ich noch misstrauischer geworden als sonst. Und das hieß schon etwas. »Es ist nur ...«

Noch mal. Dasselbe Geräusch wie eben. Nur dass diesmal der Aufprall deutlicher zu hören war und sich jetzt auch Len und Miranda aufrichteten. Jetzt war klar, dass ich es mir nicht nur eingebildet hatte.

Mit einem Satz sprang ich aus dem Bett und spitzte die Ohren. Schritte. Schlurfende Schritte, die näher kamen. Und, im Hintergrund, schweres Atmen. Ein mühevolles Keuchen. Da war noch jemand in der Krankenstation. Wir waren nicht allein. Ich dachte an den Typen, der auf mich geschossen hatte. Wollte er noch mal versuchen, mich umzubringen?

Ich wich zurück und schnappte mir eine Wasserflasche, die Natalie auf dem Tischchen an der Wand abgestellt hatte. Sie war aus Glas und also gut für Verteidigungszwecke geeignet. Ich näherte mich dem weißen Vorhang, der mein Bett umgab. Hinter dem dünnen Stoff zeichnete sich eine Silhouette ab ...

Die Flasche fest im Griff, riss ich den Vorhang mit einem Ruck zur Seite.

Len schrie als Erster. Dann folgte Miranda. Ich blieb wie angewurzelt stehen und wusste nicht, wie ich reagieren sollte.

Vor uns stand ein Mann. Er hatte ein völlig zerquetschtes Gesicht, übersät mit Schnitten und blauen Flecken. Einer seiner Arme hing leblos herunter, und wo eigentlich sein linkes Hosenbein sein sollte, kam eine blutige Masse versengten Fleisches zum Vorschein. Er hatte Mühe zu atmen, und jedem Ausatmen folgte ein asthmatisches Keuchen.

Ich musterte seine Kleidung. Ein graues Sweatshirt mit ausgeblichener Kapuze, die er zurückgeschlagen hatte.

»Du bist der, der auf mich geschossen hat«, murmelte ich.

Der Mann versuchte, etwas zu sagen. Aber aus seinem Mund kam nur Blut. Seine Knie gaben nach. Ich stellte die Flasche zurück und ging zu ihm, um ihn zu stützen.

»Len, hilf mir!«

Zusammen hievten wir ihn in mein Bett. Wir mussten ihn um die Taille fassen, denn das war auf den ersten Blick das einzig intakte Körperteil. Der Rest sah niederschmetternd aus. Und was noch schlimmer war: Er hörte einfach nicht auf zu bluten.

Aus seinem Hals strömte ein karmesinroter Sturzbach, als hätte jemand einen Hahn bis zum Anschlag aufgedreht. Ich schob das Sweatshirt ein wenig zur Seite, um zu sehen, woher all das Blut kam. Ich musste nicht lange suchen. Auf Höhe seines Schlüsselbeins hatte er eine schmale Verletzung. Der Schnitt war klein, aber tief …

Jemand hatte auf ihn eingestochen. Mit einem Messer. Oder vielleicht mit einem Stilett.

Miranda zog die Jacke ihrer Uniform aus und reichte sie mir. Ich rollte sie zu einer Kugel zusammen und presste sie auf die Wunde, um die Blutung zu stillen.

»Wir müssen Sebastian informieren«, sagte ich. »Dieser Mann braucht …«

Der Unbekannte packte mich am Ärmel und zog mich

ruckartig zu sich. Trotz seines Zustands hielt er mich so fest, dass es mir unmöglich war, mich loszumachen.

»Ich muss dir etwas Wichtiges sagen …« Er hustete und ein dünner Blutstrahl rann seine Mundwinkel herab. »Da ist … etwas … in meiner Tasche. Nimm es heraus.«

»Erst müssen wir dich in ein Krankenhaus bringen.«

»Nein!«, rief er und packte mich noch fester. »Tu jetzt, was ich dir sage.«

Er sah so entschlossen aus, dass ich ihm nicht noch einmal widersprechen konnte. Ich tat, was er sagte. Ich griff in seine Tasche und tastete ihr Inneres ab. Meine Finger stießen auf etwas Kaltes … etwas Eiskaltes. Eine Kugel. Genau wie meine. Ein winziger Spalt durchzog sie von einem Ende zum anderen. Ich fuhr mit dem Finger darüber. Er war genauso groß wie die Verletzung am Hals des Mannes.

»Du bist ein Träger«, sagte ich.

»Ja, genau wie du.«

»Wer hat dir das angetan?«

»Das war *er*«, flüsterte er mit bebender Stimme. »*Er* … ist zurück. Hier. In Los Angeles.«

»Wer ist *er*?«, fragte ich. Aber er schien meine Frage nicht zu hören. Er sprach einfach weiter, als hätte ich überhaupt nichts gesagt.

»Ich bin gekommen, um dich zu warnen. Du solltest nicht auf die Versteigerung bei Adam Grossman gehen. *Er* wird dich dort erwarten.« Sein Atem beschleunigte sich. »Ich habe es in meiner Kugel gesehen. Das wird der Anfang vom Ende sein.«

Die Versteigerung? Was hatte die Wohltätigkeitsveranstaltung der Grossmans mit diesem mysteriösen *Er* zu tun?

»Du bist … in Gefahr. Nur du kannst ihm geben, was er will … Deshalb … will er auch dich und nur dich. Er sucht dich. Du musst mir vertrauen. Du musst … fliehen.«

»Warum sollte ich jemandem vertrauen, der versucht hat, mich umzubringen?«

»Nein ... Ich ... Vorhin ... während des Spiels ... wollte ich dich nicht umbringen ... nur verletzen ... damit du nicht auf ... die Versteigerung gehen kannst. Ich dachte ... so bist du gezwungen, in Drayton zu bleiben ... Wenn du verletzt wärst ... könntest du nicht hingehen. Aber ... ich habe versagt ... es tut mir leid ... Das musst du mir glauben.«

Sein Kiefer zitterte.

»Du darfst nicht zulassen, dass er wieder tut, was er schon einmal getan hat. Das darfst du nicht ... zulassen ... darfst du nicht ... versprich mir, dass du ihn aufhältst. Versprich es mir!«

»J...ja.«

»Guter Junge. Ich hoffe, eines Tages ... kannst du mir meine Fehler der ... Vergangenheit verzeihen.«

Leblos fiel seine Hand auf das Bett. Seine Augen wurden glasig und sein Blick heftete sich an die Decke.

»Hey!« Ich schüttelte ihn. »Wach auf!«

Aber er wachte nicht auf. Nie mehr.

KAPITEL 11

Ich landete im Garten. Die Mauer, die ich eben übersprungen hatte und die vermutlich Schurken wie mich fernhalten sollte, war kein Hindernis gewesen. Ich kannte den Ort und wusste, an welcher Stelle die Mauer am niedrigsten war. Wo sie am verletzlichsten war. Ich wusste auch, von wo aus die Alarmanlagen gesteuert wurden, und hatte sie vorsorglich abgeschaltet, um ungestört zu bleiben. Das hätte ich zwar auch Len überlassen können, aber ich hatte es lieber selbst übernommen, damit er sich ausruhen konnte. Der Tag war doch ziemlich wild gewesen.

Ich musterte das Haus mit den weißen Wänden und dem schwarzen Dach, das sich vor mir erhob. Das Zimmer, das ich jetzt fixierte, lag im dritten Stock, und aus dem angelehnten Fenster schimmerte Licht.

Ich kletterte hinauf, genau wie bei den Grossmans, und spähte durch die Scheibe. An ihrem Schreibtisch saß Tante Jane, in ein Buch vertieft, das vom Licht eines Schreibtischlämpchens angeleuchtet wurde. Ich schob das Fenster ein kleines Stück weiter auf. Weder das Fenster noch meine

Bewegungen machten das leiseste Geräusch. Trotzdem wusste meine Adoptivmutter, dass ich gekommen war. Wie sie das machte, war mir ein Rätsel. Sie war der einzige Mensch, den ich einfach nicht hinters Licht führen konnte.

»Guten Abend, Kyle«, sagte sie, den Blick weiterhin in ihr Buch gerichtet, als wäre es das Normalste der Welt, dass ihr Sohn auf diese Art den Raum betrat.

»Wie merkst du nur immer, dass ich da bin?«, fragte ich. Ich nahm Zeros Maske ab und legte sie auf den Tisch.

»Mütterlicher Instinkt vermutlich.« Ihr Willkommenslächeln verflog, als sie mich ansah. Obwohl ich mir mindestens fünf Mal sorgfältig die Hände gewaschen hatte, waren meine Finger immer noch voller Blutflecke. Und den Verband auf meiner Wange übersah sie natürlich auch nicht. Tante Jane stand so abrupt auf, dass ihr Buch auf den Boden fiel. »Bist du verletzt?«

»Das Blut ist nicht von mir.« Ich zeigte ihr die Kugel des Trägers mit der Kapuze. Als sie den Spalt sah, der das Glas durchzog, klappte ihr Mund auf.

»Verstehe.«

»Weißt du, wem die Kugel gehört?«

»Ja«, sagte sie nach einer kurzen Pause. »Timothy Lance. Er ist ... er war ein alter Freund. Wie ist er gestorben?«

»Er wurde umgebracht.«

»Jemand hat ihn ermordet?«

»Ja. Sieht jedenfalls so aus. Ich glaube, dass jemand seine Kugel mit einem Messer eingeritzt hat und er daran gestorben ist.«

Tante Jane ließ sich zurück auf ihren Stuhl fallen.

»Dann sind seine Befürchtungen also doch wahr geworden.«

»Was meinst du damit?«

»Timothy war vor ein paar Wochen hier. Wir hatten uns seit dem Tod deiner Eltern nicht mehr gesehen. Aber kurz nachdem du zurück nach Drayton bist, hat er mich dann besucht.«

»Und was wollte er?«

Tante Jane öffnete eine der Schreibtischschubladen. Sie war leer. Oder jedenfalls sah es so aus, denn als sie einen seitlich versteckten Schalter betätigte, hob sich der Boden und legte ein Geheimfach frei. Sie nahm etwas daraus hervor und reichte es mir. Es war ein zerknittertes Stück Papier mit einer Adresse darauf.

»Er kam, um mir das hier zu geben. Er meinte, er würde bald sterben und wollte, dass ich es dann hätte. Mehr hat er nicht gesagt.«

»Und wo ist diese Adresse?«

»Ich habe keine Ahnung, Kyle. Ich hätte doch nie gedacht, dass Timothy das ernst meinte. Er war immer schon ein wenig ... neurotisch, und deshalb dachte ich, er übertreibt mal wieder. Hätte ich ihm doch nur zugehört ...«

»Du hättest doch unmöglich wissen können, was geschehen würde.«

»Hat Timothy dir gesagt, wer es war?«

»Ja, er hat jemanden erwähnt ... Aber er konnte nicht mehr sagen, wer es war.«

»Ich kann mir nicht vorstellen, dass er Feinde hatte. Er war ein guter Mensch.«

»Also dafür, dass er keine Feinde hatte, schien er ziemlich aufgeschreckt. Er hat versucht, mich zu verletzen, nur damit ich nicht auf die Versteigerung der Grossmans gehe.«

»Was? Warum das denn?«

»Ich weiß es nicht«, sagte ich.

Ich sah mir noch einmal die Notiz an, die Jane mir gegeben hatte. Ich wollte unbedingt auf Adam Grossmans Versteigerung gehen und mir das Armband meiner Mutter zurückholen. Nur ... dieser Timothy hatte es offenbar ernst gemeint, als er sagte, ich solle mich fernhalten. Schon möglich, dass er nur fantasiert hatte ... Oder aber es gab wirklich einen Grund, den ich nicht kannte. Was hatte er nur in seiner Kugel gesehen, dass er extra nach Drayton kam, um mich zu warnen, wo er doch wusste, dass er sehr bald sterben würde?

Es gab nur einen Weg, das herauszufinden.

Ich steckte den Zettel in meine Jackentasche und schwang mich aufs Fensterbrett.

KAPITEL 12

Miranda hielt den Wagen an und steckte den Kopf aus dem geöffneten Fenster. Ich tat es ihr gleich. Beide starrten wir auf das verwahrloste Haus vor uns und wussten nicht recht, was wir sagen sollten. Nur Len traute sich, den Mund aufzumachen.

»Das soll es sein?«, fragte er.

»Sieht ganz so aus.« Ich warf noch einmal einen Blick auf Timothys Notiz, um sicherzugehen, dass wir uns nicht irrten. Die Adresse hatte uns zu einem Fertighaus geführt, das nur noch durch irgendeine Art von Wunder zusammengehalten zu werden schien und in einem der übelsten Viertel von Los Angeles lag. Ein Randgebiet, in dem eine breitgefächerte Ansammlung von Bettlern und Kriminellen aufeinandertraf. Das Dach war halb eingefallen und die Feuchtigkeit bis ins Fundament vorgedrungen. Der Garten schien seit Jahren nicht bewässert worden zu sein und war bis in den hintersten Winkel völlig verdorrt. Halbmeterhohes, gelbes Gestrüpp, wohin man sah. »Hübsches Häuschen.«

»Bezaubernd«, gab Len sarkastisch zurück.

»Und was machen wir jetzt?«, fragte Miranda.

»Reingehen«, antwortete ich.

»Reingehen?«, wiederholte Len. Er schüttelte den Kopf. »Also, ich bleibe hier ...«

»Du kommst nicht mit?«

»Ich denk nicht dran. Da gehe ich ganz sicher nicht rein.« Er holte seinen Rechner heraus und machte es sich auf der Rückbank bequem. »Falls jemand kommt, schlage ich Alarm. Viel Spaß im Horrorhaus, Leute.«

An seine extrem konservative Haltung gewöhnt, überraschte mich Lens Antwort nicht im Geringsten. Ich stieg aus und stellte mich neben Miranda vor den rostigen Zaun, der das Gebäude umgab. In einem Punkt jedenfalls hatte er recht: Das Haus war wirklich schauderhaft.

»Nach dem, was Len herausgefunden hat, war das hier wohl das letzte Haus, in dem Timothy gewohnt hat«, informierte mich Miranda. »Davor war er innerhalb von weniger als zwei Jahren zehn Mal umgezogen. Und zwar nach dem Zufallsprinzip, um möglichst keine Spuren zu hinterlassen.«

»Entweder war er ein Umzugsfanatiker oder es gab tatsächlich einen triftigen Grund, aus dem er derart häufig seinen Wohnsitz gewechselt hat.«

»Vielleicht hat es ja damit zu tun, wie er gestorben ist.«

Wir betraten den Garten und bewegten uns durch das wilde Gestrüpp hindurch stolpernd vorwärts, bis wir am Haus angelangt waren. Ich suchte die Veranda nach etwas Verdächtigem ab. Auf einer Seite stand ein Schaukelstuhl und am Boden waren ein paar dunkle Flecken, die nach But aussahen. Abgesehen davon fiel mir nichts Außergewöhnliches auf.

»Sieht leer aus«, sagte ich. Das interpretierte Miranda als »Der Weg ist frei, wir können weiter«-Botschaft, und sie betrat die erste Stufe, die zum Eingang führte. Kaum hatte ihr

Schuh die Stufe berührt, hörte ich ein leises Klicken. Kaum wahrnehmbar, aber doch deutlich genug, um mir nicht zu entgehen. Ich packte meine Freundin und riss sie zurück. Sie fiel auf mich und wir landeten beide auf dem Boden. Eine Sekunde darauf schoss eine Lanze aus einem der Fenster und über unsere Köpfe hinweg. Sie blieb in dem Baum hinter uns stecken, wo sie ein ordentliches Loch in die Rinde fräste. Ich stieß ein nervöses Lachen aus. »Timothy mochte wohl keinen Besuch.«

»Sieht ganz so aus«, meinte Miranda. Aus lauter Angst, eine weitere Waffe könnte aus dem Nichts hervorschießen, wagte es keiner von uns beiden, sich zu rühren, und so blieben wir einfach liegen und betrachteten das Haus mit einer Mischung aus Besorgnis und Argwohn. Wenn wir wirklich dort hineinwollten, bräuchten wir Unterstützung.

Ich befragte meine Kugel. Zumindest könnte sie uns wissen lassen, aus welcher Richtung die Gefahr käme ...

Wir stehen auf und nähern uns erneut dem Haus.
Ich steige die Treppe hinauf und greife nach dem Türgriff.
Bei der ersten Berührung mit dem Metall öffnet sich eine Klappe über mir.
Ich sehe nach oben und kriege gerade noch mit, wie ein mit Spießen übersäter Rost auf mich herabfällt.

Na, großartig. Wie viele spitze Sachen würden eigentlich noch auf uns niederregnen?

»Lass uns besser zusehen, dass wir auf einem anderen Weg reinkommen«, sagte ich und stand auf. Miranda hatte nichts dagegen. Sie klopfte sich den Sand von der Hose und stellte sich neben mich. Aber diesmal hielt sie keinen Abstand zu mir, wie sonst immer. Sie nahm mich bei der Hand. Ihre Finger verschränkten sich mit meinen. Mir lief ein Kribbeln den Arm hinauf.

»Was ist?«, fragte sie, als ich stehen blieb.

»Äh, nichts, gar nichts.« Wieso verhielt ich mich eigentlich wie ein Volltrottel? Es war schließlich nicht das erste Mal, das Miranda mich an der Hand nahm. Und trotzdem musste ich eine übermenschliche Anstrengung aufbringen, um die in mir aufsteigende Hitze zu ignorieren. »Hier entlang.«

Mithilfe der Kugel umgingen wir die Fallen, die überall im Garten aufgestellt waren. Ohne sie wären wir auf drei Lanzen aufgespießt worden und in einen Brunnen voller Scherben gestürzt.

»Das reinste Schlachtfeld«, murmelte ich.

»Das ist kein Schlachtfeld. Es ist ein Schützengraben«, korrigierte mich Miranda. »Timothy hat sich gegen etwas verteidigt ... oder gegen jemanden.«

»Und soweit wir wissen, hat ihn dieses Etwas oder dieser Jemand dann ja auch gefunden.«

»Kyle, schau mal!« Miranda zeigte auf die Hintertür des Hauses. Das Schloss war beschädigt. Von außen aufgebrochen. Und da war noch etwas. Alle Fallen in diesem Teil des Gartens waren unbrauchbar gemacht worden. Jemand hatte sich die Mühe gemacht, sie aufzustöbern und eine nach der anderen zu zertrümmern.

»Sieht ganz so aus, als wären wir nicht die Ersten hier.«

Ich stieß die Tür auf. Unsere Schatten fielen ins Innere einer Küche, durch die ein Wirbelsturm gefegt zu sein schien. Die Schubladen waren herausgerissen. Überall lagen Pfannen und Besteck herum. Die Messer steckten in den Wänden ...

Ich trat einen Schritt vor.

»Spinnst du?«, rief Miranda. »Geh da nicht rein. Kann doch sein, dass Timothys Mörder noch drin ist.«

»Du bleibst hier. Bin gleich zurück.«

»Kyle ...« Miranda schürzte die Lippen, wie sie es immer tat, wenn ihr einer meiner Pläne nicht besonders zusagte.

»Ist okay. Ich habe mich schon in schlimmere Situationen manövriert.«

Ich drückte ihr beruhigend die Hand und ging ins Haus. Je weiter ich mich von Miranda entfernte, desto unergründlicher wurde die Dunkelheit. Nicht einmal das Licht, das von draußen hereinkam, reichte aus, um irgendetwas in der Schwärze auszumachen. Auf der Suche nach einem Lichtschalter tastete ich die Wände ab. Ich fand ihn schließlich auch, aber die nackte Glühbirne an der Decke ging trotzdem nicht an, so oft ich ihn auch betätigte. Es gab keinen Strom. Ich orientierte mich an dem goldenen Schimmer, den die Buchstaben meiner Kugel abgaben, und ging weiter.

Von der Küche aus gelangte man in einen langen Flur, der in ein einziges Zimmer führte. Mehr war da nicht. Es gab weder Treppen noch ein Schlafzimmer. Timothy hatte alles bis auf ein Fenster und den Eingang hermetisch mit Zement und Ziegelsteinen versiegelt.

Der Raum am Ende des Flurs musste einst ein sehr hübsches Wohnzimmer abgegeben haben, mit offenem Kamin und einem ausladenden Holztisch. Mit einem Fernseher auf der einen und einem Regal voller Bücher auf der anderen Seite.

Jetzt herrschte hier nur noch Chaos.

Alles lag auf dem Boden. Alles war kaputt. Alles in Scherben. Mit Blutflecken besprenkelt. Und voller Einschusslöcher. Ein paar Kugeln steckten noch in der Decke. Aber am schlimmsten waren die Wände. Sie waren über und über bedeckt mit in roter Tinte geschriebenen Wörtern. Kein Zentimeter war freigelassen worden.

Er war nie weg. Ich wusste, dass er in der Nähe war.
Dass er mich ausspähte.
Mich überwachte.
Aber sie haben mir nicht geglaubt ...
Jetzt müssen wir den Preis dafür zahlen ...
Wir werden die Ersten sein ...
Er wird kein Erbarmen haben. Das hatte er nie.
Er ist zurück. Flieh.

Mir stellten sich die Nackenhaare auf. Den letzten Satz betrachtete ich mit einem unguten Gefühl in der Brust. Wer war zurück? Konnte das dieser *Er* sein, von dem Timothy gesprochen hatte? Ich wollte nur noch raus aus diesem Irrenzimmer. Mit jeder Sekunde dort drinnen fühlte ich mich unbehaglicher.

Als ich mich umdrehte, knirschten Scherben unter meinem Schuh, und instinktiv machte ich einen Satz zur Seite. Dann leuchtete ich mit meiner Kugel auf das, worauf auch immer ich getreten sein mochte.

Auf dem Boden lag ein Rahmen, zersplittert.

Und aus dem ganzen Scherbendurcheinander ragte ein kleines, rechteckiges Papierchen heraus. Ein Foto. In der Mitte durchgerissen, verblichen und an den Rändern vergilbt. Es war nicht schwer, die Person auf dem Bild zu erkennen. Es war Timothy Lance. Auch wenn er völlig anders aussah. Er war jünger, und ein glückliches Lächeln umspielte sein Gesicht. Was war nur in seinem Leben geschehen, das ihn zu einem Irren hat werden lassen, der sein Dasein in einem hermetisch abgeriegelten Bunker verbrachte?

In eine Ecke des Fotos war etwas hingekritzelt worden. Eine Art Zeichen. Drei konzentrische Kreise, die von einem Kreuz durchdrungen wurden. Obschon ich das Symbol nie zuvor gesehen hatte, lief mir aus irgendeinem Grund ein Schauer den Rücken hinunter. Ich wich zurück. Ganz langsam. Plötzlich kam mir das Haus nicht mehr so leer vor wie gerade eben noch ... Ich hatte das Gefühl, beobachtet zu werden.

Ich blieb nicht länger, um zu sehen, was passieren würde. Ich steckte das Foto ein und stürzte aus dem Haus.

KAPITEL 13

Am ersten Tag der Weihnachtsferien wimmelte es im Internat nur so von Koffern und ins Foyer strömenden Schülern, die in die draußen bereitstehenden Wagen steigen wollten. Der Unterricht würde erst in zwei Wochen fortgesetzt, und so nutzten die meisten die freie Zeit, um nach Hause zu fahren und die Feiertage bei der Familie zu verbringen.

Patrick war als einer der Ersten abgereist. Vorher war er allerdings noch in meinem Zimmer vorbeigekommen, um mir mein Weihnachtsgeschenk zu überreichen. Ein Album voller Zeitungsausschnitte über Zero. Auf den letzten Seiten hatte er zwei der Fotos eingeklebt, die er kurz vor dem Polospiel von mir gemacht hatte.

Ich lehnte mich in meinem Stuhl zurück, ohne den Blick vom Plan der Grossman'schen Villa abzuwenden, den ich schon seit dem Morgengrauen eingehend studierte. Jack würde gegen Mittag kommen, um mich abzuholen. Mein Gepäck stand schon bereit, und ich hatte mich an einen der hinteren Tische der Bibliothek gesetzt, um in Ruhe arbeiten zu können. Obwohl der Publikumsverkehr sich offen gesagt in Grenzen hielt. Abgesehen von Mister Napier war ich allein.

Ich wollte mir die Zimmeraufteilung in der Villa exakt einprägen, um mich während des Diebeszugs sicherer bewegen zu können. Mein letzter Besuch hatte nicht besonders gut für mich geendet, und ich wollte nach Möglichkeit verhindern, dass das noch einmal geschah. Ich hatte keine Zeit zu verlieren – die Versteigerung würde am nächsten Tag stattfinden.

Und Zero würde die Veranstaltung besuchen, trotz Timothys Warnung.

Ich hatte nicht herausgefunden, warum Timothy unbedingt hatte verhindern wollen, dass ich an der Versteigerung teilnahm, also gab es auch keinen Grund, in Drayton zu bleiben – auch wenn mir Timothys Haus und alles, was ich darin gesehen hatte, nicht gefielen. Ich hatte beschlossen, abzuhaken, was geschehen war, und einen Plan zu entwickeln, wie ich am besten an das Armband meiner Mutter herankäme. Was sollte schon schiefgehen?

Alles, was ich tun musste, war, mir Grossmans Anti-Kugelträger-Sicherungssystem, den Inhibitor, wie Len ihn nannte, vom Hals zu schaffen. Der Rest wäre ein Kinderspiel.

»Hey, Kyle.«

Ich hob den Kopf. Mike kam auf mich zu, mit Miranda an seiner Seite. Ich schob den Plan unter meine Tasche und setzte eine erzwungene Maske überraschter Freude auf.

»Du bist ja früh auf. Hast du es so eilig, heimzukommen?«, fragte er. Er setzte sich mir gegenüber und schenkte mir ein freundschaftliches Lächeln.

»Ich bin etwas im Verzug mit dem Essay in Politik, deshalb wollte ich noch ein bisschen daran weiterschreiben, bevor Jack mich abholt.«

»Ja, das Essay ist echt ein Albtraum. Fünfzig Seiten über die gesellschaftspolitische Situation in den USA! Nicht zu fassen! Professor Bracken will uns wohl unbedingt das Weihnachtsfest vermiesen«, klagte Mike. Er rückte den Stuhl neben sich etwas zurück, damit Miranda sich setzen konnte, was sie mit einem Augenaufschlag quittierte.

»Oh, danke, Zuckerstückchen.«

Ich zog die Brauen hoch. *Zuckerstückchen?*

»Warum erzählst du nicht weiter von all den interessanten Dingen über eure Villa?«, fragte Miranda mit albernem Stimmchen.

»Ach, das ist doch eigentlich alles Quatsch«, meinte Mike.

»Nein, gar nicht! Ich finde dein Haus toll«, sagte sie. Dann wandte sie sich an mich, um mich ins Gespräch einzubeziehen. »Mike hat mir gerade von den Sicherheitsvorkehrungen seines Vaters berichtet – damit bei der Versteigerung morgen auch alles glattgeht.«

»Aha«, sagte ich. In Wirklichkeit wollte Miranda natürlich herausfinden, worauf wir uns am nächsten Tag gefasst machen müssten. Sie berührte Mikes Hand. Entzückt sah er zu, wie Mirandas schlanke Finger die seinen zärtlich streichelten.

»Du hast mir doch erzählt, dass ihr so einen Apparat eingebaut habt, der einen bestimmten Schutz hervorruft, weißt du noch?«

»Ach so, ja, das ist eine Erfindung meines Vaters ...« Mike biss sich auf die Lippe. »Ehrlich gesagt weiß ich nicht genau, ob ich darüber sprechen darf.«

»Aber warum denn nicht?«, insistierte Miranda. »Ich finde das total spannend, du nicht auch, Kyle?«

»Doch, klar.« Eine Erfindung seines Vaters also ... ob damit wohl der Inhibitor gemeint war? Mein Interesse am Gespräch war geweckt, und ich stützte die Ellenbogen auf dem Tisch auf.

Mike zögerte einen Augenblick, bevor er fortfuhr.

»Es ist ... ein wirklich einzigartiger Apparat«, sagte er schließlich. »Mein Vater spricht allerdings kaum darüber. Ich weiß nur, dass er einen unsichtbaren blauen Nebel um das Haus herum erzeugt.«

Miranda und ich tauschten einen flüchtigen Blick. Bingo!

»Wenn das Ding so besonders ist, hat dein Vater es doch bestimmt ganz besonders geschützt ...«, flötete Miranda.

»Es ist im Keller versteckt, damit ihm niemand zu nahe kommt. Ich habe es selbst nur ein einziges Mal gesehen.« Mike war dabei, Vertrauen zu fassen. Das mussten wir ausnutzen. Ich gab Miranda ein Zeichen, und sie verstand sofort.

»Wie aufregend!«, rief sie aus und tat jetzt besonders interessiert. »Glaubst du, wir dürfen es morgen vor der Feier mal sehen?«

»Ich weiß nicht ...«, antwortete Mike. »Es ist sehr wichtig für ihn.«

»Ach bitte, Mike. Du würdest mir wirklich eine große Freude machen.« Miranda beugte sich vor und drückte sich an ihn. Jetzt saßen sie beinahe aufeinander, ein bisschen *zu* nah für meinen Geschmack. Aus dem tiefsten Inneren meines Wesens loderte eine Flamme herauf und drohte mich zu verbrennen. »Wir sagen deinem Vater einfach nichts, dann wird er auch nicht sauer, okay?«

»Na gut ... okay. Okay. Ich werd's versuchen ...« Mikes Finger umwickelten eine von Mirandas Haarsträhnen und brachten ihre blonde Mähne durcheinander. Seine Lippen näherten sich ihren. Sie kamen näher. Und noch näher ...

Das war der Auslöser.

Die ganze Welt verfinsterte sich und zurück blieb nur ein tiefes Gefühl von Hass, das in meinen Eingeweiden rumorte. Ein Gift, das mich überflutete und verseuchte. Und mit jeder

Sekunde wurde die Schwärze tiefer. Unkontrollierbarer. Gefährlicher ...

Eine nach der anderen zerplatzten die Neonröhren an der Decke der Bibliothek. Die Bücher glitten aus den Regalen und krachten wie eine außer Kontrolle geratene Flut auf den Boden. Sich windende Schatten hüllten uns ein. Ich wollte Adam Grossmans Sohn nur noch unter der Erde sehen. Ich wollte ihn verschwinden lassen. Ich konnte an nichts anderes mehr denken. Alle anderen Gedanken waren einfach weg.

Zwischen dem Lärm der herabfallenden Bücher hörte ich Mikes Rufen. Seine Angst war fast greifbar, so deutlich konnte ich sie spüren. Und das gefiel mir. Ich fühlte mich mächtiger. Ein süßes Gefühl ...

Die Erde erbebte unter unseren Füßen. Die Fensterscheiben barsten.

Wenn Mike doch nur verschwände ... wenn er einfach aufhörte, zu existieren ...

Eines der Regale fiel krachend auf den Tisch neben uns und schlug ihn in zwei Hälften. Das Beben wurde stärker und die Wände drohten allmählich nachzugeben. Mister Napier flüchtete völlig verschreckt aus dem Raum. Und Mike hörte nicht auf zu schreien ...

Dann erreichte mich hinter seinen Schreien ein weiteres Geräusch. Mirandas Stimme ... Wie sie mich rief ... Voller Angst.

Ich stand so rasch auf, dass ich dabei meinen Stuhl umwarf.

Fast im selben Augenblick hörten die Bücher auf, aus den Regalbrettern zu fliegen, und die Dunkelheit um uns herum löste sich in Nichts auf. Die Erschütterungen setzten aus. Die Bibliothek kehrte zur Normalität zurück.

»Was war das denn?«, stammelte Mike. Etwas hatte ihn am Kopf erwischt und auf seiner Stirn klaffte eine offene Wunde. Neben ihm sah sich Miranda völlig verschreckt um. Ich blieb einfach, wo ich war, zu betäubt, um einen klaren Gedanken fassen zu können.

Dieses Gefühl ... dieses tiefe Hassempfinden ... Und dann die Erschütterungen ... Ich schüttelte den Kopf. Ich brauchte jetzt ... ich brauchte ... eigentlich wusste ich nicht wirklich, was ich brauchte. Ich verstand gar nichts mehr.

Ich packte den Plan der Grossman'schen Villa und meine Tasche und rannte aus der Bibliothek, als wäre eine ganze Armee hinter mir her.

KAPITEL 14

Ich rannte, bis ich an der Kapelle meiner Eltern angelangt war. Ich drang in Zeros Refugium ein und verriegelte sämtliche Türen hinter mir, damit auch ganz sicher niemand hereinkam. Ich ließ die Tasche und den Plan fallen und stützte mich auf dem Glastisch ab. Das Atmen fiel mir schwer. Ob wegen des Rennens oder wegen dem, was geschehen war, wusste ich nicht.

Immer noch hämmerte ein seltsames Gefühl in mir. Es war, als ließe sich die Dunkelheit, die zuvor von mir Besitz ergriffen hatte, nicht vollständig vertreiben. Immer noch klebte sie an mir, wie ein beunruhigender Schatten.

Während ich mich bemühte, wieder richtig Luft zu bekommen, fiel mir etwas auf.

Meine Kugel pochte. Und zwar genau im Rhythmus meiner beschleunigten Atmung.

Ich konnte ihre Bewegungen auf dieselbe Art wie am Tag des Polospiels erfassen. Sie liefen perfekt synchron mit mir – anhaltend krampfartige Bewegungen. Ob sie mich wieder vor etwas warnen wollte?

Ich entschärfte die Sicherungssysteme und öffnete den gepanzerten Raum.

Dort drin gab es weder Licht noch Fenster. Auch deshalb, weil ich beides nicht brauchte. Ich kannte den Raum in- und auswendig. Er war rund, mit leicht konkaven Wänden. Weder Möbel noch irgendwelche dekorativen Gegenstände standen darin. Tatsächlich war der Raum völlig leer – bis auf einen Sockel. Meine Beine bewegten sich von ganz allein darauf zu.

Auf einem schwarzen Samtkissen lag meine Kugel. Sobald ich mich ihr näherte, fing sie an zu funkeln. Ich strich mit dem Finger über ihre schwarze Oberfläche. Sie war so kalt ... Ich spürte, wie die Dunkelheit um mich herum wieder dichter wurde, wie sie mich umschloss, genau wie in der Bibliothek.

Ich erschauderte.

Was in der Bibliothek geschehen war, war so sonderbar gewesen. Die Bücher waren ja nicht einfach so von den Regalen gerutscht. Auch die Lampen waren nicht grundlos alle auf einmal durchgebrannt. Und auch der Boden bebte normalerweise nicht, als würde gleich die Welt untergehen.

Irgendwie hatte ich das Gefühl, dass all das nicht einfach zufällig passiert war.

Es war irgendwie nicht ... normal gewesen.

Als würde sie meine Gedanken lesen, fing meine Kugel erneut an, auf ihrem Sockel zu beben. In ihrem Inneren bildete sich ein goldener Schimmer. Eine Vorhersage? Ich näherte mich ihr, um zu sehen, was darin geschrieben stand. Buchstabe für Buchstabe formierte sich ein Wort. Als würde es sie mehr Kraft kosten als normalerweise.

Als ich endlich die ganze Nachricht erfasste hatte, stand mir kalter Schweiß auf der Stirn.

Gefahr ...

Mit steifen Beinen wich ich vom Podest zurück. Ich konnte den Blick nicht von der Kugel und dem einzelnen Wort abwenden, das darin schwebte. Ich schlug die Tür zu und ließ mich auf den Boden fallen.

Irgendetwas Seltsames war im Gange. Mit mir. Und mit meiner Kugel.

KAPITEL 15

Der Hauptsaal der Grossman'schen Villa war das perfekte Abbild ihres Besitzers. Er war derart prachtvoll, dass man sich darin wie ein winziges Insekt vorkam. Goldene Beschläge, Marmor, Edelhölzer ... ganz zu schweigen von der überladenen Weihnachtsdekoration. Samtschleifen an den Türen, über denen Girlanden aus Mistelzweigen hingen, üppige Blumenarrangements mit Weihnachtssternen, die den ganzen Raum wie ein tiefroter Mantel überzogen, eine enorme Tanne, die der in Drayton leicht das Wasser reichen konnte, förmlich gekleidete Kellner, die mit Tabletts voller Essen und Champagnerflöten umherwandelten. Purer Luxus. Pure Protzerei.

Aber hinter all dem Pomp lag noch etwas anderes. Versteckte Überwachungskameras, brandneue Alarmsysteme, Dutzende Wachleute in Zivil, die auf die kleinste Bewegung achteten ... Der Saal kam einem Hochsicherheitstrakt gleich.

Nicht schlecht, Grossman.

»Kyle!« Mike bahnte sich einen Weg zu mir. Seine Krawatte hatte dieselbe Farbe wie der Blumenschmuck im Raum.

»Tut mir leid, dass ich zu spät komme ... Ich stand im Stau.«

In Wirklichkeit hatte ich nur noch einmal meinen Diebesplan durchgespielt, um sicherzugehen, dass an diesem Abend auch nichts schiefging.

»Kein Problem. Komm! Die anderen sind auch schon da.«

Im Zickzack lavierten wir uns durch die Leute, bis wir auf der anderen Seite des Saals ankamen. Viele der Gäste waren Freunde meiner Tante. Andere hatte ich noch nie gesehen. Und doch hatten sie alle etwas gemeinsam. Alle waren sie reich und berühmt. Hollywood-Schauspieler, einflussreiche Unternehmer oder Eigentümer multinationaler Konzerne.

Natürlich fehlten auch Juliette Morrison und Dan Alec nicht. Adam Grossman stand bei ihnen und plusterte sich auf, wie es eben seine Art war. Als er mich sah, hob er sein Glas, als wolle er auf mein Wohl trinken. Ich erwiderte seinen Willkommensgruß mit einer starren Geste.

Neal, Lauren und Miranda warteten neben einer aus Eis geschnitzten Santa-Claus-Figur auf uns, die mich um mindestens zwei Köpfe überragte. Noch so ein überflüssiger Luxus-Schnickschnack, wie sie zuhauf in der Villa herumstanden.

»Ein Hoch auf unseren verunglückten Kapitän!«, begrüßte mich Neal und legte mir den Arm um die Schulter.

»Sehr witzig.«

»Vielleicht hättest du lieber daheim bleiben sollen, Kyle«, sagte Lauren. Mein Blick fiel auf ihr Kleid. Es hatte die Farbe eines Verbands, sittsam und spießig. Genauso engelsgleich wie ihre Art zu sprechen. Miranda dagegen war ganz in Schwarz, mit taillierter Bluse und kurzem Rock. Ob sie sich abgesprochen hatten, so unterschiedlich wie nur möglich aufzutreten? »Du hast dich doch noch gar nicht wieder richtig erholt von deinem Sturz.«

»Sind doch nur ein paar Schrammen. Ist halb so wild«, erwiderte ich. Ich ließ mein Haar nach vorne fallen, damit niemand den Knopf in meinem Ohr bemerkte. Auf der anderen Seite der Verbindung war Len, der mich ab und an über seine Fortschritte auf dem Laufenden hielt.

»Jedenfalls werden wir in letzter Zeit ja regelrecht von Unfällen verfolgt«, sagte Neal. »Was für ein Erdbeben, gestern, hm, Mike?«

»Das kannst du laut sagen. Ich dachte schon, gleich kracht das ganze Dach der Bibliothek über uns zusammen. Ihr hättet sehen sollen, wie die Bücher aus den Regalen geflogen sind. Und dann sind die Lichter ausgegangen und ...«

Hunderte Male hatte er die Geschichte schon zum Besten gegeben. Ich konnte es kaum ertragen. Auch deshalb, weil ich immer noch nicht sicher war, ob nicht vielleicht ich das Ganze ausgelöst hatte ...

»Ich geh was zu trinken holen.«

Ich wartete nicht auf eine Antwort. Während Mike sich weiter in den Ereignissen des Vortrags suhlte, tauchte ich im Gedränge unter. Unterwegs schnappte ich mir ein Glas Champagner und trank es in einem Zug aus. Der Alkohol glitt meine Speiseröhre hinunter und verbreitete Wärme in mir.

Ich fühlte mich schon etwas gestärkt und hob die Hand an den Knopf in meinem Ohr.

»Len«, flüsterte ich. »Wo ist der Inhibitor?«

»Mikes Berichten von gestern nach ist das Ding unten im Keller der Villa – was auch immer es sein mag. Und dorthin gibt es nur einen Weg.«

Ich nickte.

»Ich geh hin.«

»Kyle ... Bist du sicher? Und wenn an der Warnung von Timothy doch etwas dran ist?«

»Ach, komm schon, Len. Uns ist doch absolut nichts Seltsames aufgefallen.«

»Aber ...«

»Keine Sorge. Wird schon gutgehen. Lass mich wissen, wenn es was Neues gibt.«

»Okay.«

Unbemerkt schlüpfte ich aus dem Saal. Ich umging die Kellner und Wachleute, vor denen es nur so wimmelte, und stieg ins darunterliegende Stockwerk hinab. Erst vor der metallenen Kellertür blieb ich stehen.

Wie erwartet war sie abgeschlossen.

Ich stocherte mit meinem Dietrich im Schloss herum, bis der Mechanismus nachgab. Voilà! Ich drückte die Türklinke hinunter und schob die Tür vorsichtig auf.

Auf der anderen Seite führte eine Treppe nach unten. Sie war nicht aus Marmor wie die anderen Treppen des Hauses, sondern aus ziemlich abgenutztem Holz. Auch die Wände waren nicht mit feinem Stuck verziert. Sie bestanden aus einfachem Stein und waren weder verputzt noch gestrichen.

Aus der Ferne vernahm ich das beharrliche Tropfen einer Flüssigkeit und von noch weiter weg das sich verlierende Gemurmel der verzerrten Stimmen der Gäste. Nirgends sah ich Wachpersonal oder Überwachungskameras, und das machte mich stutzig. Etwas wenig Schutz für einen Raum, der für Grossman eine so große Bedeutung hatte.

Am Ende der Treppe fand ich mich in einem riesigen Raum mit hohen Wänden wieder. In der Mitte ragte ein spiralförmiger Pfeiler aus schmucklosem Zement empor. Er wies weder einen Spalt noch sonst irgendeine Öffnung auf. Nur ganz oben war ein kleiner Schalter angebracht. War es das, was ich suchte?

Meine Kugel gab mir die Antwort.

Als ich mich der Säule nähern wollte, verpasste sie mir

einen solchen Stromschlag, dass ich wie angewurzelt stehen blieb.

»Hast du's gefunden?«, fragte Len.

»Sieht ganz so aus.« Zumindest war meine Kugel davon überzeugt. Ich betrachtete den Schalter. Vielleicht, wenn ich ihn betätigte ...

»Ich schätze, die Stromversorgung ist eher unten«, sagte Len inzwischen. »Da wird es einen unterirdischen Generator geben oder so etwas. Wobei ... Kyle?«

Ich hatte ein so derbes Schimpfwort losgelassen, dass Len irritiert seinen Fachvortrag unterbrochen hatte.

»Es bewegt sich!«, rief ich. Der Pfeiler drehte sich jetzt um die eigene Achse. Immer schneller. Und während er sich drehte, tauchten Metallteile aus dem Boden auf. Lange Teile, wie die Beine einer Riesenspinne. Sie waren alle um den Zementpfeiler herum angeordnet und bildeten eine Art Schutzring.

»Hast du etwas angefasst?«

Nein«, knurrte ich. »Ja, okay. Da war so ein Schalter, und ...«

Die Säule hörte auf, sich zu drehen, und die Monsterextremitäten streckten sich senkrecht der Länge nach aus. Ich musste an die sich öffnende Knospe einer Blume denken. Nur dass sich an den Enden der Metallarme keine Blütenblätter befanden, sondern gefährlich scharfe Messerklingen, die alles andere als harmlos aussahen.

Ich hatte keine Gelegenheit mehr zu schreien, bevor sie auf mich niedersausten. Alle auf einmal. Als wären sie aufeinander abgestimmt. Ich warf mich zur Seite und rollte mich ab, um ihnen auszuweichen. Das nannte ich mal einen brauchbaren Schutzmechanismus! So langsam verstand ich, warum hier keine sichtbaren Sicherheitssysteme installiert waren.

»Kyle! Was ist los?«

»Ich kämpfe gerade … mit ein paar Mörderarmen«, antwortete ich.

Eine der Klingen sauste an mir vorbei und streifte meinen Hals. Ich sprang zurück, um nicht geköpft zu werden, und rannte dann auf die gegenüberliegende Seite des Raums, um der Klinge einer weiteren Sense auszuweichen.

Sie wussten immer schon, wohin ich springen würde.

Wenn ich zurückwich, schnitten sie mir den Weg ab. Bewegte ich mich vorwärts, kreisten sie mich ein.

Die Dinger waren mit Sensoren ausgestattet. Sie überwachten jede einzelne meiner Bewegungen. Egal, wie schnell ich war – früher oder später würden sie mich erwischen. Ich musste das Ding irgendwie stoppen. Und das ging nur auf eine Art: Ich musste noch einmal den Schalter betätigen.

Nur war das leichter gesagt als getan …

Ich holte tief Luft und sprintete, so schnell ich konnte, in die Mitte des Raumes. Natürlich wussten die Klingen schon, was ich vorhatte. Ohne Zeit zu verlieren, bauten sie sich vor mir auf und bildeten eine unüberwindbare Mauer.

Sie wollten um jeden Preis verhindern, dass ich an mein Ziel gelangte.

Ich blieb in Bewegung. Erst recht, als ich sah, dass sie erneut zum Angriff ansetzten. Immer weiter lief ich. Als ich nur noch einen Schritt davon entfernt war, aufgespießt zu werden, warf ich mich hin. Auf dem Boden kriechend wand ich mich unter den Metallarmen hindurch. Sie stießen zu mir hinab, aber ich war schneller. Ich sprang auf und lief weiter …

Ein paar Meter trennten mich noch von der Säule, und die Klingen drehten sich immer weiter, diesmal, um mich von hinten anzugreifen. So schnell ich auch lief, der Abstand zwischen ihnen und mir wurde doch nie kleiner, so kam es mir jedenfalls vor. Im Gegenteil. *Ich schaffe es nicht!*

Fünf Meter ...

Drei Meter ...

Eine der Guillotinen sauste haarscharf an meinem Knöchel vorbei, schlitzte meine Hose auf und durchtrennte meinen Socken. Ich spürte einen leichten Schmerz auf der Haut. Bestimmt waren bei dem Angriff nicht nur meine Klamotten zu Schaden gekommen.

Zwei Meter ...

Ein Meter noch!

Als ich nur noch wenige Schritte von der Säule entfernt war, warf ich mich auf den Schalter und drückte ihn, ohne weiter darüber nachzudenken. Ich hatte erwartet, dass es wie im Film wäre. Du musst einfach nur den richtigen Knopf drücken, dann haben die Bösen ausgespielt und du rettest die Welt.

Aber so war es nicht.

Nichts tat sich. Die Messer kamen immer noch auf mich zu, genau wie zuvor.

»Nein!«, schrie ich.

Erneut drückte ich den Schalter. Und noch mal. Und wieder. Und wieder. Beim vierten Versuch begann der Knopf zu blinken.

»Und? Was ist jetzt?«, schrie ich. Einer der Arme sauste im Sturzflug auf mich herab, und ich musste mich hinter die Säule flüchten. Ich war vom Regen in die Traufe gekommen. Jetzt galt es nicht mehr nur, ums Überleben zu kämpfen, sondern ich musste auch noch herausfinden, wie dieser Höllenscherz zu stoppen war.

»Kyle!«, brach Len hervor. »Du brauchst ein Passwort! Die Säule ist durch ein Passwort geschützt.«

»Was?!«

»Das System ist verschlüsselt. Ich versuche es gerade zu hacken. Ist nicht einfach. Ich brauch noch ein paar Minuten.«

Ein paar ... Minuten? Ich war nicht sicher, ob ich noch so lange durchhalten würde.

»Beeil dich!« Die Messer setzten schon wieder zum Angriff an. Sie waren dabei, mich einzukreisen! Nicht mehr lange, und es gäbe Zero am Spieß. »Len!« Einer der Arme rammte seine Klinge in die Säule. Ich drehte mich gerade noch rechtzeitig weg, um meinen Hals zu retten. »Komm schon, Len!«

Dann plötzlich hörte die Säule auf, sich zu drehen. Sie stürzte nach hinten ein und riss mich mit sich. Während ich fiel, gingen die Klingen der Guillotinen nur wenige Zentimeter neben mir nieder.

Sobald die Säule nicht mehr auf ihrem Fundament saß, standen auch die Metallarme still. Sie waren so dicht über mir, dass ich mich kaum bewegen konnte, ohne mich zu verletzen.

»Kyle? Bist du da?«, fragte Len.

»Ja. Und du auch, wie es aussieht.« Ich blickte auf die eingestürzte Säule. »Danke, mein Freund. Du hast mir haarscharf das Leben gerettet.«

»Ach, das war doch nichts. Jedenfalls hoffe ich mal, dass wir uns nicht noch mal mit einem dieser Höllengeräte anlegen müssen«, meinte Len. »Und die Kugel? Funktioniert sie wieder?«

»Probieren wir's aus.«

Ich zog sie aus der Tasche und formulierte die erste Frage, die mir einfiel. *Werde ich hier heil herauskommen?* Ihre Antwort ließ nicht lange auf sich warten.

Die Klingen werden nicht mehr aktiviert werden.
Zum Glück ... Noch so ein Abenteuer, und ich komme nicht mehr mit dem Leben davon.
Ich hinterlasse eine meiner Silbermünzen auf der Säule.

Adam Grossman will ja sicher wissen, wer sein Sicherungssystem lahmgelegt hat.
Ich steige die Treppe hinauf und verlasse den Keller.
Niemand begegnet mir unterwegs. Jetzt muss ich mir nur noch das Armband meiner Mutter zurückholen.

Ich stieß einen Freudenschrei aus. Endlich! Meine Kugel funktionierte wieder. Und wie es aussah, gab es auch auf dem Rückweg keine Hindernisse. Was konnte ich mehr verlangen?

Zeit für Teil zwei meines Plans.

KAPITEL 16

Als wäre ich nie weg gewesen, kehrte ich auf die Feier zurück, mischte mich unter die Leute und hielt hier und dort ein Schwätzchen. Mein abenteuerlicher Ausflug in den Raum der Teufelsklingen hatte nicht viel Zeit in Anspruch genommen, und so war mein Verschwinden unbemerkt geblieben. Niemand stellte mir Fragen.

»Liebe Freunde.« Adam Grossmans Stimme erhob sich über das Stimmengewirr. Unverzüglich verstummten die Gespräche, und die mehr als fünfzig Augenpaare im Saal richteten sich auf den Gastgeber. »Zuallererst möchte ich euch dafür danken, dass ihr heute Abend meine Gäste seid. Es ist mir ein außerordentliches Vergnügen, von so zahlreichen und so guten Freunden umgeben zu sein.«

Das gefällige Lächeln, das seine Lippen umspielte, verursachte mir Übelkeit.

»Wie ihr alle wisst, ist dies nicht einfach irgendeine Feier. Wir werden heute Abend zehn einzigartige Stücke aus meiner persönlichen Sammlung versteigern, deren Wert sich auf mehr als eine Milliarde Dollar beläuft.« Ausrufe des Erstaunens machten sich breit. Grossman selbst verzog keine Miene. Er drehte sich nur ganz leicht in meine Richtung. »Einer dieser zehn Gegenstände hat für mich einen ganz besonderen Wert … ein Diamantarmband. Das Sternstück des Abends.«

Ich hielt seinem Blick stand. Wollte er mich leiden sehen? Die Genugtuung würde ich ihm nicht gönnen.

»Ein Schmuckstück wie dieses werdet ihr nicht noch einmal zu Gesicht bekommen. Und damit meine ich nicht nur seinen Wert, sondern auch die Geschichte, die es verbirgt …« Er ließ seine Worte mit wohlüberlegt eingesetzter Spannung verhallen. Immer noch war seine ganze Aufmerksamkeit auf mich gerichtet. Er studierte mich regelrecht. Analysierte mich. »Aber nun bewundert am besten selbst die Schönheit des Armbands Moon River!«

Grossman schnippte mit den Fingern, und vor den erstaunten Augen der Anwesenden senkte sich eine ovale Präsentationsfläche von der Decke des Saals herab. Mein Blick folgte ihr, bis sie direkt hinter Mikes Vater zum Stehen kam. Angeordnet wie die Auslegeware eines Ausstellers prangten darauf die für die Versteigerung ausgewählten Gegenstände. Kostbare Halsketten, zwei wertvolle Renoirs … und mitten unter all den anderen Sachen das durch eine Glasvitrine geschützte Armband meiner Mutter. Es war genau so, wie ich es in Erinnerung hatte. Zwei waagrechte Reihen Diamanten und ein Lorbeerkranz. Ein kleines Kunstwerk, das mein Vater meiner Mutter anlässlich meiner Geburt geschenkt hatte.

Die Gäste traten näher, um das Armband zu bewundern. Manche nannten sogar bereits die Summe, die sie bereit wären, dafür lockerzumachen. Ich rührte mich nicht von der Stelle. Sollten sie doch glotzen, so viel sie wollten. Moon River würde niemals ihnen gehören.

»Es ist hinreißend, nicht wahr?« Lauren stellte sich neben

mich und betrachtete das Schmuckstück meiner Mutter, während sie ihr Glas schwenkte. »Eines der schönsten Stücke, die ich je gesehen habe. Hoffentlich bietet mein Vater mit.«

»Mhm«, meinte ich desinteressiert. Ich ließ Lauren weiterplappern, was für eine wunderbare Feier das doch wäre, und wandte meine ganze Aufmerksamkeit der Präsentationsfläche mit den Schmuckstücken zu. Sie war durch unzählige Alarmsysteme geschützt, die geschickt auf der Unterseite verborgen waren. Ein Detail, das sicher niemand außer mir bemerkte – aber ich war schließlich hier, um zu stehlen, und wusste sehr genau, worauf ich zu achten hatte. Würde jemand den Gegenständen zu nahe kommen, wäre innerhalb von Sekunden der halbe Polizeiapparat von Los Angeles hier.

»Hör mal, Kyle.« Lauren fummelte am Saum ihres Kleides herum. »Ich habe nachgedacht, und es ist ja so, dass wir uns schon ganz schön lange kennen, und, du weißt schon, äh, also wir sind ja befreundet ...«

»Mhm«, gab ich zurück. Es wäre keine allzu komplizierte Sache, an das Armband heranzukommen. Schließlich hatte ich Len, um die Alarmanlagen zu deaktivieren, und meine Kugel, die mich vor allem Unvorhergesehenen warnen würde. Ein wenig Ablenkung, und die Sache wäre geritzt. Die einzige echte Schwierigkeit waren die Wachleute, die den Saal wie Jagdhunde im Visier hatten.

»Die Sache ist die ... Ich hätte gerne, dass wir aufhören, miteinander befreundet zu sein.«

»Klar. Aufhören, befreundet zu sein.« Unauffällig nahm ich die Typen unter die Lupe. Sie wirkten wie Klone. Alle hatten sie dasselbe Terminator-mäßige Aussehen. Kahl geschorener Kopf, muskelbepackte Arme und Beine und ... ach ja, klar, Pistolen. So leicht würden sie sich nicht geschlagen geben, das war klar.

»Ich wünschte, wir wären mehr als nur Freunde ...«

»Ja.« Aber ich könnte sicher auf Miranda zählen, sie würde die Typen schon ablenken. Darin war sie deutlich besser als ich. Mit Sicherheit würde ihr schauspielerisches Talent die Jungs ... Moment mal. Ich wandte mich Lauren zu. »Was hast du gerade gesagt?«

»Ich ...« Sie kam einen Schritt auf mich zu. Sie biss sich auf die Unterlippe. Scheinbar war sie nicht sicher, ob sie weitersprechen sollte oder nicht. Aber dann sprudelte es nur so aus ihr heraus. »Du gefällst mir, Kyle. Du hast mir immer schon gefallen. Ich wollte es dir schon lange sagen ... Neal hat mich oft gefragt, ob ich mit ihm ausgehe. Aber ich wollte nie etwas von ihm. Nur du bist mir wichtig. Wir beide könnten doch miteinander ausgehen. Gib mir wenigstens eine Chance, dir zu zeigen, was ich für dich empfinde.«

Einer der Wachleute ging an uns vorüber und grinste mich an. Er musste denken, dass ich mit Lauren zusammen war und sie mir gerade eine Szene machte.

»Hör mal«, setzte ich an, »Ich glaube nicht, dass das eine gute Idee ist. Ich ...«

Genau in dem Moment fing meine Kugel an zu vibrieren. Sie bewegte sich so heftig in meiner Jackentasche, dass ich den Faden verlor. Fast gleichzeitig knisterte es in meinem Ohr und Lens Stimme dröhnte mir ins Trommelfell.

»Kyle, sie haben meinen Rechner blockiert! Irgendjemand übernimmt gerade die Kontrolle über die Villa. Ich kann nicht ... Ich kann nicht mehr auf die Kameras zugreifen.«

Hinter Lens Fluchen nahm ich ein gedämpftes Geräusch war. Wie hinter einem Schleier. Dann spritzte mir irgendeine Flüssigkeit ins Gesicht. Ich dachte erst, dass Lauren mir ihr Getränk ins Gesicht gekippt hätte, um sich nicht weiter meine billigen Ausreden anhören zu müssen, warum ich nicht mit ihr ausgehen wollte. Aber als ich den Blick hob und sie ansah, erkannte ich, wie falsch ich lag.

Sie war aschfahl und ihr Kleid war übersät mit roten Flecken. Ihre Lippen zitterten und in ihren Augen standen Tränen. Sie hatte nicht einen einzigen Tropfen ihres Getränks verschüttet. Nicht mal angerührt hatte sie es. Verwirrt fuhr ich mir übers Gesicht. Auf meiner Wange spürte ich dieselbe rote Flüssigkeit, die Laurens Kleid ruiniert hatte. Ich brauchte ein paar Sekunden, bis ich realisierte, was für eine Flüssigkeit das war. *Blut* ...

Etwas ging neben mir zu Boden. Es war der Wachmann, der zuvor an uns vorbeigegangen war. Man hatte ihm in die Stirn geschossen, und sein Blut war bis zu Lauren und mir gespritzt. Ich war immer noch völlig perplex und starrte ratlos auf die Leiche des Wachmanns. Fünf Sekunden zuvor hatte er sich noch über mich lustig gemacht. Und jetzt war er tot.

Laurens Schrei war es, der mich schließlich aus meiner Benommenheit holte. Kurz bevor ich vernahm, wie das dumpfe Geräusch erneut einschlug, diesmal an einem anderen Punkt im Saal, kam ich wieder zu mir. Ein zweiter Wachmann fiel leblos auf den polierten Boden, nicht weit von uns entfernt.

Und jetzt schrie nicht nur Lauren. Ein ganzer Chor aus Entsetzensschreien brach aus dem Gewimmel der Gäste los. Das Getrampel dutzender Füße, die in Panik auf den Ausgang zustürmten, mischte sich mit dem der Schüsse und der leblos zu Boden fallenden Wachleute. Der ganze Saal verwandelte sich in ein komplettes Chaos.

Ich brachte Lauren hinter einem der für die Versteigerung gedachten Bilder vor den Schüssen in Sicherheit. Sie war wie eingefroren und hörte überhaupt nicht mehr auf zu weinen.

»Du rührst dich nicht von der Stelle!«, wies ich sie an. Ich weiß nicht, ob sie mich hörte. Ich blieb aber auch nicht bei ihr, um das herauszufinden. Auf dem Boden kriechend bewegte ich mich vorwärts und tauchte hinter der Präsentationsfläche wieder auf.

Die Gäste stolperten wild durcheinander. Adam Grossman, Mike und Neal versuchten, so weit wie möglich die Lage unter Kontrolle zu bringen und zu verhindern, dass sich die überstürzte Flucht zu einer Tragödie auswuchs, was gar nicht so einfach war. Die Leute waren völlig panisch. Und das Sterben der Wachleute ging weiter.

»Kyle!« Miranda duckte sich neben mich.

»Bist du okay?«

»J...ja. Glaube ich jedenfalls.«

Die Schüsse hatten aufgehört und es folgte eine schauerliche Stille. Fast niemand mehr war im Saal. Nur wir beide, die Leichen der Wachmänner und eine einzelne Silhouette in der Mitte des riesigen Saals. Sie stand mit dem Rücken zu uns. Mit einem rauchenden Gewehr in der Hand.

Miranda machte Anstalten aufzustehen. Ich hielt sie zurück.

»Was ist?«

»Du bleibst hier.«

Ich näherte mich dem Wachmann, der neben mir lag. Ich nahm ihm die Pistole ab und richtete sie auf die Person, die jetzt völlig reglos das Massaker betrachtete, das sie angerichtet hatte.

»Dreh dich um«, befahl ich.

Sie rührte sich nicht. Ich wiederholte meinen Befehl, diesmal entschlossener, und schließlich gehorchte sie. Als ich ihr Gesicht sah, bildete sich ein Knoten in meinem Hals. Ich hielt die Pistole zwar weiter nach vorne gerichtet, aber mein Arm fühlte sich dabei ganz steif an.

»Das kann nicht sein ... du ...«

Mein Gegenüber lachte erst still in sich hinein und brach dann in kaltes, gefühlloses Gelächter aus. Dann ging er auf die Vitrine zu, in der das Armband lag. Er zerschmetterte das Glas mit dem Lauf seines Gewehrs und nahm das Schmuckstück heraus. Ein paar Sekunden lang sah er es an, dann wandte er seinen Blick wieder mir zu.

»Wir sehen uns bald wieder, Kyle ...«

Mehr sagte er nicht. Er warf mir seine Waffe vor die Füße und flüchtete aus einem der Fenster. Als hätte es ihn nie gegeben, verschwand er in der Nacht.

Ich war nicht in der Lage, mich zu rühren, um ihn aufzuhalten. Schießen konnte ich auch nicht. Denn die Person, auf die ich gezielt hatte, dieselbe Person, die in die Grossman'sche Villa eingedrungen war und mit unmenschlicher Kälte die Wachmänner niedergeschossen hatte, war ich selbst.

Es war Zero.

KAPITEL 17

Ich bat Len, die Aufnahme noch einmal zurückzuspulen – auch wenn ich das Video inzwischen auswendig kannte. Zu sehen war eine Außenansicht der Grossman'schen Villa, die von einer der Überwachungskameras stammte und die fünf Minuten, bevor die ersten Wachmänner leblos zu Boden fielen, aufgezeichnet worden war. Drei endlose Minuten lang sah man nichts als die beleuchtete Fassade des Hauses, glitzernd und funkelnd inmitten von Beverly Hills. Dann tauchte er auf.

Eine sich schnell bewegende Silhouette, die vor dem Objektiv der Kamera vorbeihuschte.

Ich drückte auf Pause. Die Qualität der Aufnahme ließ zu wünschen übrig, aber die menschlichen Umrisse waren eindeutig zu erkennen. Jeder außer mir hätte die Hand dafür ins Feuer gelegt, dass es sich dabei um Zero handelte. Die Person trug denselben Anzug, und die Maske war eine exakte Kopie der meinen.

Mit zwei Unterschieden allerdings.

Erstens war sein Anzug nicht schwarz, sondern weiß. Und zweitens war die Maske nicht silbern, sondern golden.

»Wer, denkst du, könnte das sein?«, fragte Miranda.

»Ein Doppelgänger, so viel ist klar«, schaltete Len sich ein. Miranda legte den Kopf schräg, als würde sie Lens Vermutung zustimmen.

»Denken die vielleicht, das hier ist ein Spiel? Denken die, man kann mich einfach so fälschen? Das ist nicht Zero!«, rief ich.

»Ich fürchte, da gehen die Meinungen auseinander«, sagte Len. Er hielt mir ein zerknittertes Stück Papier hin. Es war die Titelseite der *New York Times*. Als ich die Schlagzeile las, schnaubte ich entrüstet. »Zero – ein erbarmungsloser Mörder«. Die erste Seite wurde vollständig von einem Foto des Typen im weißen Anzug eingenommen. »Ich bin an die morgigen Titelblätter der wichtigsten Zeitungen des Landes herangekommen. Die meisten haben eine Sonderausgabe zu den Ereignissen von heute Abend herausgebracht. Und alle geben sie dir die Schuld an den Morden.«

Ich schlug mit der Faust auf Tante Janes Schreibtisch. Es krachte so laut, dass es sicher sogar meine Adoptivmutter gehört hatte. Dabei schlief sie friedlich in ihrem Zimmer ein Stockwerk höher.

»Aber wie kann es sein, dass sie nicht bemerkt haben, dass das hier nicht der echte Zero ist. Er hat ja nicht mal dasselbe an!«

»Aber er hat sich genauso verhalten wie du. Sogar das Schmuckstück deiner Mutter hat er mitgehen lassen, falls du es vergessen hast.«

Nein, das hatte ich nicht vergessen. Dieser Schwindler hatte mir das Armband direkt vor der Nase weggeschnappt. Aber am meisten wurmte mich, dass wir so viel Arbeit in die Vorbereitungen gesteckt hatten und jetzt mit leeren Händen dastanden.

»Wie viele Wachleute sind eigentlich umgekommen?«

»Vier. Und drei weitere liegen auf der Intensivstation der St.-Michael-Klinik. Unter den Gästen gibt es keine Verletzten.«

Ich wusste, warum Len das erwähnte. Adam Grossman erfreute sich bester Gesundheit. Genau wie Dan Alec und Juliette Morrison. Auch wenn die drei meine Eltern ermordet hatten, war ich doch froh. Es hätte mir nicht gefallen, wären sie von Kugeln durchsiebt worden.

»Und Mike und Neal?«

»Sind okay«, übernahm jetzt Miranda. »Lauren hat auch keine schlimmeren Verletzungen. Sie hat nur das Bewusstsein verloren, als man sie aus der Villa brachte.«

»Meinst du, das hat etwas damit zu tun, was Timothy gesagt hat?«, fragte Len.

Nachdenklich lehnte ich mich an die Wand. Möglich war es ... Das würde zumindest erklären, warum Timothy so sehr daran gelegen war, dass ich nicht auf die Versteigerung ginge. Nur war mir überhaupt nicht klar, welche Verbindung zwischen ihm und dem Goldgesicht bestehen sollte, das da so einfach aus dem Nichts aufgetaucht war.

Aber ich kam nicht dazu, weiter über das Ganze nachzudenken. Lens Rechner leuchtete in einem schrillgelben Farbton auf, und ich kniff die Augen zusammen. Sofort griff Len nach dem Rechner. Ich weiß nicht, was er sah, aber sein Gesicht war plötzlich aschfahl.

»Das gefällt mir nicht«, murmelte er.

Eher aus einem Instinkt heraus als aus einem anderen Grund sah ich zur Tür hin.

»Haben sie uns entdeckt?«

»Nein, nein, ach was.« Er dreht den Rechner zu uns hin. Auf dem Bildschirm war eine Karte von Los Angeles zu sehen. Ein scheinbar völlig normaler Stadtplan, wäre da nicht der winzige rote Punkt am einen Ende gewesen.

»Was ist das?«, fragte ich. Genauso neugierig wie ich beugte Miranda sich vor.

»Das ist das Kunstmuseum«, sagte Len.

Dann leuchtete ein weiterer kleiner roter Punkt am rechten Bildschirmrand auf. Alle drei sahen wir uns den Ort genauer an. Library Tower. Len pfiff durch die Zähne, was sich allerdings eher wie ein ersticktes Gurgeln anhörte.

»Also gut. Was bedeuten die roten Lichter?«

»Ich habe vor ein paar Monaten die Datenbank der Polizei von L. A. gehackt, um zu sehen, wann und wo gerade ein Diebstahl stattfindet.« Ein weiterer Punkt. »Nicht nur unsere eigenen, auch andere.« Er zuckte mit den Schultern. »Das schien mir ganz nützlich. So wüssten wir, wenn jemand vor uns etwas aus dem Besitz der Blakes stehlen würde.«

»Willst du damit sagen ...«

»Jeder rote Punkt ist ein Diebstahlalarm.«

Ich verharrte, als wäre ich gerade geohrfeigt worden.

»Wie viele sind es?«

»Drei, mindestens«, antwortete Miranda. Sie schnalzte mit der Zunge, als ein vierter Punkt auf der Karte auftauchte. »Vier.«

»Und was wird da gestohlen?« Len antwortete nicht. Und wenn sich Len so plötzlich in Schweigen hüllte, verhieß das nichts Gutes. »Was wird da gestohlen? Sag schon!«

»Kyle, sie stehlen überall in der Stadt Sachen, die deiner Familie gehören. Und da ist noch etwas.«

Noch etwas? Noch schlechtere Nachrichten als die von heute Abend konnte ich mir beim besten Willen nicht vorstellen.

»Dahinter steckt er«, sagte Len. »All diese Diebstähle begeht der Typ im weißen Anzug. Und er gibt sich weiterhin für dich aus.«

KAPITEL 18

Ich hatte mich ja schon in viele Gebäude hineingeschmuggelt. Banken, Villen, Museen ... Aber ein Krankenhaus war bisher nicht dabei gewesen. Irgendwie erzeugten Krankenhäuser ein ungutes Gefühl in mir. Das lag vor allem daran, dass ich drei Monate meines Lebens in eines eingesperrt gewesen war, nachdem Robert Griffith in unserer Zeit im Waisenhaus meine Kugel beinahe zerstört hatte.

Aber schließlich gibt es ja für alles ein erstes Mal, wie Tante Jane zu sagen pflegte.

Ich glitt zwischen den Bäumen hindurch, die die St.-Michael-Klinik umgaben, bis ich vor einem der Seiteneingänge stand. Die Ärzte und Schwestern benutzten diesen Eingang, um während der Nachtschicht ab und an frische Luft zu schnappen. Und mir würde er als Privatzugang zum Trakt mit den Krankenzimmern dienen.

Theoretisch ließ sich die Tür nur von innen öffnen. Der Mechanismus war aber so simpel, dass ich das Schloss schnell geknackt hatte. Ich schlüpfte hinein. Ich staunte, wie weiß alles war. Weißer Boden, weiße Wände ... selbst die Treppen, die in die höher gelegenen Stockwerke führten, waren makellos weiß.

»Len, wo geht's lang?«

»Du musst in den vierten Stock. Letztes Zimmer rechts.«

»Verstanden.« Ich ging auf die Treppe zu und versicherte mich, dass niemand in Sichtweite war. Etwas Vorsicht konnte nie schaden, erst recht nicht nach dem, was ein paar Stunden zuvor in der Grossman'schen Villa geschehen war.

»Es freut dich vermutlich zu hören, dass die Sicherheitssysteme der Klinik lachhaft sind. Ich habe nicht mal fünf Minuten gebraucht, um den Alarm abzuschalten.«

»Wundert dich das? Es wird wohl auch kaum jemand davon ausgehen, dass ein Profidieb um fünf Uhr morgens in ein Krankenhaus eindringt, um sich ein bisschen die Beine zu vertreten«, antwortete ich.

»Da hast du vermutlich recht. Miranda hält trotzdem am Haupteingang Wache. Nur für alle Fälle, falls doch irgendetwas Unerwartetes geschieht.«

Auf meinem Weg nach oben fiel mir auf, dass alle Stockwerke gleich aussahen. Eine riesige schwarze Ziffer an der Wand zeigte das Stockwerk an, und direkt daneben ging es durch eine Tür mit runder Luke in den jeweiligen Trakt.

Ich lief geradewegs in den vierten Stock hinauf.

Keine einzige Krankenschwester ist zu sehen. Sehr wahrscheinlich drehen sie gerade ihre nächtliche Runde. Am Empfangsschalter liegen ein weißer Kittel und eine OP-Maske herum. Ein kleiner Outfit-Wechsel würde vermutlich nicht schaden ...
Ich betrete den Korridor und gehe an den ersten Zimmern vorbei. Dann erreiche ich das Zimmer, das Len mir genannt hat, und lausche an der Tür. Ich höre ein gleichmäßiges Atmen und das Pfeifen eines Apparats.

Ich folgte den Vorhersagen meiner Kugel. Ich erreichte das Zimmer und glitt diskret wie ein Schatten hinein. Hinter mir zog ich die Tür zu. Im Bett, umgeben von Apparaten, lag ein Mann und schlief. Ich erkannte ihn wieder. Er war einer der Wachmänner aus der Grossman'schen Villa. Dem Namensschild an der Tür zufolge hieß er John Wiggin.

Ich nahm Zeros Maske ab und zog stattdessen den Kittel und den Mundschutz an, die ich mir am Empfang »ausgeliehen« hatte.

Sanft schüttelte ich Wiggin, um ihn zu wecken. Er grummelte missmutig. Aber er öffnete die Augen.

»Guten Abend, Mister Wiggin«, sagte ich. Abgesehen von seinen Verletzungen und den frischen Nähten fehlten ihm die Zähne. Das fiel mir auf, als er meinen Gruß erwiderte und dabei seinen zahnlosen Mund entblößte. »Ich muss mit Ihnen reden.«

»Wer sind Sie?« Seine Stimme war rau und so schwach, dass ich es schon bereute, hergekommen zu sein und diesen Mann zu belästigen, der in allererster Linie Ruhe brauchte und keine aufregende Unterhaltung. Aber ich musste einfach mehr über die Person herausfinden, die dafür verantwortlich war, dass er überhaupt hier lag, und er war nun mal der Einzige, der mir dabei helfen konnte. Die anderen Kandidaten befanden sich nämlich in einem noch schlechteren Zustand.

»Ich bin hier, weil ich Ihre Hilfe brauche, um denjenigen zu finden, der Ihnen das angetan hat.«

»Sind Sie Polizist?«

Ich wollte ihn nicht anlügen und wich seiner Frage aus.

»So ähnlich.« Ja, okay. Polizist war ich nicht direkt. Aber immerhin hatte ich ein ziemlich enges Verhältnis zum erlauchten Korps unserer Freunde und Helfer. »Können Sie sich an die Person erinnern, die auf Sie geschossen hat?«

»Es war Zero«, antwortete Wiggin. Ich sparte es mir, ihn empört zurechtzuweisen. Wie hätte ich ihm auch klarmachen sollen, dass nicht ich es gewesen war?

»Sind Sie sicher?«

»Ja. Er trug seine Maske. Oder zumindest sah sie genauso aus wie seine Maske.«

»Aber er hat sich doch nicht direkt als Zero zu erkennen gegeben.«

»Nein, obwohl ... bevor er auf mich geschossen hat, kam er auf mich zu, um mir etwas zu sagen ...«

»Was hat er gesagt?«, drängte ich. Ich hörte Schritte im Korridor. Wahrscheinlich hatten die Schwestern ihre Runde beendet. Dann schien es mir, als hörte ich ein »Hey, hat jemand meinen Kittel gesehen?«. Nervös trat ich noch ein Stück näher an Wiggins Bett heran. Die blinkenden Lichter der Apparate beschienen den Teil meines Gesichts, der nicht von der OP-Maske bedeckt war. »Was hat er Ihnen gesagt?«

»Es war eine Botschaft für jemanden. Ich weiß aber nicht, für wen.« Wiggin runzelte die Stirn, als würde er sich etwas ins Gedächtnis rufen. »›Die Geister der Vergangenheit sind zurückgekehrt‹. Das hat er gesagt.«

Das war ja wie mein eigener Satz. Der Satz, der in meine Münzen eingraviert war. »Die Geister der Vergangenheit kehren immer zurück.« Nur dass er ihn leicht abgeändert hatte ...

Plötzlich stieß Wiggin einen Schrei aus. Seine Unterlippe begann zu zittern.

»Du ...«

»Was ...?« Der Mann starrte mich an, als wäre ihm gerade ein Geist erschienen.

»Du warst es«, flüsterte er. »Du warst es! Deshalb bist du jetzt auch hier.«

»Wovon reden Sie denn? Ich bin nicht ...«

»Dein Gesicht habe ich nicht erkannt, aber diese blauen Augen. Ich habe sie hinter der Maske gesehen. Genau dieselben Augen.« Er spuckte mich an. »Du bist Zero! Du hast mich angegriffen! Zu Hilfe! Schwester! Ich brauche Hilfe!«

Schon bei Wiggins erstem Schrei reagierte meine Kugel.

Das Klinikpersonal hat John Wiggins Geschrei gehört und kommt herbeigeeilt.
Drei Schwestern betreten den Raum. Eine von ihnen hat einen Baseballschläger, den sie geschickt in der Hand balanciert.
Seit wann können Krankenschwestern Baseball spielen?
Als sie mir den Schläger in die Seite zimmert, stelle ich fest, dass sie das Spiel nicht nur können, sondern es sogar verdammt gut beherrschen.

Kaum hatte ich den letzten Satz der Vorhersage gelesen, schnappte ich mir den Stuhl neben Wiggins Bett und blockierte damit die Zimmertür, während er weiterhin wie ein Irrer herumschrie. Es dauerte nicht lange, bis sich die Stimmen der Schwestern unter Wiggins Verwünschungen mischten.

Ein dumpfer Schlag ließ die Tür erzittern. Da war er ja schon, der Schläger, der mir ordentlich zusetzen würde, wenn ich mich nicht vorsah.

Ich öffnete den Schrank rechts neben mir. Darin lagen ein Stapel frischer Handtücher und ein paar Laken zum Wechseln. Das würde mir zwar nicht helfen, hier herauszukommen, aber um Wiggin ruhigzustellen und sein Bariton-Kreischen abzuschalten, wären die Sachen doch ganz brauchbar. Ich nahm ein Handtuch heraus, faltete es zweimal und stopfte es dem Wachmann in den Mund. Aus seinen Verwünschungen wurde ein deutlich vernehmbares Grunzen. Schon besser. Sein gutturales Gluckern war mir deutlich lieber, so konnte ich mich wenigstens konzentrieren. Mit zwei weiteren Handtüchern fesselte ich Wiggin an den Handgelenken ans Bett. Die Vorstellung, er könnte aufspringen und mir in die Quere kommen, gefiel mir nicht.

Meine Kugel verharrte reglos. Bis ich die nächste Entscheidung traf, würde sie keine weiteren Vorhersagen machen. Erst dann würde sie mir wieder aufzeigen, welche Konsequenzen mein Handeln nach sich ziehen würde.

Ich nahm den Raum unter die Lupe. Dort, wo ich hereingekommen war, konnte ich nicht hinaus. Die Krankenschwestern würden sich in Sekundenbruchteilen auf mich stürzen. Also blieb nur ein Ausweg.

Das Fenster.

Ich öffnete es sperrangelweit.

Vier Stockwerke unter mir befanden sich die Tür, zu der ich hereingekommen war, und die Bäume, die mir zuvor Schutz geboten hatten. Die Höhe war beachtlich. Wenn ich sprang, konnte ich mir genauso gut gleich mein eigenes Grab schaufeln.

Die gute Nachricht war, dass das angrenzende Zimmer nicht besonders weit entfernt war. Zwei Meter, mehr oder weniger. Und es gab eine Dachrinne aus Blech, an der ich mich festhalten konnte ...

Die Schläge an der Tür wurden lauter. Es hatte den Anschein, als würde ein ganzes Krankenschwesternheer versuchen, John Wiggins Zimmer zu stürmen. Ich legte meine Chirurgentarnung ab und setzte Zeros Maske auf.

Und dann dachte ich nur noch: »Wer hat hier was von Angst gesagt?«

KAPITEL 19

Mein abenteuerlicher Sprung von Fenster zu Fenster war gar nicht so übel gewesen. Beim Ansteuern des fünften Zimmers war ich zwar ausgerutscht, aber mal abgesehen von diesem kleinen Fehltritt war der Fassadenspaziergang ganz unterhaltsam gewesen. Besser jedenfalls als der Trip entlang der Mauern von Drayton, als ich damals versucht hatte, vor Lawrence und Cooper zu fliehen.

Inzwischen war ich drei Stockwerke tiefer und lief die Treppe hinunter, die zu der Tür führte, durch die ich hereingekommen war. Mein Besuch bei Wiggin hatte einen regelrechten Aufstand ausgelöst, und die diensthabenden Ärzte waren wie Raketen losgeschossen, um Miss Schwester-mit-Baseballschläger Beistand zu leisten. Zum Glück war ich auf niemand anderen mehr gestoßen.

Ich war beinahe im Erdgeschoss angekommen und hatte weiter nichts getan, als meine Kugel plötzlich wie irre vibrierte. Im Laufen las ich ihre Vorhersagen.

Ich höre ganz in der Nähe ein unangenehmes Geräusch.

Wie von einem brechenden Knochen. Ein intensiver Schmerz steigt mir in den Kopf.
Ich fasse mir an die Stirn. Der Griff eines Dolches ragt aus meiner Schläfe. Der Stahl hat meinen Schädel durchbrochen und steckt in meinem Gehirn.
Das Letzte, was ich denke, bevor ich leblos zu Boden gehe, ist, wie wenig Tante Jane der Anblick meiner Leiche in diesem Zustand gefallen wird.

Was? Ich würde sterben!? Wie ...

Auf der Suche nach einer Antwort hob ich den Blick. Aber ich sah nur einen silbernen Strahl, der durch die Luft auf mich zuraste. Nur aus Reflex blieb ich nicht wie angewurzelt stehen. In allerletzter Sekunde sprang ich zur Seite, die Klinge flog an mir vorbei und blieb ein paar Zentimeter neben meinem Hals in der Wand stecken.

Meine Kugel hatte sich nicht getäuscht. Es war ein Dolch. Und er war so scharf, dass er meinen Körper wie Butter durchdrungen hätte. Ich verfolgte die Flugbahn zurück, bis ich an der Stelle ankam, von der aus der Dolch geworfen worden sein musste. Die Ellenbogen aufs Geländer gestützt, beobachtete mich ein Schatten vom Stockwerk über mir.

Sein Anzug war weiß wie Schnee.

Und über dem Gesicht trug er eine goldene Maske.

Es war er. Der Betrüger, der sich für mich ausgab. Der in die Grossman'sche Villa eingedrungen war. Der John Wiggin in seinen aktuellen Zustand versetzt hatte, genau wie zwei weitere Wachmänner, die auf der Intensivstation lagen.

»Hey, hey, hey. Na, endlich lässt du dich blicken«, sagte ich.

Ich bekam keine Antwort. Er verschwand einfach in der Dunkelheit. Ich spitzte die Ohren, um seine Spur zu verfolgen. Aber ich hörte nichts als das gedämpfte Geräusch von

Schritten, die die Treppe hinauf- oder herunterlaufen mochten, die einfach weiterliefen oder flohen, wie auch immer – sehen konnte ich nichts ...

Mir blieb keine Zeit für einen Blick auf meine Kugel, als diese erneut zu vibrieren begann. Ein stechender Schmerz in der Schulter durchfuhr mich.

Ich spürte die Wärme meines eigenen Blutes, das im Innern meines Anzugs an mir herunterlief, und ein unerträgliches Brennen lähmte meinen gesamten Arm. Ich drehte mich um, wollte sehen, was passiert war. Aus meinem Schulterblatt ragte ein Dolch, genau so einer, wie er auch in der Wand steckengeblieben war. Und genau hinter mir stand dieser Betrüger.

In der Grossman'schen Villa war mir nicht aufgefallen, wie ähnlich wir uns waren. Und damit meine ich nicht nur den Anzug und die Maske; auch sein Körperbau glich dem meinen. Zumindest das Wenige, was ich davon sehen konnte. Wir hatten fast dieselbe Figur, und sein Haar war so schwarz wie meines.

Und das war nicht alles.

Seine Augen.

John Wiggin hatte recht. Wir hatten genau dieselben Augen. Dieselben mandelförmigen, türkisblauen Augen.

»Hat dir noch nie jemand gesagt, dass nur Feiglinge von hinten angreifen?« Ich versuchte, mich möglichst lang zu machen, damit er nicht sah, dass ich mich eigentlich vor Schmerz krümmte. Gerade so konnte ich mich auf den Beinen halten.

»Ich bin eben der Meinung, dass wenn du etwas wirklich willst, du alles tun musst, um es zu erreichen. Auch wenn das bedeutet, dass du unfair spielen musst.«

»Du elende Kanalratte«, stieß ich hervor. Mir wurde schwindlig. Und das konnte nur bedeuten, dass die Wunde tiefer war, als ich angenommen hatte. Mein Gegenüber verlagerte sein Gewicht auf ein Bein und nahm eine arrogante Pose ein.

»Du bist also der berühmte Zero ...«

»Treffer. Und wer zur Hölle bist du?«

»Du kannst mich One nennen.« Er hatte diesen Namen ganz bewusst gewählt. Damit spielte er auf den Namen an, den man mir gegeben hatte. *Noch etwas, das er kopierte ...* »Hat dir meine Show bei den Grossmans gefallen? Oder fandest du meine anschließenden Raubzüge in der Stadt besser?«

»Ich bleibe erst mal bei deiner Vorstellung von gerade eben«, gab ich zurück. Mit einem Ruck zog ich mir den Dolch aus dem Schulterblatt. Ich sah Sterne, einen ganzen Teil der Milchstraße, und war kurz davor, so laut loszubrüllen, dass man es noch auf dem Mars gehört hätte. Aber irgendwie schaffte ich es, ruhig zu bleiben, wie bei einem Spiel, bei dem man gekitzelt wird. Ich ließ die Waffe auf den Boden fallen. »Sieht aus, als wäre dir was runtergefallen.«

One zeigte nicht das geringste Interesse für mein Geschenk. Er sah mich weiterhin unverwandt an. Wollte er mich auf die Probe stellen? Na schön ... Ich machte meinen einzigen Arm bereit, der noch in Ordnung war, und verpasste ihm einen rechten Haken ins Gesicht, um seine dumme Maske zu zertrümmern.

Aber ich traf ihn nicht. Kaum, dass ich ihn streifte.

Er wich meiner Faust aus, als wäre ich ein blutiger Anfänger, und schlug zurück. Mit dem Unterschied, dass er traf. Er schlug mir mit voller Wucht in den Magen, sodass ich keine Luft mehr bekam. Ich taumelte zurück. Ich hatte nicht gewusst, dass man so hart zuschlagen konnte ... Oder war ich vielleicht vor lauter Schmerzen ungeschickter als sonst?

Bevor ich mich sammeln konnte, hatte sich One schon

auf mich gestürzt. Wir fielen um, und mein ganzes Gewicht drückte auf die Wunde.

»Das tut weh, hm?«, meinte er spöttisch. Ich wollte ihm auf keinen Fall recht geben, aber tatsächlich focht ich in dem Moment einen harten Kampf mit mir selbst aus, um nicht das Bewusstsein zu verlieren. »Armer Zero ... Oder sollte ich dich lieber Jayson nennen? Jayson Blake ...«

Ich ging augenblicklich in die Defensive. Das war das erste Mal, dass mich jemand, den ich kein bisschen kannte, bei meinem richtigen Namen nannte.

»Was weißt du von mir?«

»Alles. Ich beobachte dich schon seit vielen Jahren. Viel länger, als du dir vorstellen kannst. Komisch, dass Timothy dir nicht mehr von mir erzählt hat ...«

»Timothy?« *Was hat der denn damit zu tun?*, hatte ich noch fragen wollen, aber das war nicht nötig. One antwortete, auch ohne dass ich ihm die Frage stellen musste.

»Ach, hatte ich das nicht erwähnt? Ich war es, der ihn umgebracht hat. Ich bin in sein Haus eingedrungen und habe einen meiner kostbaren Dolche in seine Kugel gerammt. Es war wirklich ergreifend ... Er hat überhaupt nicht mehr aufgehört zu winseln. Und willst du auch wissen, warum ich das getan habe? Er hat mich hintergangen. Und ich mag es nicht, wenn man mich hintergeht.«

Also war er es ... Die Person, vor der Timothy auf der Flucht gewesen war ...

Erneut versuchte ich, ihn zu schlagen. Aber ich streifte nur seine Maske. One nutzte meinen Fehlschlag und hämmerte mir seine Faust auf die verletzte Schulter. Ich schrie nicht. Unter anderem deshalb, weil ich halb ohnmächtig war.

Als er es langsam leid wurde, Hackfleisch aus mir zu machen, stand er auf und sah mich von oben herab an.

»Du scheinst schwächer zu sein, als ich dachte. Schon etwas enttäuschend …«

Über uns waren Schritte zu hören. Die Schwestern mussten inzwischen in John Wiggins Zimmer eingedrungen sein und liefen jetzt wohl aufgebracht darin herum. Sicher dachten sie, Zero wäre noch im Krankenhaus und sie wären mein nächstes Opfer. Ich *war* ja auch noch im Krankenhaus, nur wollte ich nichts lieber, als so schnell wie möglich von hier zu verschwinden. Und zwar am besten, noch bevor die Polizei eintraf.

Apropos … waren das nicht Sirenen, die da von weitem zu hören waren? Auch One schien sie zu bemerken, jedenfalls wirkte er plötzlich angespannt. Er schnalzte verärgert mit der Zunge.

»Kyle! Was machst du?«, hörte ich Miranda in meinem Ohr. »Die Polizei ist da.«

Ich schüttelte den Kopf, um wach zu werden. Mein Arm brannte wie die Hölle. Ich nahm den Schmerz irgendwie abgestumpft wahr, als wäre ich in einen Pool voller Eiswürfel getaucht. Aber ich konnte hier nicht liegenbleiben. Wenn die Polizei wirklich schon so nah war, blieben mir fünf Minuten, um zu fliehen. Höchstens. Und One musste ich ja auch noch loswerden.

Ich stützte mich an der Wand ab, um aufzustehen. Der Boden war blutverschmiert. Verschmiert mit *meinem* Blut. Kein besonders angenehmer Anblick. Aber inmitten der Pfütze lag etwas, das nicht rot war …

Der Dolch, mit dem One mich verletzt hatte.

Ich hob ihn auf. Er wog nichts. Er war federleicht und das Metall war perfekt kalibriert. Die Waffe eines Profis. Ich nutzte die Gelegenheit, dass One nach oben sah, abgelenkt war, und warf den Dolch mit meinem intakten Arm in seine Richtung.

Meine ganze Wut bündelte ich in diesem einen Wurf. Er wich dem Dolch mühelos aus, genau wie zuvor meiner Faust. Aber als er sich wieder aufrichtete, war es zu spät.

Ich war bereits den verbleibenden Treppenabsatz hinuntergeeilt und stürmte auf den Ausgang zu.

Nachdem ich das Krankenhaus verlassen hatte, machte ich mit meinem Dietrich das Türschloss kaputt, damit One mir nicht folgen konnte. Mit etwas Glück würde ihn ja vielleicht Miss Schwester-mit-Baseballschläger aufstöbern ... Obwohl das wahrscheinlich doch etwas viel verlangt war.

Die frische Luft machte mich ein wenig munterer. Trotzdem versetzte mir jede kleinste Bewegung einen Stich, der durch meinen ganzen Körper jagte. Um die Blutung zu stoppen, presste ich meine Hand, so fest ich konnte, auf die Wunde. Es nutzte nichts. Das Blut lief mir weiter den Rücken hinunter.

»Miranda.«

»Kyle!«

»Hmm, ich glaube, ich bin verletzt.«

»Ich glaube!?« Mirandas Stimme klang schrill. »Wo bist du?«

»Draußen.«

Alles war seltsam in Bewegung. Alles schwankte irgendwie ... So gut es ging, schleppte ich mich in eine kleine, einsame Gasse neben der Klinik.

Ich zog eine Blutspur hinter mir her. Ich musste mich verstecken. Und zwar schnell. Wobei – wenn sie den Blutspuren folgten, konnte ich mich sowieso verabschieden.

Ich fing an zu zählen. *Eins, zwei, drei* ... Ein alter Trick eines meiner Lehrer, um nicht ohnmächtig zu werden, wenn es gerade ungünstig war, ohnmächtig zu werden. Und das hier war so eine Situation. Und trotzdem fühlte ich mich so unendlich schwach ...

Ich taumelte und ging zu Boden. Ich hatte keine Kraft mehr, um wieder aufzustehen. Ich verzettelte mich in meiner Zählerei. Ich konnte nicht mehr. Das Letzte, was ich sah, bevor ich das Bewusstsein verlor, war die Silhouette einer Person, die auf mich zukam.

Es ist vorbei. Sie haben mich gefunden.

ZWEITER TEIL

KAPITEL 20

Es regnete. Das erkannte ich an den Regentropfen, die ans Fenster trommelten. In konstantem Rhythmus ... Unablässig ... Ich bewegte mich nicht. Hörte einfach nur zu. Im Halbschlaf. Ohne zu denken.

Der Klang des Wassers trug mich, bis ich schließlich ganz erwachte. Und dann fiel mir wieder alles ein, was in der St.-Michael-Klinik geschehen war. John Wiggin ... One ... Und der Schmerz. Dieser Schmerz, der mich zerrissen hatte.

In der Erwartung, die Wände einer Zelle zu sehen, öffnete ich die Augen. Stattdessen fand ich mich in meinem Zimmer wieder. Das Nachttischlämpchen war eingeschaltet, der Lichtschein fiel auf die Poster an meinen Wänden. Ich war in der Villa Bradford? Bei meiner Tante? Wie war ich dorthin gekommen?

Ich versuchte, mich aufzurichten, aber sofort durchfuhr mich ein stechender Schmerz.

»Nicht bewegen, Kyle!« Miranda kam aus der Dunkelheit auf mich zu. Sanft drückte sie mich in die Kissen zurück und setzte sich neben mich.

»Was ist passiert?«, brachte ich heraus.

»Viel hat nicht gefehlt. Wenn ich nicht als Erste bei dir gewesen wäre, hätte die Polizei dich geschnappt.«

»Du hast mich gefunden?« Die Silhouette, die ich gesehen hatte, bevor ich ohnmächtig geworden war ... Miranda nickte.

»Ja. Du lagst bewusstlos mitten auf der Straße, aber irgendwie habe ich es geschafft, dich zu verstecken.«

»Wie lange ist das her?«

»Drei Tage.«

»Drei Tage!?« Ich schrie lauter als nötig, und Miranda gab mir ein Zeichen, leiser zu sein.

»Schhhh. Deine Tante schläft. Seit wir dich in die Villa geschafft haben, war sie an deiner Seite. Wenn du weiter so schreist, weckst du sie noch auf.«

»Drei Tage«, wiederholte ich. Ich konnte es immer noch nicht fassen. »Ich kann mich nicht erinnern, jemals so lange bewusstlos gewesen zu sein.«

Dabei war das gar nicht das Entscheidende. Ich war *noch nie* verletzt worden. Klar, ein paar Mal hatte ich Schrammen und blaue Flecken abbekommen. Aber damit war es diesmal nicht getan.

»Wir haben uns Sorgen gemacht«, sagte Miranda leise. Ich hatte gar nicht bemerkt, wie rot ihre Augen waren. Hatte sie geweint?

»Ich bin okay. Ist ja nur ein Kratzer.« Miranda fuhr hoch wie von der Tarantel gestochen.

»Ein Kratzer? Deine Schulter ist von einem Ende zum anderen aufgeschlitzt!«

»Okay, okay ... vielleicht war es doch etwas mehr als ein Kratzer.« Besänftigend hob ich die Hände, damit sie mich nicht mehr ansah, als hätte ich den Verstand verloren. »Aber es geht mir schon viel besser.«

Oder auch nicht; mein Arm schien völlig im Eimer zu sein ...

»Du brauchst jedenfalls Ruhe«, sagte Miranda. Sie schob das Laken ein Stück beiseite und untersuchte den Verband um meine Schulter. »Wenigstens blutest du nicht mehr.«

Sie inspizierte die Bandagen und vergewisserte sich, dass alles an der richtigen Stelle saß. Meine Brust war nicht zugedeckt, und so konnte ich ihre Wärme auf der Haut spüren. Ein seltsames Gefühl machte sich in meinem Magen breit ...

Miranda schluckte, als sie mit den Fingern meine nackte Haut berührte, und ihre Wangen färbten sich tomatenrot. Ich lachte amüsiert.

»Hey, ich glaub's ja nicht.«

»Was ... was ist denn?«

»Bringe ich dich etwa in Verlegenheit?«

»Ja«, antwortete Miranda verwirrt. »Ich meine, nein. Was willst du denn jetzt?«

»Ach, gar nichts. Ich hatte nur den Eindruck, dass du ... rot wirst?«

»Ich? So ein Quatsch!«, sagte sie hastig.

»Kann ja sein, dass du lieber für Mike die Krankenschwester spielen würdest.«

Sie seufzte.

»Sicher nicht.«

»Ach nein? Neulich in der Bibliothek hast du aber einen ausgesprochen glücklichen Eindruck gemacht neben ihm.«

»Ich fasse es nicht! Draytons Gigolo ist eifersüchtig?«

»Ich? Ich soll eifersüchtig sein auf das verhätschelte Bürschchen von Michael Grossman? Red doch keinen Unsinn.«

Ich dachte, Miranda würde lachen. Aber das tat sie nicht. Stattdessen fummelte sie am Saum meines Lakens herum.

»Kann ich dich was fragen?«

»Klar.«

»Warum ist es dir eigentlich so sehr gegen den Strich gegangen, dass ich mich mit Mike getroffen habe, um die nötigen Informationen aus ihm herauszukitzeln?«

Die Frage hatte ich mir selbst auch schon mehrfach gestellt ... nur hatte ich keine Antwort darauf gefunden. Es hatte mich eben einfach gestört.

Um ihrer Frage auszuweichen, wechselte ich das Thema.

»Wo ist eigentlich Len?«

»In Tante Janes Büro. Seit wir hier sind, hat er sich da unten verbarrikadiert. Er sucht nach dem Typen, der dich verwundet hat.«

»Und? Hat er ihn gefunden?«

»Nein.« Miranda sah mich immer noch an. Bevor ich fragen konnte, was los war, umarmte sie mich. Das Gefühl in meinem Magen wurde stärker.

»Als du gesagt hast, dass du verletzt bist, bin ich fast durchgedreht. Ich dachte, ich würde dich verlieren, ich dachte, ich würde dich nie mehr wiedersehen ...« Ich drückte sie fest an mich.

»Es ist vorbei. Jetzt bin ich ja bei dir.«

Miranda nickte, wich aber kein Stück von mir ab. Sie blieb einfach in meinen Armen liegen. Keiner von uns sagte etwas. Und keiner machte Anstalten, sich vom anderen zu lösen ...

Mit einem Ruck ging die Tür zu meinem Zimmer auf. Ich fuhr hoch. So schnell sie konnte, stand Miranda auf und entfernte sich von meinem Bett. Fast gleichzeitig stürmte Len ins Zimmer.

»Kyle, ich habe ihn!«, schrie er. Wenn er gesehen hatte, wie Miranda und ich uns zuvor in den Armen gelegen hatten, machte er jedenfalls keine Bemerkung darüber. »Ich habe diesen Doppelgänger gefunden.«

Ich richtete mich auf. Zu schnell, dem Blitz nach zu urteilen, der mir durch die Schulter raste.

»Wo ist er? Wir müssen da hin.«

»Was? Das meinst du doch wohl nicht im Ernst!«, schnaubte Miranda. »Du kannst ihm doch in deinem Zustand nicht gegenübertreten.«

»Es geht mir ausgezeichnet«, log ich.

»Das kann überhaupt nicht sein!«

Ich fuchtelte mit dem gesunden Arm in der Luft herum.

»Wo ist er?«, wiederholte ich und ließ ihre Einwände an mir abprallen.

Miranda warf Len einen warnenden Blick zu, während ich ihn weiter flehentlich ansah. Len wurde immer kleiner.

»Im Hotel Convention«, stieß er schließlich hervor.

KAPITEL 21

Das Hotel lag im Herzen von Los Angeles, inmitten von Luxusgeschäften und exklusiven Cafés. Der riesige Kasten war zwanzig Stockwerke hoch und hatte über zweihundert Zimmer, in denen von Staatschefs über berühmte Schauspieler schon alle möglichen Leute residiert hatten.

Man musste nur durch den Haupteingang treten, und sofort war einem klar, dass es sich hier nicht um irgendein beliebiges Hotel handelte.

Ich musterte die elegante Empfangshalle, ohne dass mir das kleinste Detail entging. In den Ledersesseln saßen drei Hotelgäste, die sich in die Tageszeitung vertieft hatten. Zwei weitere standen an der Rezeption und unterhielten sich mit dem Portier über touristisch interessante Sehenswürdigkeiten der Stadt.

Von One allerdings fehlte jede Spur.

»Wir können immer noch gehen, Kyle«, meinte Len über den Knopf in meinem Ohr.

»Und hinnehmen, dass dieser Schwindler einfach weitermacht? Kommt überhaupt nicht infrage. Er hat schon genug angerichtet. Wenn ich zulasse, dass er sich weiter für mich ausgibt, bringt er am Ende noch die halbe Stadt in meinem Namen um. Aber ich bin kein Mörder. Ich werde ihn mir schnappen, und dann übergebe ich ihn der Polizei. Sollen die sich doch um ihn kümmern.« Wie der zweite Teil des Plans ablaufen sollte, war mir zwar schleierhaft, aber irgendwie würde ich es schon hinbekommen.

»Len hat recht«, schaltete Miranda sich ein. »Ein paar Tage hättest du schon noch zu Hause bleiben sollen.«

Ich schüttelte den Kopf.

»Nein. Wir machen weiter wie geplant. Die frische Luft tut mir gut. Außerdem haben wir keine Zeit zu verlieren.«

»Sebastian hat gesagt, dass du dich mindestens einen Monat ausruhen musst.«

Einen Monat!?

»Sebastian übertreibt aber auch gerne. Das ist kein Maßstab.«

»Heißt das, es geht dir schon besser?«, fragte Len.

»Ja, klar.« Auch wenn ich das Gefühl hatte, ein Blitz würde durch mich hindurchjagen, sobald ich versuchte, den Arm zu bewegen. Aber dieses winzige Detail überging ich mal lieber, auch meinen Freunden gegenüber. Mit Sicherheit hätten sie mich sonst im Eiltempo in die Villa Bradford zurückbefördert. Und allein bei dem Gedanken, wieder nur tatenlos im Bett herumzuliegen, hätte ich schon heulen können.

Fast eine Woche lang war ich in meinem Zimmer eingesperrt gewesen, um mich von Ones Dolchstoß zu erholen. Zum Glück waren Mike, Neal und Lauren nicht in Los Angeles. Sie ließen es sich in den Weihnachtsferien auf den Malediven gut gehen, und so musste ich wenigstens nicht so tun, als wäre ich in bester Verfassung, wo es mir doch in Wirklichkeit so mies ging wie noch nie in meinem Leben.

»Und One ist immer noch hier im Hotel?«

»Ja. Zimmer 2046. Unserem Satelliten zufolge hat er sich seit den Raubzügen und der Sache in der St.-Michael-Klinik nicht von dort wegbewegt«, antwortete Len. »Sich zu verstecken scheint ja nicht gerade seine Spezialität zu sein ...«

Das war dann aber wohl auch die einzige Sache, die er weniger gut konnte, denn alles andere beherrschte er in Perfektion. Mich fertig zu machen zum Beispiel und die ganze Welt davon zu überzeugen, dass es sich bei ihm und mir um ein und dieselbe Person handelte. Der einzige Mensch, der außer Sebastian, Tante Jane, Len und Miranda nicht darauf hereingefallen war, war Patrick. Er hatte mir sogar eine Nachricht aus San Francisco zukommen lassen, in der er meinte, dieser Schwindler hätte nicht das Geringste mit mir zu tun.

Ermutigend, dass zumindest einer mir glaubte ... auch wenn es sich dabei um meinen allergrößten Fan handelte.

»Und wenn es eine Falle ist?«, fragte Miranda. »Kann doch sein, dass er dich umbringen will, das hat er in der Klinik schließlich auch schon versucht.«

»Aber diesmal bin ich vorbereitet. Wenn es sein muss, benutze ich meine Kugel in jeder einzelnen Sekunde. So werde ich immer wissen, was er vorhat.«

Als wäre ich ein weiterer Hotelgast, durchschritt ich das Foyer. Ich hatte mich der Szenerie entsprechend gekleidet. Der Anzug und das weiße Hemd ließen mich wie einen wohlhabenden, durch das Vermögen seiner Multimillionär-Eltern verhätschelten Jungen aussehen. So fiel ich nicht im Geringsten aus dem Rahmen. Meine Maske hatte ich natürlich nicht aufgesetzt. Wofür auch? One wusste ja längst, wer ich war. Sogar meinen richtigen Namen kannte er. Ich gab mir Mühe, meine Haltung dem Bild anzupassen, das ich vermitteln wollte, und nahm einen großkotzigen Gang an. Meine Finte funktionierte. Niemand achtete auf mich. »Miranda, kannst du One von deiner Position aus sehen?«

Ich hörte, wie sie ihr Fernglas neu justierte. Um einen besseren Blick auf das Hotel zu haben, hatte sie sich auf die Dachterrasse des Bürogebäudes direkt gegenüber begeben. Len war in unser Versteck in Drayton zurückgekehrt. Er meinte, von dort aus könne er den Unsinn, den wir anstellten, am besten kontrollieren.

»Von hier aus kann ich ihn nicht sehen ...«

»Okay. Gib Bescheid, wenn du ihn lokalisiert hast.«

»Kyle ...«, flüsterte Miranda mir ins Ohr.

»Ja?«

»Pass auf dich auf, ja?«

»Du auch.«

»Mach dir um mich keine Sorgen. Du bist doch derjenige von uns, der immer in Schwierigkeiten gerät.«

Ich ging auf die Aufzüge zu. Dem Gebäudeplan zufolge, den Len sich beschafft hatte, lag das Zimmer 2046 im zwanzigsten Stockwerk. Im letzten des Gebäudes. Ich drückte auf den Knopf mit dem nach oben zeigenden Pfeil. Die Anzeige über dem Aufzug zu meiner Rechten leuchtete auf, und die Tür öffnete sich. Ich ging hinein und wartete, bis er sich in Bewegung setzte, bevor ich die Kommunikation mit Len erneut aufnahm.

»Ich fahr jetzt hoch.«

»Gut. Und ich habe gerade das Sicherheitssystem des Hotels lahmgelegt ...«

»Und?«

»Hm ... war nicht gerade schwierig ...«

»Ist das was Schlechtes?«

»Sagen wir mal, es war etwas *zu* einfach.«

»Meinst du, One hat was daran gedreht?«

»Könnte schon sein. Denk dran, wie leicht er meine Firewall bei den Grossmans umgangen hat.«

»Das muss aber nicht heißen, dass er das System gegen uns verwendet«, gab ich zurück.

»Ich weiß nicht, Kyle ...« Im Gegensatz zu mir schien Len nicht besonders optimistisch zu sein.

Als ich im zwanzigsten Stock angekommen war, trat ich vorsichtig aus dem Aufzug. Niemand erwartete mich. Da war nur ein langer Gang, an dessen Ende sich eine Tür befand. Die des Zimmers 2046. Das erklärte auch, warum One gerade diesen Ort gewählt hatte ... Das hier war mit Sicherheit der einsamste Bereich des ganzen Hotels. Ich schnaubte. So langsam fing ich an, den Typen zu hassen.

Der Aufzug schloss sich hinter mir, und ich ging den Korridor entlang.

Der Holzboden knarzte unter meinen Schritten und veranstaltete eine makabre Sinfonie hinter mir, die mich an den Film *Der Exorzist* erinnerte. Ansonsten war es auf diesem Stockwerk totenstill, was mich allmählich nervös machte. Es war, als hätte jemand den Ton mit der Fernbedienung ausgeschaltet. Ich ging schneller.

Am Ende des Ganges angekommen, nahm ich meine Kugel fest in die Hand.

Ich bleibe vor Zimmer 2046 stehen und lege die Hand auf die Klinke. Mit ziemlicher Sicherheit hat sich One da drin verschanzt, und ich muss ihn gewaltsam herausholen. Ich nehme meinen Dietrich aus der Tasche.

Als ich den Haken gerade in das Schloss eingeführt habe, fällt mir etwas auf. Die Tür ist offen. Ich muss sie einfach nur aufdrücken, um in den Raum zu gelangen ...

Wie bitte?

Ich drückte die Klinke hinunter. Tatsächlich, die Tür war nicht abgesperrt. Sie ging einfach auf, es war gar nicht nötig, das Schloss gewaltsam zu öffnen. Die Sache kam mir verdächtig vor ... vielleicht hatte Len ja doch recht gehabt. Das ging alles viel zu leicht.

Etwas argwöhnischer als zuvor blickte ich mich um. Das Ganze missfiel mir allmählich ...

Ich konnte immer noch einen Rückzieher machen. Ich müsste einfach nur zum Aufzug zurückgehen und ins Foyer hinunterfahren ... Aber dann würde ich One jede Freiheit lassen, zu tun, was ihm gerade in den Sinn kam ... und es würde noch mehr Tote geben. Mehr Diebstähle.

Nein. Ich musste ihn aufhalten, er durfte nicht so weitermachen.

Ich holte tief Luft, um runterzukommen, und stieß die Tür weit auf.

Der Geräumigkeit und der überladenen Rokoko-Ausstattung zufolge war Zimmer 2046 die Luxussuite des Hotels. Der Raum war mit Sicherheit größer als die meisten Apartments der Stadt, und er hatte auch einen besseren Blick zu bieten. Wie nicht anders zu erwarten, war das Panorama, auf das man von der Fensterfront aus blickte, einfach umwerfend. Los Angeles im Kleinformat lag einem zu Füßen.

Ich durchsuchte den Raum, jeden Zentimeter nahm ich unter die Lupe. Niemand da ... Wo steckte One?

»Len«, murmelte ich. »Irgendwas stimmt hier nicht.«

Keine Antwort.

»Len?« Ich drückte den Knopf gegen mein Ohr. »Len, hörst du mich?«

Ich versuchte mein Glück mit Miranda, aber auch von ihr kam nichts zurück. Mein Nervositätslevel wechselte von »einigermaßen unter Kontrolle« zu »ernsthaft beunruhigt«. Was ging hier vor?

Dann hörte ich plötzlich ein entferntes Knattern.

Als würde es aus allen Gebäuden gleichzeitig dringen, dröhnte es durch die Nacht. Und mit jeder Sekunde wurde es intensiver, so, als würde es näher kommen. Die Wände begannen zu wackeln. Der Boden unter meinen Füßen vibrierte. Fast gleichzeitig bewegte sich ein Schatten vom Himmel herab und verharrte parallel zur Fensterfront des Zimmers.

Ein Hubschrauber.

Er wies kein Erkennungszeichen auf. Er war komplett schwarz, ohne irgendwelche Marken oder Symbole. Auch die Lichter hatte er nicht eingeschaltet. Er sah aus wie ein riesiges Gespenst, das aus der Dunkelheit aufgetaucht war.

Die Seitentür stand offen und man konnte ins Innere der Kabine sehen. Sie war leer. Aber etwas hing an einem Seil von einer der Kufen herab. Wie eine Wetterfahne schlingerte es herum und wurde im Takt des Propellers durchgeschüttelt. Es sah aus wie ... ein Mensch? Ich sah genauer hin. Ja, es war ein Mensch. Sein Kopf war nach vorne gefallen, als wäre er bewusstlos, und seine Hände waren gefesselt.

Ich ging ein Stück näher ans Fenster heran ... und dann sah ich den schwarzen Anzug, den dieser Mensch trug. Genau wie meiner. Und die platinblonde Mähne, wie sie im Wind flatterte ... Ein kalter Schauer lief mir den Rücken herunter. Ich hielt den Atem an.

Ich kannte diese Person. Ich kannte sie, weil ich mich, seit wir acht Jahre alt waren, nicht von ihr getrennt hatte. Ich hatte sie lachen und weinen und mit mir kämpfen gesehen. Und jetzt sah ich sie, wie sie in der Leere hing.

Denn an diesem Hubschrauber hing Miranda.

Meine Miranda.

KAPITEL 22

Mein Gehirn war wie blockiert. Unfähig zu verarbeiten, was ich da sah. Das war nicht Miranda ... das *konnte* einfach nicht Miranda sein. Sie musste doch auf der Dachterrasse des Wolkenkratzers gegenüber stehen – nicht an diesem Hubschrauber hängen. Schon gar nicht gefesselt und geknebelt.

Aber sie war es. Ich war ganz sicher. Ich würde sie mit geschlossenen Augen erkennen.

Das kann nicht sein. Es kann einfach nicht sein, dass das hier gerade geschieht.

Ich verstand überhaupt nichts mehr.

»Du hast vermutlich schon bemerkt, dass das deine Freundin ist.«

Ich fuhr herum. Rechts neben mir stand One. Bestimmt hatte meine Kugel mich gewarnt, dass er auftauchen würde, aber ich war so geschockt, dass ich es nicht bemerkt hatte.

»Muss ein schrecklicher Tod sein, aus dieser Höhe zu fallen, meinst du nicht?«, meinte er. Im Hintergrund dröhnte immer noch der Lärm der Rotorblätter.

»Warst du das?«, fragte ich leise.

»Du meinst, der sie gekidnappt, geknebelt und in mehr als fünfhundert Fuß Höhe an einen Hubschrauber gehängt hat?« One nickte bedächtig. »Aber ja, natürlich war ich das. Deine kleine Freundin war so besorgt um dich, dass es ein Kinderspiel war, sie mir zu schnappen. Und was deinen Freund angeht ...« Pause. Er wählte seine Worte mit Bedacht, um mich möglichst hart zu treffen. »Ihn hinters Licht zu führen, war sogar noch einfacher. Ich habe seinen Rechner gehackt, und jetzt bestimme ich, welche Bilder er zu sehen bekommt. Die Verbindung zwischen euch ist schon lange gekappt.«

Gekappt?

»Mach Miranda los«, forderte ich.

»Ach, Miranda heißt sie«, gab One zurück. »Hübscher Name.«

»Mach sie los, sage ich!«, brüllte ich.

»Und wenn nicht?«

»Dann wirst du es jeden einzelnen Tag deines elenden Lebens bereuen. Und glaub mir: Das ist keine leere Drohung. Es ist deine Zukunft. Ich bin ziemlich gut darin, Vorhersagen zu treffen.« One entfernte sich von mir, ging durch den Raum und stöberte zwischen den Möbeln herum, wobei er willkürlich Schubladen aufzog und wieder schloss.

»Wenn du dich für mich ausgeben willst, was hat dann sie mit alldem zu tun?«

»Ich mich für dich ausgeben?« Er lachte. Und etwas an seinem Lachen ließ mir die Haare zu Berge stehen. Es war ein falsches Lachen. »Ich habe wirklich nicht die geringste Absicht, mich für einen so blamablen Dieb wie dich auszugeben. Ich wollte nur eins: dich hierherlocken. Ich wusste, dass du dich nur mit mir treffen würdest, wenn du richtig wütend wärst. Und genau darauf habe ich es angelegt. Ich wollte dich zwingen, zu mir zu kommen – so konnte ich mir die Mühe sparen, mich extra auf den Weg zu dir machen zu müssen.«

»Willst du damit sagen, dass die Diebstähle der letzten Tage …?«

»Irgendwie musste ich dich doch wütend machen, oder nicht? Wenn ich dich ausbooten würde, würdest du früher oder später aus deinem Versteck herauskommen, um mich aufzuhalten, das wusste ich. Und genau so war es ja dann auch. Du bist einfach zu weich für einen Verbrecher. Sogar in der Klinik warst du, um diesen Wachmann zu sehen … Wie liebenswürdig von dir.«

Ich kam mir allmählich vor wie ein Vollidiot.

»Und Timothy? War der auch Teil deines Plans?«

»Ach der … nein. Der war einfach nur … überflüssig. Ich hatte ihn gebeten, mir zu helfen, dich in die Falle zu locken, aber er hat sich geweigert. Und wer nicht auf meiner Seite ist, ist ein unnötiges Werkzeug. Deshalb habe ich es vorgezogen, ihn mir vom Hals zu schaffen.«

Sein Tonfall machte mich rasend – völlig frei von jeglichen Gefühlen, so als hätte das Leben eines Menschen den gleichen Wert wie eine Handvoll Sand in der Wüste.

»Was willst du?«, fragte ich ihn geradeheraus.

»Dich«, antwortete One. »Ich muss einen bestimmten Gegenstand stehlen und brauche jemanden, der das für mich erledigt. Und dieser Jemand wirst du sein.«

Ich zog die Augenbrauen hoch, als hätte ich gerade den besten Witz aller Zeiten gehört.

»Lass uns kurz gegenchecken, ob ich dich richtig verstanden habe. Du hast halb Los Angeles geplündert, unschuldige Menschen ermordet, Miranda entführt und bist mir ordentlich auf die Nerven gegangen – nur um mich zu bitten, etwas für dich zu stehlen?«

»Haargenau. Du hast es erfasst.«

»Und warum machst du das nicht einfach selbst?«

»Ich kann den Ort, an dem sich der besagte Gegenstand befindet, nicht betreten.«

»Du kannst nicht ... Oder du willst nicht?«

»Beides.«

»Tja, Mister Ich-kann-nicht-ich-will-nicht, ich fürchte, da wirst du dir einen anderen Kandidaten suchen müssen«, sagte ich, um einen Schlussstrich unter die Sache zu ziehen. »Ich habe noch nie etwas gestohlen, das nicht sowieso mir gehörte. Nie! Und daran wird sich auch nichts ändern.«

Trotz der Klarheit meiner Worte schien One die Botschaft nicht zu begreifen.

»Wir treffen uns in zwei Tagen an der La-Muerte-Steilküste zur Übergabe. Kennst du sie? Sie ist ganz in der Nähe von Drayton. Wir sehen uns um elf Uhr abends. Keine Minute früher oder später. Du hast also 48 Stunden Zeit, um den Gegenstand zu holen, den ich brauche.«

»Du hast mich scheinbar nicht verstanden ... Ich werde gar nichts für dich stehlen. Wenn du das Ding unbedingt haben willst, dann hol es dir doch selbst.«

»Soll das heißen, dass du meinen Deal nicht akzeptierst?«

»Wie scharfsinnig du bist.«

»Auch nicht, wenn das Leben deiner Freundin auf dem Spiel steht?«

»Wie ...?«

Das war genau die Reaktion, auf die One gewartet hatte. Er zog eine kleine Fernbedienung aus der Tasche und ließ sie genussvoll durch seine Finger gleiten. Er suhlte sich in diesem Moment. Als er genug hatte, drückte er auf den Knopf in der Mitte des Geräts. Eine Sekunde lang passierte gar nichts. Alles war offen. Dann löste sich das Seil, an dem Miranda hing.

Ich sah alles in Zeitlupe.
Erst, wie das Seil sich abrollte.
Dann, wie ihr Körper ins Leere fiel.

KAPITEL 23

Ich begann zu schreien. Wann genau oder wie, weiß ich nicht mehr. Nur dass mir ein echter Schrei der Verzweiflung entfuhr, als ich wieder zu mir kam, daran erinnere ich mich.

»Miranda!!«

Das Seil schlingerte lose in der Luft. Und sie stürzte kopfüber ins Nichts. Entgeistert sah ich ihrem Absturz zu, als wäre das alles ein böser Traum.

Ich musste etwas unternehmen. Ich musste ihr helfen. Wenn sie auf dem Boden aufkäme, wäre sie tot. Ohne jeden Zweifel. Und das würde ich nicht zulassen. Ich konnte sie doch nicht sterben lassen!

»Halt sie auf!«

»Das wäre doch ein Jammer für die ganze Veranstaltung – kurz bevor der beste Teil beginnt«, sagte One ungerührt. Er hatte auf einem Sessel Platz genommen, die Beine übereinandergeschlagen und den rechten Ellenbogen an die Kopfstütze gelehnt. Zu gerne hätte ich ihn seine eigenen Worte schlucken lassen. Eines nach dem anderen. Aber ich war nicht in der Position, mich aufzuspielen. Wie es aussah, war ich nicht in der Position, überhaupt etwas zu tun. Ich packte ihn an den Schultern.

»Unternimm was!«

»Was hältst du von einem Deal? Du stiehlst, was ich brauche ... und ich rette deine Freundin.«

Pfeifend entwich der Sauerstoff aus meiner Lunge. Das war also der Preis. Mirandas Leben gegen diesen verfluchten Gegenstand. Ich drehte mich wieder zum Fenster um. Sie fiel tiefer und tiefer. Es würde nicht mehr lange dauern, bis sie unten aufschlug. Ich biss die Zähne zusammen.

»Gut«, raunte ich. Ich würde meinen eigenen Urteilsspruch unterzeichnen. Das wusste ich. Ich verstieß gegen meine Prinzipien. Gegen alles, woran ich glaubte. Aber wenn sie sterben würde ...

»Wiederhole es. Lauter.«

»Ich akzeptiere deinen verfluchten Deal!«

Triumphierend warf sich One zurück und drückte erneut auf den Schalter seiner Fernbedienung. Abrupt wurde Mirandas freier Fall angehalten, und ihr Körper kam knapp über dem Boden baumelnd zum Stehen. Ein kleines Stück noch, und ich hätte nichts mehr für sie tun können.

Ich musste mich an der Wand abstützen. Meine Beine zitterten so sehr, dass ich kaum stehen konnte.

»Und wo wir nun endlich dieselbe Sprache sprechen«, sagte One, »lass uns verhandeln.«

Er fuhr sich mit der Hand über den Ärmel, um einen winzigen Fussel wegzuzupfen, der das reine Weiß des Stoffes beschmutzte. Mit stockendem Atem verfolgte ich seine Bewegungen. Dafür würde er bezahlen müssen. Ich würde ihn zahlen lassen für das, was er getan hatte. Und wenn es das Letzte wäre, was ich tat.

»Wie gesagt, brauche ich dich, damit du einen Diebstahl

für mich begehst.« Er reichte mir ein in vier Teile gefaltetes Papier. Es war eine Karte. Die Straßen waren mit Bleistift hineinskizziert und die Namen der nächstgelegenen Bezugspunkte mit winziger Schrift eingefügt worden. In der Mitte war ein rotes Kreuz.

»Was ist das für ein Gegenstand, den ich stehlen soll?«

»Ein Würfel. Ein weißer Würfel. Er wird an dem Ort aufbewahrt, den das Kreuz kennzeichnet«, sagte er und zeigte auf den Plan. Ich sah ihn skeptisch an. Meinte er das ernst? Einen ... Würfel?

»Und was ist so Besonderes an diesem Würfel, dass du ihn unbedingt haben willst?«

»Es gibt keinen Grund, dir weitere Informationen zu liefern, Zero.«

»Damit machst du mir die Arbeit aber nicht gerade leichter.«

»Sollte ich das denn?«, gab er zurück. Er machte sich über mich lustig. Ganz unverhohlen.

»Ich habe dem Deal zugestimmt«, sagte ich. »Jetzt lass Miranda frei.«

»Ich werde sie erst freilassen, wenn du mir bringst, worum ich dich gebeten habe.«

»Das ist aber nicht, was wir vereinbart haben!«

»Ich habe gar nichts mit dir vereinbart, Zero. Du hast mich gebeten, das Mädchen zu retten, und das habe ich getan. Davon, dass ich sie laufen lasse, war nie die Rede. Mach du deine Arbeit und bring mir, worum ich dich gebeten habe, dann bekommst du das Mädchen. Bis dahin behalte ich mir gewisse Garantien ein, damit ich auch sicher sein kann, dass du ... kooperierst.« Er steckte die Hand in seine Anzugtasche und holte etwas daraus hervor. Behutsam legte er es auf den Tisch zwischen uns. Es war eine Digitaluhr mit riesigen roten

Ziffern. *47:37.* »Die Frist ist auf zwei Tage eingestellt. Solltest du den Würfel nicht haben, bevor die Uhr Null anzeigt, dann werde ich dafür sorgen, dass deine Freundin einen langsamen, sehr, sehr schmerzhaften Tod erleidet.« Seine Augen blitzten vor Vergnügen. Es war nicht nötig, den Rest seines Gesichtes zu betrachten, um zu wissen, dass er es ernst meinte.

Während ich mir schwor, dass ich ihn Miranda niemals anfassen lassen würde, kam mir noch einmal einer seiner Sätze von gerade eben in den Sinn. *Bis dahin behalte ich mir gewisse Garantien ein, damit ich auch sicher sein kann, dass du kooperierst.* Genau das hatte er gesagt. *Garantien.* Im Plural ...

Also hatte er nicht nur Miranda in seiner Gewalt.

Da stand noch jemand auf seiner Liste.

Jemand, der mir nahe war und der ihm meinen absoluten Gehorsam garantieren würde.

Und da kam nur ein Name infrage.

Len ...

KAPITEL 24

Aus naheliegenden Gründen hatte ich mich dem Gesetz noch nie besonders verbunden gefühlt, aber jetzt fragte ich mich tatsächlich zum ersten Mal in meinem Leben, zu welcher Strafe mich die Polizei wohl verdonnern würde, wenn sie mich jetzt beim Autofahren erwischte.

Der erste erschwerende Umstand war, dass ich keinen Führerschein besaß. Ja, ich weiß schon. Illegale Autorennen gehörten nun mal zu meinen zahlreichen Freizeitbeschäftigungen, und das hatte mich schon ungefähr zehn Mal den Führerschein gekostet.

Der zweite bestand darin, dass die Tachonadel locker die 200er-Marke überschritt, womit ich deutlich über der zugelassenen Höchstgeschwindigkeit lag. Die Seitenstraßen waren kaum noch zu erkennen, und die Straße, auf der ich fuhr, war zu einer unscharfen Linie geworden, die sich in Richtung Horizont verlor.

Und der dritte und letzte Umstand schließlich war, dass der hübsche Ferrari, in dem ich saß, einem gewissen Holland O'Hara gehörte, und dieser Name hatte, jedenfalls soweit ich wusste, nicht das Geringste mit mir zu tun. Ich hatte mir den Wagen aus der Garage des Hotels »ausgeliehen«, nachdem ich Zimmer 2046 verlassen hatte. One war dort geblieben, hatte zugesehen, wie sich der Hubschrauber mit Miranda allmählich entfernte und sich dabei auf meine Kosten amüsiert.

Außerdem waren da noch die sechs überfahrenen roten Ampeln, der Zeitungsständer, der mir in die Quere gekommen war, und die längere Strecke, die ich auf der Gegenfahrbahn unterwegs gewesen war ...

Es gab definitiv ausreichend Gründe in dieser einen Nacht, um mir eine satte Strafe aufzubrummen.

Nur mussten sie mich dafür erst mal kriegen.

Auf Höhe des Staples Center hatte ein Streifenwagen versucht, mich aufzuhalten. Über ein paar Häuserblocks hatten sie mich verfolgt, bis sie sich schließlich geschlagen gaben. Die anderen Polizeiwagen, die meinen Weg kreuzten, hatten es gar nicht erst versucht.

Ich fuhr wie ein Irrer, um rechtzeitig in Drayton anzukommen. Wenn Len nicht bei Miranda war, dann nur, weil One ihn noch nicht gekriegt hatte. Und das war das Einzige, worauf ich noch hoffte.

Ich hatte Los Angeles gerade hinter mir gelassen, als der Knopf in meinem Ohr seltsame Geräusche von sich gab. Kurz darauf hörte ich Lens Stimme.

»Kyle!«

»Len! Bist du das?« Ich keuchte, als würde ich rennen. Durch die Entfernung verzerrt, vernahm ich das gedämpfte Geräusch seiner Schritte.

»Ja ... da waren ein paar Typen bei mir. Sie haben unser Versteck gestürmt und mich rausgezerrt, als ich versucht habe, Kontakt mit dir aufzunehmen. Ich weiß nicht ... Ich weiß nicht, woher sie wussten, wo ich war ...«

»Bist du jetzt bei ihnen?«

»Nein. Ich hatte in der Kapelle eine Falle vorbereitet, deshalb konnte ich fliehen.«

Ich seufzte. *Wenigstens das ...*

»Diese Leute sind gefährlich. Miranda ...« Wie sollte ich Len erklären, dass Miranda wegen mir entführt worden war? »Wo bist du jetzt?«

»Im Wald. In der Nähe des Polofelds«, schnaufte Len. »Sie sind mir auf den Fersen. Ich kann sie hören.« Wieder ein Japsen. »Rennen ist ja nicht so meine Stärke, wie du weißt.«

Erst Miranda. Jetzt auch noch Len. Ich konnte doch nicht meine beiden Freunde in einer Nacht verlieren.

»Hör zu, Len.« Ich riss das Lenkrad herum, um einem Geländewagen auszuweichen, der aus einer Seitenstraße eingebogen war. »Du musst irgendeinen sicheren Ort finden, an dem du dich verstecken und auf mich warten kannst. Wenn du weiterläufst, kriegen sie dich.«

»Okay.«

»Len.«

»Ich ... bin da, Kyle.«

»Ich werde rechtzeitig bei dir sein. Ich verspreche es dir.«

Ich drückte das Gaspedal bis zum Anschlag durch, bis mein Schuh an der Fußmatte des Ferrari klebte. Ich würde nicht mehr bremsen, bis ich vor dem Zaun von Drayton stand. Ich würde mein Versprechen halten.

Ich hatte schon bei Miranda versagt. Jetzt konnte ich nicht auch noch Len im Stich lassen.

Ich brauchte weniger als zwanzig Minuten für die Strecke, die Jack normalerweise in einer Stunde fuhr. Als ich am Internat angekommen war, ließ ich den Wagen am Haupteingang stehen und rannte auf den riesigen freien Rasenplatz, auf dem sonst die Polomannschaften gegeneinander antraten. Es war niemand zu sehen. Der Platz lag völlig verlassen da. Ich fürchtete das Schlimmste. Und wenn One mich doch überholt hatte?

Vielleicht war ich ja trotzdem gescheitert, obwohl ich den Ferrari zum Rauchen gebracht hatte und sein Nummernschild jetzt in sämtlichen Aufzeichnungen von Geschwindigkeitsübertretungen des Landes eingebrannt war. Ich hatte auch nicht noch einmal mit Len sprechen können. Seit einer Weile war die Verbindung tot.

Ich wollte mich gerade schon geschlagen geben, als ich zwei Silhouetten erspähte, die sich durch die Bäume am Rande des Polofelds schlugen, wobei sie gegen die Büsche traten und jeden Quadratzentimeter Erde unter die Lupe nahmen, als würden sie etwas suchen ... Oder jemanden. Ob das die Typen waren, die One geschickt hatte?

Ich kroch zwischen den Büschen hindurch in ihre Richtung und nutzte das Laub als Deckung, bis ich nur noch wenige Meter von ihnen entfernt war. Von hier aus konnte ich sie besser sehen.

Einer der beiden war ziemlich klein. Er war höchstens einen Meter fünfzig groß und sah aus wie ein Nagetier. Der andere war so groß wie ich, mit langen Armen und einer schlaksigen Gestalt. *Das sind sie ...* Ich erkannte es an ihrer Kleidung. Weiß mit goldenen Verzierungen, genau wie Ones Tarnung.

Eines jedenfalls war sicher. Wenn sie alleine waren, dann, weil sie Len nicht gefasst hatten. Das löste aber noch lange nicht meine Probleme. Sie waren bewaffnet. Ich würde also auf den Überraschungseffekt setzen müssen, um sie ohne allzu viel Randale loszuwerden.

Ich kletterte auf einen der umliegenden Bäume und kauerte mich in der Dunkelheit zusammen.

Ich wartete.

Ich wartete mit der Geduld des ganzen Universums.

Als das Rattengesicht nahe genug herangekommen war, stellte ich mich auf den Ast, auf dem ich gekauert hatte, und ließ mich fallen. Der Aufprall riss uns beide zu Boden, wobei ich allerdings die besseren Karten hatte. Ich spürte nur, wie meine Brust gegen einen fremden Rücken prallte, bevor ich nach hinten geschleudert wurde. Meinen eigenen Schwung nutzend, stand ich wieder auf – in erster Linie als Vorsichtsmaßnahme, denn mein Sprung hatte den anderen sowieso ausgeknockt. Bewusstlos und außerdem mit ziemlich dümmlichem Gesichtsausdruck lag er da.

Als sein Kumpel uns fallen gehört hatte, war er herumgefahren, hatte mich gesehen und ... angefangen, auf mich zu schießen. Eine Kugel nach der anderen feuerte er ab, als wäre er im Schützenverein.

Eine so Rambo-mäßige Reaktion hatte ich nicht erwartet, und ich duckte mich, um nicht getroffen zu werden. Der Typ machte tatsächlich ernst. Das waren keine Warnschüsse. Er schoss, und er wollte auch treffen. Es hatte ihm scheinbar nicht besonders gefallen, dass ich Rattengesicht umgerissen hatte und der jetzt dalag wie ein Mehlsack.

Ich brachte mich hinter einem Baum in Deckung. Mit dumpfem Geräusch schlugen die Projektile in die Rinde ein. Ich ließ mich nicht aus der Ruhe bringen und beschloss, die Situation gelassen zu nehmen. Ich machte es mir bequem, als würde ich gemütlich im Sessel meines Zimmers fläzen, und legte mir die Kugel auf die Knie.

Eine Patrone saust rechts an mir vorbei und prallt an einem nahegelegenen Stein ab.
Die nächste schlägt in den Baumstamm ein, der mir als Deckung dient.

Kein Schuss kommt mir gefährlich nahe.
Stille. Die Schüsse haben aufgehört. Langarm lädt nach. Genau der richtige Moment, um zum Gegenangriff überzugehen.

Ausgezeichnet ... Ich würde nicht mehr lange warten müssen, bis ich ...

Etwas rührte sich im Gebüsch, genau vor mir. Ich winkelte das Bein an und machte mich zum Angriff bereit, gegen wen auch immer. Aber aus dem Dickicht erschien kein weiterer Raufbold, sondern ein schwarzer Schopf und ein Paar asiatische Augen.

»Len!«

Im Schatten der Bäume hockte er zusammengekauert zwischen zwei Oleandersträuchern. Hätte er sich nicht bewegt, hätte ich ihn niemals gesehen. Deshalb waren wohl auch Ones Gorillas an ihm vorbeigelaufen.

»Alles okay?«

»Ja, alles bestens.« Dabei bebte er, als wäre er am Rande eines Nervenzusammenbruchs. »Als ich dich gesehen habe, dachte ich, du wärst einer von ihnen, und ... und ...«

»Ganz ruhig, Len ... Ich kümmere mich um die beiden.« Ich reichte ihm meine Kugel, und er nahm sie mit einer Ehrerbietung entgegen, die sogar mich erstaunte. »Nimm du sie inzwischen.«

»Aber wirst du sie nicht brauchen?«

»Sie hat mir schon alles gesagt, was ich wissen muss.«

Endlich verstummte die Pistole. Die Chance, mich zu erledigen, war vorbei. Jetzt war ich dran.

Ich ließ meine Fingerknöchel knacken und stand auf.

Langarm kramte gerade nach einem neuen Magazin in seiner Tasche. Als er es gefunden hatte, war mein Knie schon in seinem Magen. Stöhnend krümmte er sich zusammen. Dann versuchte er, seine Waffe zu heben. Ich versetzte ihm einen Fußtritt und riss sie ihm aus der Hand. Ich steckte das Magazin in die Pistole und hielt ihm den Lauf an die Stirn.

»Wenn du dich bewegst, bist du tot.« Ich hatte zwar nicht vor, wirklich abzudrücken, aber das musste er ja nicht so genau wissen. Ohne Widerstand zu leisten, ließ er die Schultern hängen. Ein kluger Mann. Er schätzte sein Leben mehr als seine Arbeit. »Schickt euch One?«

Er nickte. »Er will sichergehen, dass du den Job auch erledigst.«

»Ich habe ihm gesagt, dass ich es mache, und ich mache es auch. Es kotzt mich zwar an, aber ich werde unsere Abmachung nicht brechen.« Ich ließ den Arm sinken und wies mit dem Kinn auf Rattengesicht. »Pack deinen Kumpel ein und richte deinem Chef meine Botschaft aus. Wenn er noch einmal einen Freund von mir bedroht, bringe ich ihn um.«

Und das war diesmal nicht gelogen.

KAPITEL 25

In unserem Versteck in Drayton herrschte Grabesstille. Nur das Summen der Maschinen, die wir hier unter der Kapelle meiner Eltern aufbewahrten, war zu hören. Das und das Geräusch meines Zeigefingers, der in beharrlichem Rhythmus auf den Glastisch trommelte. Tack. Tack. Tack.

»Was ist passiert?«, fragte Len mit dünner Stimme. »Ich weiß nur, dass die Verbindung zu euch abgerissen ist ... und dann sind diese Typen aufgetaucht.«

Ich stoppte das Trommeln und sah auf Ones Uhr. Auf der kleinen Digitalanzeige waren immer noch vier rote Ziffern zu sehen. *45:20.* In Erwartung meiner Antwort saß Len einfach da. Das war eines der Dinge, die ich am meisten an ihm mochte. Nie drängte er einen zu antworten, wenn er eine Frage gestellt hatte.

Ich erzählte ihm, was geschehen war. Meine Begegnung mit One. Der Hubschrauber. Miranda ... An der Stelle nahm sein Gesicht einen panischen Ausdruck an. So hatte ich ihn nur einmal gesehen, an dem Abend, an dem ich aus der Oper von Los Angeles zurückgekommen war.

Aber um ehrlich zu sein, war auch ich besorgt. Ich hatte One unterschätzt. Und jetzt wussten wir nicht, wo Miranda war – und ich war schuld. Ich hatte meine Freundin verloren, und jetzt blieben mir weniger als 48 Stunden, um sie zu befreien. Ich vergrub das Gesicht in den Händen. Ich hatte den schlimmsten Fehler meines Lebens begangen.

Wenigstens war es mir gelungen, Len vor Rattengesicht und Langarm zu bewahren. Nur: Wer garantierte mir, dass sie nicht zurückkommen würden? One war unberechenbar. Konnte schon sein, dass meine Drohung Wirkung zeigen würde und er uns in Ruhe ließ ... Aber genauso gut war es möglich, dass er seine zwei Kumpane zurückschickte, damit sie den Job zu Ende brachten.

Das musste ich unbedingt verhindern. Ich durfte Len nicht noch einmal in Gefahr bringen.

Und da gab es nur einen Weg.

Wenn One glaubte, dass Len mir nichts bedeutete, würde er sich auch nicht weiter mit ihm abgeben. Er würde etwas anderes suchen, womit er mich treffen konnte. So tickte er. Er griff immer dort an, wo es am meisten wehtat. Deshalb hatte er auch Miranda entführt. Er hatte meine Schwachstellen herausgefunden und sie gegen mich eingesetzt, um mich zu zwingen, das zu tun, was er von mir wollte.

Nur ... Wie sollte ich mich von meinem besten Freund abwenden können?

»Du bist schuld«, warf ich ihm unvermittelt an den Kopf.

»Was?«

»Du hast schon richtig gehört!« Len schrumpfte bei meinem Geschrei zusammen. »Immer muss ich auf dich aufpassen. Du bist einfach völlig unfähig, dich selbst zu verteidigen.«

»Ich ...«

»Du?« Ich stieß ein vergiftetes, sarkastisches Lachen aus.

»Alles, was du kannst, ist, dich hier unten einzusperren, während ich da draußen mein Leben für uns beide aufs Spiel setze.«

Das traf ihn.

»Das ist nicht wahr, Kyle.« Obwohl ich herumschrie, behielt seine Stimme denselben Tonfall wie immer bei. »Du weißt ganz genau, dass ich kein guter Kämpfer bin. Miranda und du, ihr seid darin viel besser als ich.«

»Darin wie auch in vielen anderen Dingen«, gab ich zurück. »Glaubst du vielleicht, du bist mir irgendeine Art von Hilfe, wenn ich da draußen bin? Nein! Du hast mir nie in irgendwas geholfen. Du bist einfach nur ein Hindernis, das man auch noch dauernd beschützen muss. Aber ich bin nicht deine Mutter, Len! Um genau zu sein, bin ich gar nichts für dich.«

Das war ein Schlag unter die Gürtellinie. Das war mir klar. Deshalb hatte ich es ja gesagt.

»Ich dachte, ich bin dein Freund.« Seine Worte klangen kraftlos.

»Freund?«, wiederholte ich. »Mach dich doch nicht lächerlich. Wie soll ich bitte mit jemandem befreundet sein, der sich im Gebüsch verkriecht, wenn er angegriffen wird?«

»Es kann nun mal nicht jeder sein wie du, Kyle«, rief Len aus. »Glaubst du vielleicht, ich wäre nicht auch gern mutiger? Dann irrst du dich aber. Nur zufällig ist jede Art von Kampf nun mal schrecklich für mich. Und wenn ich Blut sehe, werde ich ohnmächtig. Das weißt du doch genauso gut wie ich. Deshalb hab ich ja auch immer versucht, dich aus dem Hintergrund zu unterstützen. Und ich dachte ... Ich dachte ... das würde mir auch gelingen.«

»Dann täuschst du dich wohl. Du hilfst mir kein bisschen.«

Ich kehrte ihm den Rücken zu, damit er mich nicht sah. Damit er nicht merkte, wie schwer mir das fiel. Wie schwer es mir fiel, jeden einzelnen dieser Sätze auszusprechen. Ich musste mir ganz stark vor Augen halten, dass ich ihn nur durch diese Lügen beschützen konnte.

Ich wies auf die Tür.

»Verschwinde.«

»Wir haben uns was versprochen«, stammelte Len. »Dass wir immer zusammen sein werden. Wir drei. Ich werde mich nicht von dir trennen.«

»Hast du's immer noch nicht kapiert? Ich will, dass du verschwindest. Hau ab!«

Len erstarrte, als hätte er einen Schlag mit einer Keule abbekommen. Ich wies erneut auf die Tür.

»Verschwinde!«, wiederholte ich.

Ich rührte mich nicht vom Fleck, als er hinausrannte. Auch nicht, als ich hörte, wie die Außentür zu unserem Versteck hinter ihm ins Schloss fiel. Ich unternahm keinen Versuch, ihn aufzustöbern und um Verzeihung zu bitten. Ich blieb einfach, wo ich war.

Und unterdrückte mit Mühe die Tränen.

KAPITEL 26

Mike zeigte mir die zwei Fliegen, die er jetzt seit mehr als einer halben Stunde bewunderte. Eine war ockerfarben. Die andere quietschgelb. Eine hässlicher als die andere. Ich überspielte mein Desinteresse mit diskretem Gähnen.

»Und, was meinst du, Kyle?«, fragte er. »Welche passt besser zu meinem neuen Anzug?«

»Die rechte«, antwortete ich aufs Geratewohl.

»Genau! Genau die wollte ich gerade kaufen«, rief er begeistert. Ich verdrehte die Augen. *Ich fasse es nicht* ... Neal kam im grauen Smoking aus der Umkleidekabine und drehte sich um die eigene Achse, damit wir ihn von allen Seiten bewundern konnten.

»Na, was meint ihr? Ich denke, den werde ich nehmen«, sagte er, während er sich das Revers der Jacke richtete. »Und den anderen auch. Ich kann mich einfach nicht entscheiden.«

Jeder dieser Anzüge kostete über sechstausend Dollar. Und er würde beide nehmen? Oh Mann ... wann würde er eigentlich aufhören, mein Geld so sinnlos zum Fenster rauszuwerfen?

Während ich die Dummheit der beiden verfluchte, rief ich mir ins Gedächtnis, warum ich eigentlich hier war, im teuersten Klamottenladen von ganz Los Angeles, in Erwartung, dass meine beiden »guten Freunde« ihre Anzüge für die Silvesterfeierlichkeiten kaufen würden.

Ich war natürlich wegen Len hier.

Nach unserem Streit war ich in die Villa Bradford zurückgekehrt und hatte mich in meinem Zimmer eingesperrt. Allein, nur in Gesellschaft meiner Kugel. Ich hatte niemanden reingelassen. Nicht einmal Tante Jane. Schlafen konnte ich auch nicht. Sobald ich die Augen zumachte, sah ich Miranda, wie sie von diesem Hubschrauber hing, oder Len, wie er mich inständig anflehte, dass ich ihm zuhörte ...

Und so musste ich eben die Shoppingsession von Mike und Neal ertragen, während ich die Stunden zählte, bis es endlich dunkel würde und ich mir Ones Würfel holen konnte. Das war die einzige Möglichkeit, irgendwie den Tag rumzukriegen, ohne zu Hause verrückt zu werden.

»Mister Bradford?«

Der Angestellte des Ladens sah mich an, er wartete auf die Antwort auf eine Frage, die ich nicht gehört hatte.

»Entschuldigung, was haben Sie gesagt?«

»Ich hatte nach dem Hemd gefragt. Welches gefällt Ihnen denn am besten?«

Ich sah mir die Auswahl auf dem Ladentisch an, während der Angestellte Mikes Fliege in eine Schachtel packte.

»Haben Sie vielleicht auch ein schwarzes Hemd?«

»Schwarz?« Verwundert kräuselte der Verkäufer seinen Schnauzer. »Ja, ich habe ein paar schwarze Hemden im Hinterzimmer. Wobei ... Ich dachte ... Es ist doch für Silvester. Normalerweise trägt niemand ein schwarzes Hemd, um das neue Jahr zu begrüßen.«

»Schwarz ist meine Lieblingsfarbe«, antwortete ich. Schwarz war Zeros Farbe.

»Wie Sie wünschen, Mister Bradford.« Er drehte sich um und verschwand im Hinterzimmer.

»Hör mal, Kyle.« Gedankenversunken fuhr Mike mit dem Finger über die goldene Schachtel, in der seine neue Fliege verstaut worden war. »Hast du Miranda heute schon gesehen?«

Ich schluckte.

»Äh, nein.«

»Hm ... Ich auch nicht. Und ich konnte sie heute Morgen auch nicht erreichen. Ist doch untypisch für sie, einfach so zu verschwinden, findest du nicht?«

»Bestimmt ist sie für ein paar Tage zu ihrem Vater gefahren«, improvisierte ich. Ich wollte Mike nicht ansehen. Er hätte sicher gemerkt, dass ich log.

»Aber wir haben gestern noch miteinander gesprochen, und sie hat nichts davon gesagt, dass sie wegfahren wollte. Ich weiß nicht ... na ja, wahrscheinlich führe ich mich einfach nur auf wie ein eifersüchtiger Liebhaber. Ich könnte es nur einfach nicht ertragen, wenn ihr etwas zustieße. Sie ist sehr wichtig für mich. Ich hatte noch nie solche Gefühle für jemanden. Deshalb ...«

Ich wollte nicht über Miranda sprechen. Und ich wollte Mike auch nicht sagen hören, wie viel sie ihm bedeutete.

»Sie wird schon wieder auftauchen«, unterbrach ich ihn. »Mach dir keine Gedanken.«

Ich tat so, als würde ich mich für eine Hose interessieren, und ging ein Stück weg von ihm.

Dabei verstand ich sehr gut, wie ihn zumute war. Ich verstand es, weil mir genauso zumute war. Dass Miranda nicht da war, höhlte mich innerlich aus. Genau wie ihn. Es war, als hätte man mir einen Teil meines Körpers weggenommen, und als wüsste ich nicht so recht, was ich ohne diesen Teil anfangen sollte. *Schon komisch ...* Zum ersten Mal hatten Mike und ich etwas gemeinsam.

Ziellos streifte ich zwischen den Kleiderstangen umher, ohne etwas Besonderes in Augenschein zu nehmen. Lauren folgte meinen Bewegungen vom anderen Ende des Ladens aus.

Sie probierte gerade einen Seidenschal mit Spitzeneinsatz an, wobei sie seit meinem Betreten des Ladens eher damit beschäftigt zu sein schien, mich zu beobachten, als sich mit den ganzen Glitter- und Samtkleidern zu befassen. Sie ließ mich nicht aus den Augen. Ich hatte sogar das Gefühl, dass sie ganz bewusst in den Laden gegangen war, den wir zuvor betreten hatten.

Unsere Blicke trafen sich, und ich grinste sie an. Ihr Gesicht verfärbte sich, als wäre ein riesiges Feuer neben ihr ausgebrochen. Wir hatten seit der Versteigerung nicht mehr miteinander gesprochen. Um ehrlich zu sein, hatte ich die vage Hoffnung, dass sie vielleicht vergessen haben könnte, was sie an jenem Abend zu mir gesagt hatte ...

»Hier, bitte sehr, Mister Bradford.« Der Verkäufer hielt mir drei schwarze, perfekt gefaltete und geschniegelte Hemden hin. »Möchten Sie, dass ich Sie zur Umkleide begleite?«

»Nein danke, nicht nötig.«

Ich hatte überhaupt keine Lust, etwas anzuprobieren. Aber wenn ich zu Mike zurückging, würde ich das Gespräch von zuvor weiterführen müssen ... Also nahm ich die Hemden und ging in die erste freie Umkleidekabine, die ich finden konnte. Ich machte mir nicht erst die Mühe, abzusperren.

Ich zog meine Jacke aus und warf sie auf den Boden. Dabei rief sich die Verletzung an meiner Schulter in Erinnerung und ließ mich wissen, dass sie längst nicht verheilt war. Ein Stromschlag durchfuhr meinen ganzen Körper. Ich presste die Zähne aufeinander, um den Schmerz besser zu ertragen. Mein Blick vernebelte sich. *Verdammt aber auch …*

Ich knöpfte die obersten Knöpfe meines Hemds auf, um einen Blick auf den Verband zu werfen. Ich hatte ihn am Morgen selbst gewechselt. Er war voller Blut. Durch die Anstrengung am Tag zuvor war die Naht aufgegangen, und die Wunde hörte nicht auf zu bluten. Und Miranda hatte ich auch nicht mehr, die sich um mich kümmerte.

Miranda …

Plötzlich legte sich eine Hand auf meinen Rücken.

»Mike, ich bin noch nicht fertig«, sagte ich. Die Hand glitt an meiner Wirbelsäule hinunter und blieb kurz auf Höhe des Hosenbunds liegen. Dann wanderte sie weiter nach unten. Ich fuhr herum. »Hey, Alter! Was machst du?«

Aber das war nicht Mike, der mich da berührte, sondern Lauren. Sie klebte dermaßen an mir dran, dass kaum noch Luft zwischen uns war.

»Was machst du denn?« Aber statt mir zu antworten, kam sie nur noch näher.

»Ich hatte noch gar keine Gelegenheit, mich bei dir zu bedanken«, surrte sie. »Dafür dass du mich neulich auf der Versteigerung beschützt hast. Wenn du nicht da gewesen wärst, bei mir, ich weiß nicht, was ich getan hätte. Mit all dem Blut … und dann dieser arme Mann, der direkt neben uns gestorben ist …«

»Ach, das war doch nichts. Ich bin froh, dass es dir gut geht.«

»Kyle, ich … was ich dir bei den Grossmans gesagt habe … Hast du darüber nachgedacht?«

Shit, offenbar hatte sie es doch nicht vergessen … Sie fuhr

mir mit den Fingern zärtlich über die Brust. Aber solche Schauer, wie sie durch mich hindurchgegangen waren, als Miranda mich berührt hatte, spürte ich nicht. Nur ein leichtes Gefühl des Unbehagens. Ich wollte mich am liebsten verdrücken und wich ein Stück von ihr ab, aber noch bevor ich aus der Umkleide fliehen konnte, waren ihre Lippen schon auf meinen. Mit einem leichten Ruck zog sie mich an sich und fuhr mit den Fingern durch mein Haar. Ihr Mund war so gierig, dass ich überhaupt keine Luft mehr bekam.

Und dennoch regte sich nichts in mir.

»Was ist?«, fragte Lauren, als es mir endlich gelungen war, mich zu lösen.

»Das hätte nicht passieren dürfen.«

»Warum nicht? Du weißt doch, was ich für dich empfinde. Ich hab es dir doch auf der Versteigerung gesagt! Habe ich vielleicht irgendwas falsch gemacht? Hab ich irgendwas gemacht, das du nicht magst?«

»Nein, das ist es nicht ...« Es war nicht nötig, dass ich weitere Erklärungen abgab. Lauren merkte auch so, was ich empfand, ich musste es nicht extra sagen.

Ihre Arme fielen schlaff herunter.

»Es tut mir leid, Lauren. Ich ...«, flüsterte ich.

Sie antwortete nicht. Sie drehte sich nur um und lief weinend aus dem Laden.

KAPITEL 27

Für mich war vollkommen klar gewesen, dass sich der Würfel in irgendeiner extrem gut geschützten Bank befand oder im Haus eines berühmten und reichen Unternehmers oder sogar in einem Museum, meiner Spezialität. Aber ich hatte mich geirrt. Der Plan, den One mir gegeben hatte, hatte mich zu einem Gebäude aus grauen Ziegeln und mit einem finsteren Dach geführt, das irgendwo am Ende der Welt lag und aussah wie ein Irrenhaus.

Um dorthin zu gelangen, hatte ich einen dichten Wald aus Mammutbäumen durchqueren müssen, der eine Art natürliche Barriere um das Gebäude herum bildete, ich hatte mich durch eine völlig verwilderte Vegetation schlagen und über umgestürzte Baumstümpfe klettern müssen. Und auch an der Straße waren weder Schilder noch sonstige Hinweise auf das Gebäude zu finden.

Es sah ganz danach aus, als würde jemand diesen Ort vorsätzlich geheim halten wollen.

War das vielleicht eine weitere Falle von One? Möglich war es ...

Aber so seltsam dieser Ort auch war, verlassen war er nicht. Überall waren bewaffnete Wachleute postiert. Mindestens zwanzig. Sie trugen Militäruniformen. *Soldaten?* Und das war nicht alles. Von dem Drahtzaun, der das Gebäude umgab, ging ein unverwechselbares Summen aus.

Ich fasste mir an den Knöchel. Unter der Hose trug ich zwei Reihen Messer. Eines davon warf ich gegen den Zaun. Kaum hatte die Klinge das Metall berührt, wurde die Waffe unter heftigem Funkenschlag weggeschleudert. Der Zaun stand unter Strom, und die Ladung schien auszureichen, um einen zu rösten.

Dem Zaun zu nahe zu kommen, wäre also keine besonders gute Idee. Darüber zu springen fiel auch aus, denn wenn mir keine Superbeine wuchsen, mit denen ich in einem Satz auf der anderen Seite wäre, oder mir irgendeine fiese Gottheit übernatürliche Kräfte verlieh, würde ich die fünf Meter Höhe wohl kaum überwinden können.

Ganz schön gut abgesichert das Ganze. Zu gut, um ohne Lens Hilfe hineinzukommen.

Der Gedanke an ihn bereitete mir ein unbehagliches Gefühl. *Ich muss mich konzentrieren. Wenn ich es jetzt vermassle, wenn ich irgendeinen Fehler mache, ist alles aus.* Nein. Ich würde mich strikt an den Plan halten. Etwas anderes kam nicht infrage.

Um zu erfahren, was zu tun war, konsultierte ich meine Kugel.

Der einzige Weg hinein besteht darin, den Generator abzuschalten, der den Drahtzaun mit Strom versorgt ... Wo der sich wohl befinden mag? Vielleicht im hinteren Teil des Gebäudes?
Ich vernehme ein Pfeifen. Eine Kugel saust an meinem Ohr vorbei.

Ich versuche herauszufinden, wer auf mich geschossen hat. Direkt am Zaun stehen zwei Wachleute mit Gewehren. Sie haben mich gesehen. Ihnen ist klar, dass ich hier herumschnüffle. Einer von ihnen hat seine Waffe genau auf mich gerichtet.
Die zweite Kugel trifft mich direkt in die Brust.

Das fing ja gut an. Ich war gerade mal fünf Minuten hier, und schon würde ich das Zeitliche segnen. Scheinbar hatten die Typen, die diese Horrorvilla hier bewachten, die Order bekommen, jedes Lebewesen, das sich näherte, auf der Stelle zu töten. Das machte mir die Arbeit nicht gerade leichter.

Was war das nur für ein Ort?

Für den Moment würde ich den Plan, den Generator zu finden, erst mal ad acta legen und mir stattdessen ein besseres Versteck suchen, bevor ich am Ende wirklich noch umgelegt wurde. Ich durchforstete den Mammutbaumwald, bis ich einen hohlen Baumstumpf gefunden hatte, der groß genug war, um mich darin zu verstecken. Erneut fragte ich meine Kugel um Rat. Ihre Prophezeiungen hatten sich geändert.

Ich gehe um das Gebäude herum. Ich muss einfach eine Lücke im Sicherheitssystem finden. Nur so werde ich auf das Gelände kommen.
Als ich noch darüber nachdenke, wie ich am besten in das Gebäude komme, höre ich das Brummen eines Motors. Ich hebe den Kopf an. Ein Geländewagen kommt allmählich näher ...

Das hatte ja wohl gerade noch gefehlt. Neben den Schwierigkeiten, die sich mir sowieso schon stellten, bekam ich jetzt auch noch Gesellschaft. Na, großartig. Durch mein Fernglas blickend versuchte ich, den Geländewagen ausfindig zu machen. Da war er. Noch ziemlich weit entfernt. Ein kleiner

Punkt, der sich allmählich näherte. Bei der Geschwindigkeit würde er nicht mehr lange brauchen.

Nachdenklich biss ich mir auf die Lippe.

Er musste in irgendeiner Verbindung zu dem Gebäude stehen, sonst käme er nicht her. Daran bestand kein Zweifel. Dass er zufällig hier landete, war doch sehr unwahrscheinlich.

Das brachte mich auf eine Idee.

Ich steckte Fernglas und Kugel in meine Tasche.

»Na schön«, sagte ich, »das Warten hat ein Ende. Die Show kann beginnen.«

KAPITEL 28

Der Wagen wirbelte eine ordentliche Staubwolke auf. Auf dem unwegsamen Gelände schlingerte er von einer Seite zur anderen. Die beiden Insassen schienen sich an den Erschütterungen allerdings nicht weiter zu stören. Im Gegenteil. Sie unterhielten sich unbeschwert in der Fahrerkabine.

Außer den beiden befand sich keine weitere Person im Wagen. Nur ein Stapel Kisten reiste noch auf der Ladefläche im hinteren Teil des Wagens mit.

Ein Schlagloch nutzend, sprang ich von dem Baum, auf den ich zuvor geklettert war, auf das Dach des Fahrzeugs und krallte mich an den Fensterrahmen, um nicht herunterzufallen. Ich vermied jedes Geräusch. Niemand hatte meine Ankunft bemerkt.

»Ich hasse diese Nachtfahrten«, klagte der Mann auf dem Beifahrersitz. Durch den Rückspiegel betrachtete ich seine dicklichen, asymmetrischen Finger. »Warum können wir die verdammte Lieferung eigentlich nicht morgens zustellen? Um die Uhrzeit sieht man ja die Hand nicht vor Augen.«

Der Fahrer stimmte ihm zu.

»Nachts ist es echt unheimlich hier. Es gibt da so Gerüchte ...«

»Was denn für Gerüchte?«

»Es heißt, irgendwas Gefährliches würde hier versteckt werden. Es sind ja auch schon ... ziemlich komische Sachen passiert.«

»Quatsch!«

»Nein, Sergeant. Es stimmt. Erinnern Sie sich noch an Charlie Parker? Er hat sich vor ein paar Monaten das Leben genommen.«

»Ja. Und?« Der Typ mit den Wurstfingern besaß also den Rang eines Sergeants. Ob die beiden Soldaten waren, wie die, die das Gebäude bewachten?

»Er hat eine Nachricht hinterlassen, in der es heißt, dass er diesen Ort nicht länger erträgt und dass er lieber tot ist, als weiter hier eingesperrt zu sein.«

Sein düsterer Tonfall schien den Beifahrer nicht weiter zu beunruhigen.

»Das sind doch alles erfundene Geschichten. Aberglaube, nichts weiter.«

»Meinen Sie? Charlie war in Ordnung. Ich glaube kaum, dass er gelogen hat ...«

»Dummes Zeug!«

Es hätte mich nicht gestört, den beiden weiter zuzuhören, aber ich hatte keine Zeit zu verlieren. Ich ließ den Fensterrahmen los und rutschte auf dem Dach nach hinten. Von hier aus kam ich problemlos an die hintere Tür des Wagens heran.

Es war nicht besonders schwierig, in den Wagen zu gelangen. Drinnen angekommen, zwängte ich mich durch die Kisten hindurch bis zur Fahrerkabine.

»Besser wäre es, wir drehen um«, sagte inzwischen der Fahrer. »Dieser Ort ist verflucht.«

»Den Teufel werden wir tun. Wir müssen das hier abliefern und genau das machen wir auch.«

»Und wenn uns die Toten angreifen?«

»Red keinen Unsinn. Hier gibt es keine Toten.«

»Da wäre ich nicht so sicher ...«, mischte ich mich ein.

Der Sergeant und sein Begleiter fuhren herum. Ich stand direkt hinter ihnen, maskiert und mit vor der Brust verschränkten Armen. Als er mich sah, stieß der Fahrer einen Schrei aus und stieg auf die Bremse. Der Wagen schlingerte und kam mit auf dem Kies knirschenden Reifen zum Stehen. Das Manöver traf den Sergeant unvorbereitet. Weil er nicht angeschnallt war, wurde er ungebremst nach vorne geschleudert.

»Hör mal, du musst hier nicht beweisen, dass du einen spitzenmäßigen Rallye-Fahrer abgegeben hättest«, beschwerte ich mich.

»Das ... das ...«, stammelte er. »Das ist Charlie Parkers Geist!«

Die silberne Maske verbarg meinen Ausdruck des Befremdens.

»Also, mit einem Geist bin ich, glaube ich, noch nie verwechselt worden.«

Aber der Fahrer hörte mir gar nicht zu. Er verschränkte die Hände und murmelte ein Gebet nach dem anderen vor sich hin. Der Sergeant neben ihm versuchte inzwischen, mit etwas mehr gesundem Menschenverstand zu begreifen, was eigentlich vor sich ging.

»Wer ...«, fing er an.

»Wer ich bin?«, vollendete ich seine Frage. Ich lehnte mich vor, damit er meine Maske sehen konnte. »Ich schätze mal, jetzt weißt du's, oder? Umso besser. Dann können wir uns die überflüssigen Vorstellungsrituale ja sparen.«

»Du bist ein Traumtänzer«, warf er mir an den Kopf. Er

richtete sich in seinem Sitz auf und nahm eine arrogante Haltung an, die wohl Sicherheit ausstrahlen sollte. »Wenn du meinst, ich lasse dich da rein, damit du wie üblich stehlen kannst, was dir gerade in den Sinn kommt, dann irrst du dich. Was glaubst du eigentlich, mit wem du es hier zu tun hast? Ich gehöre den Streitkräften der Vereinigten Staaten an. Ich habe trainiert, um im Krieg zu kämpfen. Ich kenne jede einzelne Waffe, die ...«

Bevor er seinen Monolog zu Ende führen konnte, sackte der Sergeant in seinem Sitz zusammen. Ich hatte ihm mit dem Griff eines meiner Messer eine übergezogen, und wie es aussah, reichte der erste Versuch aus, um den Sergeant, der »trainiert hatte, um im Krieg zu kämpfen«, niederzustrecken.

Währenddessen rezitierte der Fahrer unermüdlich seine Gebete; man hätte ihn für einen Prediger halten können. Ich schüttelte ihn, damit er zu sich kam. Es war offensichtlich, dass Kampfhandlungen nicht zu seinen Stärken gehörten ...

»Wenn du mir weiter so auf die Nerven gehst mit deinem Gelaber, wirst du noch enden wie dein Chef«, warnte ich ihn.

»Tu mir nichts, Charlie«, flehte er mit zittriger Stimme. »Wir waren doch Freunde, weißt du nicht mehr?«

»Ich kenne diesen Charlie nicht.« Ich legte den Kopf schief. »Soweit ich weiß, zumindest. Ich werde mal meine Kontakte durchgehen, für alle Fälle. Man weiß ja nie.«

Und ohne abzuwarten, ob er zu schreien begann oder wieder mit dem Beten anfing, hob ich mein Messer und verpasste ihm einen treffsicheren Schlag in den Nacken.

Die Methode erwies sich langsam als ganz nützlich, um die Belegschaft hier außer Gefecht zu setzen.

KAPITEL 29

Die Uniform des Sergeants war mir zu groß. Die Ärmel reichten mir bis zur Mitte der Hände, und bevor ich die Stiefel anziehen konnte, musste ich die Hose mehrfach umkrempeln. Ich kam mir vor wie ein Clown im Anzug seines größeren Bruders. Lächerlich.

Nachdem ich die beiden Soldaten ordentlich gefesselt und geknebelt im Straßengraben platziert hatte, kümmerte ich mich um den Geländewagen. So bequem wie der Ferrari, mit dem ich am Abend zuvor in Drayton vorgefahren war, war er zwar nicht, aber wirklich beklagen konnte ich mich auch nicht. Das Schlimmste war der Geruch nach abgestandenem Zigarettenrauch. Der Rest war eigentlich ganz passabel.

Je näher ich dem rätselhaften Gebäude kam, desto eingehender musterte ich es. Der Fahrer hatte recht gehabt. Es hatte etwas Übernatürliches. Und das lag nicht nur daran, dass es irgendwie unheimlich aussah in der Dunkelheit der Nacht. Die Luft um das Gebäude schien irgendwie verbraucht. Bleierner als sonst. Verklebt. Und die Kälte hier war auch nicht normal. Der Wind kann mir vor wie ein eisiges Messer. Man könnte meinen, man wäre in einer Kühlkammer.

Meine Kugel gab überhaupt keine Ruhe mehr. Ununterbrochen gab sie Warnungen ab. Informierte mich, dass die Gefahr ganz in der Nähe lauerte.

Als ich endlich den Zaun erreichte, kamen zwei bewaffnete Soldaten auf mich zu. Ich reduzierte die Geschwindigkeit und hielt vor ihnen an, wobei ich zusah, dass mein Gesicht unter der Militärkappe so wenig Licht wie möglich abbekam.

»Guten Abend. Ich bringe eine Lieferung.«

»Ah, ja. Wir haben dich schon erwartet«, antwortete einer der beiden Wachmänner. Er war ziemlich jung. Eigentlich sah er aus, als hätte er gerade erst die Militärakademie abgeschlossen. Er sah auf den leeren Beifahrersitz. »Bist du allein?«

»Ja, mein Kollege wurde woanders eingesetzt, deshalb konnte er nicht mitkommen.« Ich reichte ihm die Unterlagen, die ich nach einer eingehenden Durchsuchungsaktion im Wagen gefunden hatte.

»Dein Ausweis fehlt noch«, sagte er. Mein Gehirn blockierte.

»Bitte?«

»Dein Ausweis«, wiederholte der Soldat. »Ohne Ausweis kann ich dich nicht reinlassen.«

»Ach so, klar.«

Verdammt ... Wo bewahrte der Sergeant bloß seinen Ausweis auf? Ich versuchte mein Glück in den Hosentaschen. Ich fand ein halb geschmolzenes Pfefferminzbonbon und eine Rechnung von der Reinigung, aber von besagtem Ausweis keine Spur.

»Ich bin etwas unordentlich.«

»Das sehe ich«, meinte er.

Um keinen Verdacht zu erregen, musste ich mich möglichst natürlich verhalten, aber ich konnte einfach nicht anders, als immer wieder zu den Typen vor dem Tor hin zu sehen, die mich mit unfreundlichen Gesichtern zu durchleuchten schienen, und vor allem auch zu den Gewehren, die sie auf dem Rücken trugen.

Ich nutzte die Gelegenheit, dass der Soldat die Lieferung prüfte, und sah auf meine Kugel.

Ich durchsuche jeden Zentimeter der Uniform. Nichts. Keine Spur von dem Ausweis. Im letzten Moment stecke ich die Hand in eine kleine Tasche, die am linken Ärmel angebracht ist. Meine Finger stoßen auf eine dünne Plastikkarte. Endlich ... da ist er ja.

Ich stieß einen Seufzer der Erleichterung aus.

»Das war knapp«, stöhnte ich.

»Hast du was gesagt?«

»Äh, nein, nein.«

Ich tat, was die Kugel vorhergesehen hatte, und reichte dem Soldaten den Ausweis.

»In Ordnung. Passt alles«, sagte er, nachdem er gewissenhaft jedes einzelne Papier der Unterlagen in Augenschein genommen hatte. Er gab ein Zeichen, und seine Kollegen öffneten das Einfahrtstor. Ich versuchte, meine Begeisterung zu verbergen. Ich war drin ... Ich war drin! Aber bevor ich meinen Sieg groß feiern konnte, kam ein korpulenter Typ auf uns zu. Die Militärs nahmen augenblicklich Haltung an, und das tat ich auch, um nicht aus dem Rahmen zu fallen.

»Was haben wir denn hier?«, fragte er. Ich sah auf das kleine Metallschild, das er rechts an der Jacke trug. »Alfred Taylor« stand da in schwarzen Lettern. Und direkt daneben sein Posten. Captain. Mit Sicherheit war er für das Gelände verantwortlich. Und so sah er auch aus. Wie ein Mann, der es gewohnt war, Befehle zu erteilen. Völlig emotionslos und allein auf seine Aufgabe konzentriert. Er hob den Blick, und ich sah schnell weg, damit er nicht merkte, dass ich ihn beobachtete. Ich verfluchte mein Schicksal.

»Die Lieferung, die wir erwartet haben, Sir«, antwortete der Soldat, der zuvor mit mir gesprochen hatte. »Für Raum neun.«

»Ich wäre jetzt auch gern in Raum neun«, meinte einer der Wachleute. Er rieb sich die Fingerknöchel, um sie zu wärmen. »Da drin ist es bestimmt wärmer als hier.«

»Sie wissen doch überhaupt nicht, was Sie da sagen, Soldat«, schnauzte Alfred ihn an. Sein Ton war so scharf, dass es dem Typen, der den Kommentar abgegeben hatte, augenblicklich das Grinsen aus dem Gesicht löschte. »Lieber bin ich hier und erfriere, bevor ich dieses ... Ding bewachen muss, das können Sie mir glauben. Hier sind wir auf jeden Fall sicherer.«

»Der Captain hat recht, Moris. Schau dir doch mal an, was mit dem armen Charlie passiert ist ... Am Ende hat er sich eine Kugel in den Kopf gejagt, weil er es da unten nicht mehr ausgehalten hat.«

Was zum Teufel war da bloß drin in diesem Raum neun? Eine Atombombe? Alfred vergaß das Gespräch mit seinen Männern und kam auf mich zurück.

»Warst du schon mal hier?«

»Äh, nein.«

»Du kannst den Wagen hinten abstellen. Wir kümmern uns dann um die Ladung.« Er beäugte mich misstrauisch. »Ich mag es nicht, wenn sich die Neuen hier umsehen. Du hast zehn Minuten, dann bist du verschwunden.«

Ich wagte es nicht, ihm zu widersprechen. Ich startete den Wagen und fuhr los. Es war mir zwar gelungen, auf das Gelände zu gelangen, und das war schon mal optimal, aber trotzdem war mein Plan nicht so gut aufgegangen wie gedacht. Wenn ich in zehn Minuten nicht verschwunden wäre, würde mir Alfred seine Männer auf den Hals hetzen und sie würden mich hochkant hinauswerfen. Ich würde schon ziemlich Gas geben müssen, wenn ich den Würfel in so kurzer Zeit finden wollte.

Die Sache war nur die, dass ich gar nicht wusste, wo ich überhaupt anfangen sollte zu suchen.

One hatte mir keine weiteren Hinweise gegeben.

Aber nachdem es hier sowieso nichts anderes gab als dieses Frankensteingebäude, würde sich das Ding wohl irgendwo dort drin befinden ...

Ich parkte auf der Rückseite des Gebäudes, so wie Alfred mich angewiesen hatte, und stieg aus. Ich blickte noch mal über die Motorhaube zurück, um sicherzugehen, dass ich auch alleine war. Ja. Niemand zu sehen. Ich kletterte an einem der Fenster hoch, stützte mich mit beiden Füßen ab, um nicht das Gleichgewicht zu verlieren, und lehnte mich ein Stück vor, um einen Blick ins Innere erhaschen zu können. Was ich dort sah, verschlug mir die Sprache.

Zellen.

Zwei lange Reihen Zellen, die durch dicke Eisenstangen voneinander abgetrennt waren.

Ein Gefängnis?

Fast alle Zellen waren leer. Nur eine einzige nicht. Die hinterste. Darin stand ein Mann. Oder eher ein Greis. Mit weißem Haar und faltiger Haut. Er wippte vor und zurück und schrie dabei völlig ungehalten. Sogar bis zu mir drangen seine Schreie.

»Raven wird kommen, zu euch allen! Und dann wird es euch leidtun, was ihr getan habt. Es wird euch leidtun, ihr verfluchten Hunde!«

Die Zelle direkt neben seiner war leer, genau wie alle anderen. Mit einem Unterschied allerdings. Die Tür stand halb offen. Als hätte jemand vergessen, sie zu schließen ...

Ich hatte keine Gelegenheit, die Szenerie weiter zu beobachten. Das durchdringende Heulen einer Alarmanlage ließ mich augenblicklich vom Fenster zurückweichen. Hatten sie mich entdeckt? Aber wie? Mein Puls schnellte hoch. Hatte ich der Lage zu sehr vertraut? Oder waren möglicherweise der Sergeant und sein schreckhafter Fahrer von ihrer Siesta erwacht und hatten meinen Überraschungsbesuch angekündigt?

Jetzt mischten sich die Schreie der Wachleute unter den heulenden Alarm. Ihre Schritte gingen in alle Richtungen.

»Das Miststück darf nicht entkommen! Durchsucht das ganze Gelände!«

Ich versteckte mich hinter dem Geländewagen. Ein Gefecht mit dieser aufgeschreckten Meute von Soldaten wäre reiner Selbstmord ... Aber als Fluchtmöglichkeit blieb mir nur eine Richtung, nämlich die zum Gebäude. Was sollte ich tun?

Plötzlich spürte ich etwas Spitzes an meinem Hals. Ich erstarrte und meine Muskeln zogen sich zusammen.

»Rühr dich nicht von der Stelle. Oder ich schneide dir die Kehle durch«, raunte eine Stimme hinter mir.

KAPITEL 30

Die Spitze bohrte sich fester in mein Fleisch. Als Zeichen, dass ich unbewaffnet war, hob ich die Hände. Dann versetzte mir die Person hinter mir einen Stoß und drehte mich herum, sodass wir uns von Angesicht zu Angesicht gegenüberstanden.

Es war eine Frau. In etwa so alt wie meine Mutter, wenn sie noch leben würde. Ihr intensiv rotes Haar war vollkommen zerzaust, als hätte sie gerade eine Feldschlacht hinter sich, und ihre Brust hob und senkte sich heftig. Sie war abgemagert und hatte eingefallene Wangen, und ihre nackten Füße waren voller Schrammen.

»Bist du einer von ihnen?«, fragte sie mich. Obschon sie sich bemühte, selbstbewusst zu wirken, zitterte ihre Stimme.

»Kommt darauf an, wer *sie* sind.« Meine Aufmerksamkeit lag eher auf dem Messer, mit dem sie mich bedrohte. Es war aus Plastik, nicht aus Metall. So eines, wie man es zu einer der verpackten Mahlzeiten im Flugzeug bekommt ... Blitzschnell drehte ich mein Handgelenk herum und riss ihr die Waffe aus der Hand. Innerhalb einer Sekunde hatten wir die Rollen getauscht. »So, und jetzt fangen wir noch mal ganz von vorne an, ja?«

»Nein, bitte nicht! Nicht wieder einsperren.« Wimmernd ging die Frau auf die Knie. »Ich werde auch alles tun. Nur bitte, ich will nicht wieder da drin sein.«

»Ich will dich überhaupt nirgends einsperren, das kannst du mir glauben«, versicherte ich ihr, ohne zu wissen, was sie überhaupt meinte. Mit einer Mischung aus Schreck und Erleichterung sah mich die Frau an. »Ich werde dir nichts tun. Ich bin nur hier, um ...«

Moment mal. Da waren Stimmen ... und sie kamen näher.

»Hier lang! Das Luder wird mit Sicherheit versuchen zu fliehen.«

Ich hielt der Frau den Mund zu und zerrte sie mit mir hinter einen Stapel Plastiktonnen. Fünf Sekunden später kamen zwei Männer um die Ecke auf die Rückseite des Gebäudes. Sie hielten genau dort an, wo wir gerade noch gestanden hatten.

Die Frau und ich duckten uns gleichzeitig.

»Sag mal, ist das nicht der Geländewagen von dem Jungen vorhin?«, fragte einer der Soldaten. Sein Gesicht kam mir bekannt vor. Er war einer der Typen, die an der Einfahrt gestanden hatten.

»Doch, ich glaube schon.«

»Wo ist der eigentlich hin?«

»Spielt doch keine Rolle! Einen Neuling können wir wirklich nicht brauchen, um diese Hexe aufzuspüren.«

Die Frau atmete schneller. So war das also. Sie suchten gar nicht mich, sondern sie ... Wer war sie?

»Komm, wir sehen uns hier mal um. Vielleicht hat sie sich ja hier irgendwo versteckt.«

Die beiden trennten sich und fingen an, das Gelände um uns herum abzusuchen. Einer öffnete die Tür des Geländewagens und setzte sich hinein. Der andere holte seine Taschenlampe heraus und leuchtete den Boden ab. Sie waren gerade einmal ein paar Meter von uns entfernt.

Ich schluckte ... wenn sie uns fanden, war ich verloren.

Ich holte meine Kugel heraus. Ein wenig Unterstützung konnte unter diesen Umständen nicht schaden. Sollten die Soldaten uns finden, wäre es gut, wenn wir zumindest vorbereitet wären. Außerdem wäre es nicht schlecht zu wissen, ob ...

Die Frau stieß einen gedämpften Schrei aus.

»Du ...«, flüsterte sie mit erstickter Stimme, »diese Kugel ...«

Sie sprach zwar nicht sehr laut. Aber es reichte aus, dass die beiden Wachleute alles stehen und liegen ließen und sich zu uns umdrehten.

»Hast du das gehört?«, fragte einer der beiden. Mein Herz machte einen Satz.

Der Typ, der gerade gesprochen hatte, kam auf uns zu. Sein Kollege hielt sich in Alarmbereitschaft versetzt hinter ihm. Ich kauerte mich zusammen. Die Frau presste sich an mich wie ein Schiffbrüchiger an ein schwimmendes Brett.

Warum ging ich eigentlich ein solches Risiko ein? Ich könnte doch auch einfach aus meinem Versteck herauskommen, mich weiterhin für den Sergeant ausgeben und so tun, als hätte ich nichts mit ihr zu tun. Ich würde sie ihrem Schicksal überlassen und mich meiner eigentlichen Aufgabe widmen: Ones Würfel zu finden. Nur ... Ich sah die Frau aus den Augenwinkeln an. Der Feind meines Feindes ist mein Freund, oder nicht? Und wenn sie mir helfen konnte zu finden, was ich suchte?

Der Wachmann blieb direkt vor uns stehen. Ich hatte Angst, die Kugel zu benutzen, weil ihr goldener Schimmer unser Versteck verraten könnte, und verharrte reglos an meinem Platz.

Instinktiv hielt ich den Atem an.

Inzwischen inspizierte der Soldat die Tonnen, die uns als Schutzwall dienten, und leuchtete mit seiner Taschenlampe über unseren Köpfen herum. Ein kleines Stück näher, und er würde uns entdecken. Er musste nur einen Schritt machen, und es wäre aus ...

»Hast du was?«

»Nein, hier ist nichts.« Die Finger des Soldaten kamen meinem Bein gefährlich nahe ... Ich rückte ein kleines Stück ab. »War wohl nur eine Ratte.«

»Glaub ich auch«, gab sein Kollege zurück. »Lass uns zurück zu den anderen gehen. Der Captain wird uns was erzählen, wenn wir hier herumstehen.«

»Okay.«

Der Soldat knipste seine Taschenlampe aus. Er machte kehrt, und während er in sich hineinbrummte, wie langweilig sein Job sei, machte er sich zusammen mit seinem Kollegen zurück auf den Weg zur Vorderseite des Gebäudes. Ich sah zu, wie sie sich entfernten. Ich sah, wie sie verschwanden, und wagte doch immer noch nicht zu atmen.

»Sie haben uns nicht gesehen ... Sie haben unser Versteck nicht entdeckt.«

»Puh, das war im letzten Moment«, murmelte ich. Ich drehte mich zu der Frau um, um zu sehen, ob sie okay war. Aber sobald ich mich ihr näherte, wich sie zurück, als hätte ich Feuer gefangen.

»Nein ...! Nicht näher kommen!«

»Ganz ruhig. Ich habe dir doch gesagt, dass ich dir nichts tun werde.«

»Du bist keiner von ihnen«, stammelte sie. Sie schien jetzt

noch verschreckter als zuvor und hörte überhaupt nicht mehr auf zu zittern. »Du bist ein Verräter.«

»Ich bin überhaupt kein Verräter!«

»Ach nein? Und warum trägst du dann diese Uniform, wenn du ein Träger bist?«

Das traf mich unvorbereitet.

»Was weißt du von den Trägern?«

»Alles«, antwortete sie mit dünner Stimme. »Ich bin selbst eine Trägerin.«

Mein verblüffter Gesichtsausdruck wäre es sicher wert gewesen, auf einem Foto verewigt zu werden.

»Du bist eine Trägerin?«

»Ja. Deshalb bin ich ja auch hier eingesperrt.« Jetzt war ich noch verwirrter.

»Was meinst du damit?«

Als fürchtete sie, jemand könnte uns hören, senkte die Frau die Stimme.

»Du bist hier in Blackforest«, flüsterte sie.

Ich weiß nicht, ob sie erwartet hatte, dass ich jetzt wie von der Tarantel gestochen davonlaufen würde.

»Ja ... Und?«

»Du weißt nicht, was Blackforest ist?« Darauf ganz offen mit Nein zu antworten, würde sich vermutlich ziemlich blöd anhören ...

»Ich bin hier, weil ich etwas suche. Mehr weiß ich auch nicht.«

Die Frau machte einen immer befremdeteren Eindruck.

»Blackforest ist ein Gefängnis. Und zwar eins der bestbewachten des ganzen Landes.«

»Hast du gerade gesagt ...?«

Ich hatte mich in ein Gefängnis begeben? Von allen Orten der Welt war das mit Sicherheit der letzte, an dem Zero sich aufhalten sollte. Wenn sie herausfänden, wer ich war, stünde in null Komma nichts eine Zelle für mich bereit.

»Ich frage mich, warum du als Träger freiwillig nach Blackforest gekommen bist.«

»Spielt das denn eine Rolle?«

»Jetzt sag bloß, das weißt du auch nicht?«, gab sie fassungslos zurück. Oh, wie schön ... Es gab noch mehr Überraschungen. »Nach Blackforest kommen nicht irgendwelche Gefangenen. Nur ganz ›besondere‹.«

»›Besondere‹?«, wiederholte ich und malte die Anführungszeichen in die Luft.

Die Frau wies auf die Zellen, die vom Fenster aus zu sehen waren.

»Träger«, schloss sie. »Blackforest ist ein Gefängnis für Träger. Und es gibt wohl keinen Ort auf der Erde, der der Hölle ähnlicher sein könnte.«

KAPITEL 31

Ich verfluchte One. Ich feuerte Schimpfwörter auf ihn ab, bis mir irgendwann keine mehr einfielen. Dann wurde ich mir der Gefahr bewusst, in der ich mich befand. Wenn es stimmte, was ich gehört hatte, dann erfüllte ich alle wesentlichen Voraussetzungen, um Blackforests absoluter Ehrengast zu werden.

Ich war ein Träger.

Und ich war noch dazu der meistgesuchte Dieb der Gegenwart.

Ich massierte mir den Nasenrücken. Schlimmer konnte es eigentlich nicht mehr kommen.

»Ich heiße Cassandra.« Schüchtern streckte mir die Frau ihre Hand entgegen. Ich schüttelte sie. Sie machte einen so zerbrechlichen Eindruck ... und wie langsam sie sprach, jedes einzelne Wort wurde sorgfältig artikuliert – eine Plappertasche schien sie jedenfalls nicht gerade zu sein. Sie gefiel mir allmählich ganz gut ...

»Du musst ja ziemlich geschickt sein, wenn du es geschafft hast, aus deiner Zelle auszubrechen.«

»Halb so wild. Wenn sie abgelenkt sind, kriege ich das hin. Ich laufe dann immer bis zum äußeren Zaun, und dann kriegen sie mich. Das wird heute auch nicht anders sein. Wenn ich meine Kugel hätte, würde die Sache anders aussehen, aber die haben sie mir gleich als Erstes abgenommen.«

»Und warum bist du hier? Hast du irgendein schweres Verbrechen begangen?«

»Sie haben mich hierhergebracht, weil sie entdeckt haben, dass ich eine Trägerin bin.«

Ich schüttelte den Kopf.

»Was? Willst du damit sagen, dass die Leute hier unschuldig eingesperrt sind?« Cassandra nickte.

»Sie glauben, dass die Macht, die uns unsere Kugeln verleihen, gefährlich ist, und deshalb wollen sie uns wegsperren ... Seit Jahren schon sind sie hinter den Trägern her, um sie nach Blackforest zu bringen. Das wird dir auch nicht anders gehen. Und dann stecken sie dich in eine Zelle und lassen dich nie mehr raus.« Sie drehte sich weg, damit ich nicht sah, dass sie weinte. »Ich will einfach nur zu meiner Familie zurück. Zu meinem Mann und den Kindern. Ich werde doch niemandem etwas antun ...«

Was für ein Irrsinn! Sie sperrten Träger ein, nur weil sie Träger waren!? Wie konnten sie nur? Man musste Cassandra doch nur ansehen, und es war sofort klar, dass diese Frau nicht die geringste Gefahr darstellte.

»Und wer steckt hinter alldem?«, fragte ich.

»Ich weiß es nicht ... Das weiß nur Captain Alfred. Aber der lässt nie irgendwas durchsickern.«

Alfred also.

»Und warum bist du hier?«

»Ich muss etwas stehlen, um meine beste Freundin zu retten.«

»Dann magst du sie wohl sehr.« Cassandra lächelte, und für eine Sekunde erinnerte sie mich an meine Mutter. Die beiden sahen sich kein bisschen ähnlich, aber diese Geste, dieses Lächeln, ließ mich an sie denken.

»Es ist etwas kompliziert ...« Ich legte es nicht unbedingt darauf an, mit einer Unbekannten über meine Gefühle zu sprechen.

»Und *was* musst du stehlen?«

»Einen Würfel. Einen weißen Würfel ...«

Cassandras Gesichtsausdruck wandelte sich komplett. Alles war angespannt, und die Falten auf ihrer Stirn traten noch deutlicher hervor.

»Was ist?«

»Das ...«

»Was? Sag schon! Ich muss dieses Ding so schnell wie möglich finden.«

»Du musst dir diesen Würfel abschminken.«

»Aber das geht nicht! Ich ...«

»Merkst du das vielleicht nicht?«, unterbrach mich Cassandra.

»Was soll ich merken?«

»Die Luft hier ist anders.«

»Ja, das ist mir aufgefallen.«

»Okay. Und das wird von genau dem Würfel verursacht, den du suchst.«

»Im Ernst?«

»Absolut. Er ist in einem unterirdischen Spezialraum eingesperrt, zu dem niemand ohne Berechtigung Zutritt hat.«

Das ließ mich an die Worte des Captains denken. *Lieber bin ich hier und erfriere, bevor ich dieses ... Ding bewachen muss. Hier sind wir auf jeden Fall sicherer.*

»In Raum neun?«

»Genau. Raum neun ist ein gepanzerter Bereich, den ausschließlich oberste Befehlshaber von Blackforest betreten dürfen.«

»Woher weißt du das alles?«

Cassandra spielte mit einer ihrer Haarsträhnen.

»Ich verstehe es zuzuhören, wenn die anderen denken, dass ich gerade nicht aufpasse. Und die Wachleute hier sind ziemlich gesprächig. Außerdem ...«

»Außerdem?«

»Bei einem meiner Fluchtversuche bin ich in Raum neun gelandet.« Sie erschauerte. »Ich kann dir nur sagen, dass, was auch immer sich dort befindet, nichts Gutes ist.«

Dumm nur, dass ich ausgerechnet dieses »nicht Gute« stehlen musste.

»Egal. Ich muss an diesen Würfel herankommen, koste es, was es wolle.« Aber das war leicht gesagt ... Ich brauchte einen Plan. Und zwar einen richtig guten. Ich sah Cassandra an. Ob sie vielleicht ...? »Ich brauche deine Hilfe.«

»Wie?«

»Sie suchen dich doch. Und ich muss da rein. Angenommen, ich mache auf pflichtbewussten Soldaten, der dich ausliefert, dann wäre es viel einfacher für mich, wo auch immer reinzukommen.«

Cassandra starrte mich entsetzt an. Sie fing wieder an zu zittern, als hätte man einen Schalter betätigt.

»Ich will nicht in meine Zelle zurück ...«

»Ganz ruhig. Du musst mir vertrauen, okay? Ich werde dich nicht da drin lassen. Das verspreche ich dir.«

Wenig überzeugt musterte sie mich. Aber schließlich willigte sie ein. Dabei war das Risiko, dass etwas schiefging, doch erheblich. Ich konnte bei den Wachleuten auffliegen oder auch einfach einen Fehler machen, der uns beide verriet. Nur waren die anderen Optionen auch nicht besser ... Ich musste es wagen.

»Also los.«

Ich zerriss den Ärmel meiner Uniform und knüllte ihn zu einer kleinen Kugel zusammen. Damit knebelte ich Cassandra und hielt ihr zusätzlich das Messer an den Hals, das ich ihr abgenommen hatte.

Wir ließen das Versteck hinter uns und gingen in Richtung Eingang. Dass die Trägerin ausgebrochen war, hatte auch etwas Gutes für mich: Es waren jetzt viel weniger Soldaten da. Die meisten waren damit beschäftigt, das Gebiet nach ihr zu durchkämmen, und so befand sich im Hauptgebäude nur noch halb so viel Personal wie zuvor.

Als sie uns näher kommen sahen, richteten sich die Wachleute, die das Einfahrtstor des Gefängnisses bewachten, auf.

»Ah, habt ihr sie also«, meinte einer von ihnen. »Sie versucht es einfach immer wieder. Als hätten wir nicht schon genug Probleme ihretwegen!«

»Ja, sie ist echt ein ganz schöner ... Dickkopf«, antwortete ich und versuchte, möglichst so zu klingen wie die Wächter.

»Wenn die Leute die Wahrheit über sie kennen würden, würden sie uns allein dafür, dass wir sie hier bis an ihr Lebensende hinter Gittern halten, schon das Doppelte zahlen«, meinte sein Kollege.

Seine Worte trieben im Nichts herum. *Die Wahrheit?*

Während ich so tat, als würde ich haargenau wissen, wovon sie sprachen, nahm ich die beiden unter die Lupe. Sie waren sogar noch stärker bewaffnet als die anderen. Umgehängtes Maschinengewehr, Pistole am Gürtel und zusätzlich ein Gewehr in der Hand. Schwere Artillerie. Ich las ihre Namen auf den Schildchen an ihrer Uniform. Hugh und Mark. Gut, gut ... das könnte später noch nützlich sein.

»Bringen wir sie rein«, sagte Mark. »Je kürzer sie draußen ist, umso besser für alle.«

Hugh stimmte ihm zu. Sie hängten sich die Gewehre über dieselbe Schulter, über der auch schon die Maschinengewehre hingen, und gingen auf die Gefängnistür zu. Ich entdeckte schnell, warum Blackforest einer der bestgesicherten Orte der Welt war. Da waren mindestens fünf Alarmmelder, ein Dutzend in die Fassade integrierte Überwachungskameras und zusätzlich versteckte Infrarotsensoren.

So manche Bank, die ich überfallen hatte, war schlechter bewacht als dieser Ort.

Der Unterschied war nur, dass diesmal Hugh und Mark die schmutzige Arbeit für mich erledigten.

Als die Türen sich öffneten, gingen die Deckenlichter an und tauchten den Raum in weißliches Licht. Mir stellten sich die Nackenhaare auf. Diesen Ort vom Fenster aus zu sehen, war etwas ganz anderes, als ihn selbst zu betreten. Der Raum wirkte vollkommen anders ... der Unterschied war extrem.

Alles war weiß, wie in einem Operationssaal, und Boden und Decke waren durch Metallplatten verstärkt. Die Zellen waren ringförmig in der Mitte des Raums angeordnet, und um sie herum verlief ein Graben, dessen Tiefe sich irgendwo im Inneren der Erde verlor. Es war beeindruckend.

»Warst du noch nie hier?«, fragte mich Mark. Ich hatte zwar versucht, meine Gefühle zu verbergen, aber scheinbar hatte er doch eine Regung in meinem Gesicht bemerkt.

»Äh, nein, das ist mein erster Tag im Militärdienst.«

»Tut mir leid für dich, Junge. Dann hat dich wohl das übelste Schicksal überhaupt getroffen.«

Hugh ging auf die Zellen zu. Alles um mich herum genau in Augenschein nehmend, folgte ich ihm. Wir ließen den Graben hinter uns, überquerten den Bereich mit den Zellen und blieben vor der Zelle mit der halb geöffneten Türe stehen – das war die, die direkt neben der Zelle des Typen lag, der vorhin so irre geschrien hatte. Cassandra stemmte die Fersen in den Boden und fing an, durch den Knebel hindurch zu wimmern.

»Wir sollten beantragen, dass die Sicherheitsmaßnahmen in der Bude hier verstärkt werden«, meinte Hugh. Während er sprach, begutachtete er ununterbrochen seine Fingernägel. Dabei streckte er die Hand so aus, dass er sie aus unterschiedlichen Blickwinkeln bewundern konnte.

»Allerdings«, gab Mark zurück. Sie unterhielten sich weiter über die Dinge, die sie in Blackforest verändern würden, darunter eine üppigere Alkoholversorgung und zusätzliche Winterferien. Ich nutzte ihr konstruktives Gespräch und nahm Cassandra den Stoff aus dem Mund.

»Ich will dich was fragen.« Ich senkte die Stimme, damit uns die beiden Wachmänner nicht hörten. »Was denkst du, wie lange du brauchen würdest, um jemanden irgendwo festzubinden?«

»Ich ... Ich weiß nicht ...«

»Sag schon.«

»Fünf ... Sekunden.«

»Sicher?«

»Ja.«

»Dann hoffe ich mal, dass du dich nicht verrechnet hast.«

Ich drehte mich um und verpasste Mark einen Tritt gegen die Brust. Der Schlag presste die Luft aus seinen Lungen und der Mann klappte zusammen wie eine Vogelscheuche. Sein Kollege war so perplex, dass er verzögert reagierte. Und zwar so verzögert, dass ich ausreichend Zeit hatte, mich auf ihn zu stürzen, ihm die Pistole abzunehmen und damit auf ihn zu zielen.

»Was machst du denn?«, fragte Hugh. Er sah die Waffe an

und konnte nicht glauben, dass der Lauf tatsächlich auf ihn gerichtet war.

»Aus *der* Entfernung ist es unmöglich, daneben zu schießen, ich an deiner Stelle würde also lieber nicht den Helden spielen.«

»Das wirst du bereuen«, zischte der Soldat.

»Glaube ich kaum«, sagte ich und schnitt eine Grimasse. Ich sah zu Cassandra. »Du hast fünf Sekunden, um sie zu fesseln.« Als sie sich nicht rührte, schnippte ich mit den Fingern. »Na los! Beeil dich.«

»J-ja ...«, stammelte sie. Am Ende brauchte Cassandra weniger Zeit als angekündigt, um Mark und Hugh mit deren eigenen Gürteln zu fesseln. Gar nicht mal so übel ... Als sie fertig war, hievte sie die beiden Wachleute in die Zelle, die eigentlich für sie reserviert war, und kam zu mir.

»Sind noch mehr Träger hier eingesperrt?«

»Nur noch Boundell«, sagte Cassandra und zeigte auf die hinterste Zelle. Boundell hieß der Irre also ... »Alle anderen sind schon gestorben. Nur er und ich sind noch übrig.«

»Okay.« Ich streifte die Uniformjacke ab und warf sie auf den Boden. Dann zog ich mir die Hose aus und ließ sie neben die Jacke fallen. Unter der Uniform kam mein Zero-Anzug zum Vorschein. Ich verpasste dem Kleiderhaufen einen Tritt, und er landete im Graben. Ich konnte sehen, wie sich die Uniform in der Dunkelheit verlor. Endlich war ich das verhasste Militärzeug los. Ich tastete meine Taschen ab. Meine Kugel war, wo sie sein sollte. Meine Maske ebenfalls. Perfekt.

Ich ging zu der Zelle, auf die Cassandra gezeigt hatte. Boundell hatte aufgehört zu schreien. Er hatte sich mit verschränkten Beinen auf den Boden gesetzt und stierte auf irgendeinen unbestimmten Punkt. Er blinzelte kaum.

»Also ist er auch ein Träger?«

»Ja«, sagte Cassandra. Boundell selbst antwortete nicht, obwohl er uns sicherlich hörte. Er verharrte weiter in seinem Trancezustand.

»Ich werde versuchen, ihn hier rauszuschaffen.« Ich bückte mich, um mir das Türschloss näher anzusehen. Es war nicht besonders kompliziert. Ich steckte meinen Dietrich in das Schloss. Ich schätzte den richtigen Winkel ab und begann, den Dietrich hin und her zu bewegen, um die Verzahnung zu lösen. Mit einem Klick sprang das Schloss auf. Cassandra musterte mich, als sähe sie mich zum allerersten Mal. Ich schob die Tür auf und betrat die Zelle. »So, mein Freund. Jetzt kommst du hier heraus.«

Boundell rührte sich nicht. Ich nahm seinen Arm und zog ihn hoch. Erst dann fiel mir auf, dass er etwas vor sich hin murmelte.

»Raven wird kommen ... Raven wird kommen ... Raven wird kommen ...«

»Wer ist denn dieser Raven?«

»Auch ein Träger«, erklärte Cassandra. »Boundell sagt immerzu, dass er es ist, der Alfred und die anderen dafür zahlen lassen wird, was sie uns angetan haben.«

»Und wo ist Raven?«

»Er ist vor zehn Jahren gestorben.«

»Nein!«, brüllte Boundell. Sein plötzliches Psychopathengesicht erschreckte mich. Ich trat einen Schritt zurück. »Er ist hier. An diesem Ort.«

Er machte sich von mir los und fing wieder mit seinen Selbstgesprächen an. Er war definitiv nicht ganz bei Trost.

»Wo ist dieser Raum neun?«, fragte ich.

»Willst du da wirklich hin?«, fragte Cassandra.

»Das habe ich dir doch gesagt. Ich brauche diesen Würfel.«

»Ich sage dir, wie du dort hinkommst … wenn du mir vorher verrätst, wer du bist.«

»Du vertraust mir wohl nicht.«

»Nein … Ich …« Cassandra sah zu Boden. »Du bist nicht der Erste, der hierhergekommen ist, weißt du. Aber so weit wie du hat es bisher keiner geschafft. Ich wollte … Ich wollte dir nur danken für das, was du für uns tust. Ich habe das Gefühl, dass du nicht einfach irgendein Träger bist. Oder täusche ich mich?«

Ich zog mir die Maske übers Gesicht. Cassandras Augen traten aus den Höhlen hervor.

»Du … Du bist Zero!«

Kaum hatte sie das gesagt, gingen vor den Fenstern des Gefängnisses Metallrollos herunter und riegelten uns von der Außenwelt ab. Das gesamte Gefängnis wurde in einen rötlichen Schimmer getaucht.

»Achtung, Alarm!«, verkündete eine quäkende Roboterstimme. »Es befinden sich Eindringlinge im Gebäude. Achtung, Alarm!«

»Sieh an, sieh an«, sagte ich.

Wir befanden uns in Schwierigkeiten.

KAPITEL 32

Ich hatte mich in Blackforest ja zuvor schon nicht besonders wohl gefühlt, aber jetzt, wo auch noch diese nervenzerrüttende, penetrante Stimme schnarrte und die roten Alarmlichter blinkten, wollte ich wirklich nur noch weg hier. Meine List war zwar hilfreich gewesen, um auf das Gelände zu kommen, aber nicht, um von hier auch wieder zu verschwinden ...

»Sieht ganz so aus, als hätten sie uns entdeckt.« Ich hielt meine Kugel hoch und formulierte schnell meine Frage. *Was erwartet uns als Nächstes?*

Wir sind eingesperrt. Es gibt keine Möglichkeit, von hier zu entkommen.
Und das ist nicht nur uns klar ...
Alfred und seine Männer betreten das Gefängnisgebäude und umzingeln uns.
Sie schießen nicht – denn sie wissen, dass wir sowieso erledigt sind.
Innerhalb kürzester Zeit haben sie uns gefasst und in getrennte Zellen gesteckt.

Cassandra hatte recht. Es ist unmöglich, aus Blackforest zu entkommen.

Also hätten uns Alfred und Co. schon bald eingekreist ... na bravo.

Cassandra begriff, dass die Kugel eine Verschlechterung unserer Lage prophezeit hatte, und wartete erst gar nicht ab, dass ich sie auf den aktuellen Stand der Dinge brachte. Sie nahm mich an der Hand und lief in die dem Eingang entgegengesetzte Richtung.

»Wo soll's denn hingehen?« Genau in dem Moment tauchten Alfred und seine Männer auf. Ich wollte nicht lange herumjammern und lief ebenfalls los, bevor sich auch noch die zweite Vorhersage erfüllte. Boundell rannte uns nach, wobei er schrie und um sich schlug, als würde er gegen eine Hundertschaft imaginärer Feinde kämpfen. Wir überquerten den Bereich mit den Zellen und wichen dabei den Kugeln aus, die die Soldaten jetzt auf uns abfeuerten, bis wir schließlich ans andere Ende des Gefängnisses gelangten. Dort versteckten wir uns hinter einer der Säulen, die die Dachkonstruktion trugen.

»Und was machen wir jetzt?«, fragte ich. Cassandra wies auf eine kleine Tür, nicht weit entfernt von unserer improvisierten Festung. Die Tür war kaum zu sehen. Damit sie unentdeckt blieb, war sie unauffällig in die Wand integriert worden. Ich musste die Stelle schon ziemlich genau fixieren, um sie zu erkennen.

»Du musst sie aufkriegen.«

»Hast du den Verstand verloren?« Beide gleichzeitig wichen wir zurück, um den Kugeln zu entgehen. Alfred und seine Männer schossen unermüdlich, ohne uns eine Feuerpause zu gönnen. Lieber würden sie uns töten, als uns entkommen zu lassen. »Das ist doch das reinste Schlachtfeld hier. Wenn ich mich in Richtung Tür bewege, gebe ich meine Deckung auf und werde zur perfekten Zielscheibe.«

»Willst du jetzt in Raum neun oder nicht? Wenn ja, musst du die Tür aufbekommen.«

Meinte sie das ernst? Ihrem entschlossenen Gesichtsausdruck nach zu urteilen schon. *Ich glaube es nicht. Die ist ja noch verrückter als ich.* Das musste irgendwie eine Art Defekt von Trägern sein.

»Also gut ...«

Zum Glück hatte ich wenigstens meine Kugel. Nur sie konnte jetzt noch verhindern, dass sie mich umlegen würden.

Ich gelange an die Tür. Der Mechanismus ist komplizierter als der der Zellen. Ein bisschen wie die Schlösser, die üblicherweise für Safes verwendet werden.
Das wird kein Spaß ...
Ich höre einen Schrei. Cassandra. Sie wurde getroffen, und das Blut sprudelt nur so aus ihrer Kehle hervor. Nicht lange, und sie wird verblutet sein ...

Ich stöhnte auf. Das war ja nicht besonders vielversprechend ... Nicht nur würde ich mich ganz schön ins Zeug legen müssen, um diese Tür aufzubekommen – Cassandra war auch noch kurz davor, ohne Rückfahrschein eine Reise ins Jenseits anzutreten. Ich musste ziemlich schnell sein, wenn ich verhindern wollte, dass die Vorhersagen eintrafen. Ich gab Boundell ein Zeichen, dass er bleiben sollte, wo er war, und raste zur Tür.

Das Schloss war wirklich nicht leicht zu knacken. Es hatte drei unterschiedliche Verzahnungen, die nacheinander gelöst werden mussten.

Ich konzentrierte mich auf die erste Verriegelung. Ich steckte den Dietrich hinein und drehte ihn langsam und behutsam, um nichts zu beschädigen. Wenn etwas blockieren würde – gute Nacht.

Während ich bis hundert zählte, arbeitete ich gegen die Zeit an. Als ich fertig gezählt hatte, lief ich zu den anderen zurück. Mir blieb gerade noch genug Zeit, um Cassandra aus der Schussbahn der Kugel zu ziehen, die sie getötet hätte.

»Danke.«

»Keine Ursache.«

»Wie läuft's?«

Ich zog eine Grimasse.

»Könnte besser sein«, gab ich zu.

Noch einmal warf ich einen Blick auf meine Kugel.

Ich gehe zur Tür zurück und versuche mich weiter an dem Schloss. Hinter dem Lärm der Schüsse höre ich ein Knacken. Sehr gut … die erste Verriegelung hat sich gelöst. Bleiben noch zwei.

Ich machte mich wieder an die Arbeit. Allmählich wurde ich schneller, und ohne Alfred und Co. aus den Augen zu lassen, drehte ich den Dietrich immer weiter. Ich hörte ein Klicken und dann noch eines. Komm schon! Die dritte Verriegelung ließ schließlich auch nicht mehr lange auf sich warten.

»Das war's!«

Ich öffnete die Tür und ging hindurch, ohne mich noch einmal umzusehen. Cassandra und Boundell folgten mir. Als wir alle drei auf der anderen Seite waren, verriegelte ich die Tür wieder, um uns vor den Kugeln zu schützen.

»Alles okay bei euch?«, fragte ich. Cassandra hatte eine Schramme am Bein – vermutlich hatte sie eine Kugel gestreift. Boundell war mit einem blutigen Ohr davongekommen, was ihn allerdings nicht besonders zu stören schien. Er bewegte sich irgendwie lahm, als wäre er müde. Scheinbar war ich als Einziger dem Bleihagel unbeschadet entkommen, dafür taten mir die Hände weh von dem ewigen Hantieren mit dem Dietrich und die Schulter sowieso, die One so brutal verletzt hatte, dass ich sie kaum noch bewegen konnte. Ich konnte immer noch nicht glauben, dass wir diesen Irrsinn überlebt hatten. »Und hier drin ist also der Würfel?«

»Ja«, sagte Cassandra.

Wir befanden uns in einem winzigen Raum. Hier gab es keine Zellen. Auch keine Neonröhren. An den Wänden waren unzählige Bildschirme angebracht. Und auf allen war dasselbe Bild zu sehen: ein Warnzeichen.

Das hier musste das Kontrollzentrum des Gefängnisses sein. Hier mussten die Bilder der unzähligen Überwachungskameras landen, die überall auf dem Gelände verteilt waren.

Abgesehen davon hatte dieser Raum etwas, das mir ganz und gar nicht gefiel. Jetzt verstand ich auch, warum dieser Charles, mit dem mich der Fahrer des Geländewagens verwechselt hatte, sich die Kugel gegeben hatte. Die seltsame Atmosphäre, die in ganz Blackforest herrschte, war hier noch dichter. Man bekam kaum Luft. Und dann war da dieser Nebel ... ein schwärzlicher Dunst, der sich spiralförmig in der Luft herumwand. Wie ein Geisternebel. Irgendwie unheilvoll.

Im Hintergrund hörte ich ein schwaches Schnurren. Von Sekunde zu Sekunde wurde es intensiver.

»Hört ihr das auch?«

»Ja. Was könnte das sein?«

»Das ist Raven«, antwortete Boundell. Er deutete ein Lächeln an, das einen alles andere als freundschaftlichen Eindruck machte. Es kam mir von Grund auf böse vor. »Er erwartet uns.«

Cassandra wurde unruhig.

»Er ist hier«, meinte Boundell. »Er ist hier.«

Als hätte der Nebel ihn verstanden, begann er sich zu verflüchtigen und gab den Blick auf eine Glasvitrine frei, die sich am Ende des Raums erhob. Sie reichte vom Boden bis zur Decke und war, wie der Drahtzaun im Außenbereich, durch ununterbrochen summenden Starkstrom gesichert.

»Ich hab's euch doch gesagt!«, rief Boundell. »Wusste ich's doch, dass er am Leben ist! Raven ist hier. Genau hier!«

»Boundell, du hast doch gehört, was Cassandra gesagt hat. Raven ist tot.«

»Nein! Er lebt!«, brüllte er. »Überzeug dich doch selbst, wenn du mir nicht glaubst.«

Ich seufzte. Ich wollte mich nicht mit ihm streiten. Dazu war ich viel zu erschöpft. Also gab ich nach.

»Na schön. Dann wollen wir mal nachsehen, wo Raven steckt.«

Ich näherte mich der Vitrine. Sie war mit einer dickflüssigen, transparenten Flüssigkeit gefüllt. Ich musste an schlecht gemachte Gelatine denken, die sich beim Essen wieder in ihre Bestandteile zerlegt. In dieser farblosen Flüssigkeit schwamm etwas ... etwas Weißes ... Quadratisches. Mir blieb die Luft weg. Das war der Würfel! Der Würfel, nach dem ich suchte.

»Komm nicht mal auf die Idee, ihn anzufassen, Zero«, sagt eine Stimme.

Ich fuhr herum. Ein Dutzend Soldaten zielte mit ihren Waffen auf uns. Allen voran stand Alfred. Die Tür zu verriegeln, hatte offenbar nicht viel gebracht.

»Bei der kleinsten Bewegung eröffnen wir das Feuer«, warnte er. Er war stinksauer. War ja auch verständlich. Unsere Show von vorhin hatte sich sehen lassen können. »Du hast doch nicht allen Ernstes gedacht, dass du mit deinem Plan durchkommst.«

»Na ja, immerhin bin ich kurz davor. Was euch nicht gerade gut aussehen lässt.«

Er kam auf mich zu. Ein paar Meter vor mir blieb er stehen, in angemessenem Abstand. Was er wohl von mir erwartete?

»Du hältst dich wohl für besonders schlau.«

»Ich würde lügen, wenn ich jetzt Nein sagte«, antwortete ich. Alfred verpasste mir einen Schlag in den Lendenbereich.

»Vorsicht. Ich gebe hier den Ton an. Und ich werde deine Witzchen nicht durchgehen lassen, Träger.«

»Woher weißt du, dass ich auch ein Träger bin?«

»Wir wissen doch beide, dass kein normaler Mensch auf die Art und Weise, wie du es getan hast, auf das Gelände von Blackforest hätte gelangen können ... Außer natürlich, du bist gar nicht ... *normal*.«

»Ganz schön scharfsinnig«, spottete ich.

»Allerdings wundere ich mich, wie du so dumm sein konntest, ganz alleine herzukommen. Entweder bist du total naiv oder du hast ein ziemlich übersteigertes Selbstvertrauen. Ich tippe mal auf Ersteres.« Er ging auf die Vitrine mit dem Würfel darin zu. »Bist du deswegen hier?«

»Ja.«

»Weißt du, was das ist?«

»Nein.«

»Verstehe. Und warum willst du es dann stehlen?«

»Geschäfte«, sagte ich.

»Und diese Geschäfte haben vermutlich nichts damit zu tun, was vor zehn Jahren geschah.«

Boundell und Cassandra tauschten einen Blick aus. Ich dagegen blieb unbeeindruckt. *Hm. Was war denn vor zehn Jahren?* Ich versuchte, mich zu erinnern. Aber das Einzige, was mir einfiel, war der Tod meiner Eltern. Das musste in etwa die Zeit gewesen sein.

Mein Schweigen genügte Alfred als Antwort.

»Spar dir die Spielchen. Du weißt ganz genau, was ich meine.«

»Nein, ehrlich gesagt habe ich nicht die leiseste Ahnung.«

»Wenn du es nicht wüsstest, wärst du doch nicht hier.« Er kam näher. »Was hast du vor? Legst du es darauf an, dass wir wieder komplett unter eurer Überwachung leben? Oder willst du dir Ravens Macht aneignen?«

Raven ... Schon wieder dieser Name ...

»Wie kannst du es wagen, Raven zu erwähnen?!«, tobte Boundell. Er schob mich zur Seite und fixierte Alfred hemmungslos. »Raven ist ein höheres Wesen. Du hast kein Recht, seinen Namen einfach so auszusprechen.«

»Ich werde euch diesen Würfel niemals überlassen. Ich kann dir sagen, was wir tun werden, Träger. Ich werde dir deine Kugel abnehmen und dich zusammen mit deinen Kumpanen hier einsperren. Und ich werde mich davon überzeugen, dass die Zelle, in der du den Rest deines Lebens verbringen wirst, selbst für den besten Einbrecher der Welt uneinnehmbar sein wird.«

»Es gibt keinen uneinnehmbaren Ort«, sagte ich.

»Das werden wir dann ja sehen«, erwiderte Alfred. Er gab seinen Männern ein Zeichen und sie richteten wieder ihre Waffen auf mich. »Nimm die Maske ab, Zero. Wollen wir doch mal sehen, wer sich hinter dem Metallding verbirgt.«

Ich würde ganz sicher nicht gehorchen. Was es hieß, mit dem Wissen zu leben, dass andere mein Geheimnis kannten, wusste ich. Und das war wahrlich keine angenehme Erfahrung.

»Komm doch und nimm sie mir selbst ab«, konterte ich. Dabei war mir natürlich bei aller Großtuerei bewusst, welches Risiko ich einging. Eine falsche Bewegung, und ich wäre erledigt.

Ich zermarterte mir immer noch das Hirn nach einer Lösung, wie ich aus dieser heiklen Situation entkommen könnte, als der Alarm wieder losschlug. Zum zweiten Mal in dieser Nacht hallte die elektronische Stimme von den Wänden des Raums wider und warnte vor Eindringlingen.

»Was ist los?«, fragte Alfred. *Gute Frage* ... Die Soldaten sahen sich fragend an. Einer von ihnen zeigte auf die Bildschirme hinter uns.

»Captain, ich denke, das sollten Sie sich ansehen.«

Alfred und ich drehten uns gleichzeitig um. Die Warnzeichen waren von den Bildschirmen verschwunden, und stattdessen waren jetzt die Bilder zu sehen, die die Kameras im Außenbereich aufzeichneten.

Nur ein Detail war irgendwie fehl am Platz.

Auf jedem einzelnen Bildschirm tauchte Zero auf.

Auf einem sah ich mich selbst einen Zaun hochklettern. Auf einem anderen beobachtete ich, wie ich einen Wachmann überwältigte. Mindestens zehn maskierte Gestalten tummelten sich auf dem Gelände von Blackforest. Und stifteten das reinste Chaos.

Dutzende Zeros stürmten das Gefängnis!

Mir klappte der Kiefer runter.

KAPITEL 33

Ich war nicht der Einzige, den die Bilder von den Ereignissen draußen sprachlos machten. Alfred und sein Gefolge standen sogar noch fassungsloser da. Selbst Cassandra und Boundell waren wie versteinert.

»Was hat das zu bedeuten?«, wandte sich Alfred an mich. Ich zuckte mit den Schultern. Was hätte ich ihm auch sagen sollen? *Ich* war doch Zero.

»Sieht so aus, als hättest du ein Problem, Captain.« Die Monitore fingen an zu knistern. Die Bilder verschwanden, und stattdessen erschien ein einzelnes, riesiges Profil von Zero. Man sah nichts als meine silberne Maske, sie füllte den kompletten Bildschirm aus. »Mich kriegt man nicht so leicht, weißt du. Es wird dich mehr Anstrengung kosten, als du meinst, mich in eine deiner geschätzten Zellen zu sperren.«

»Wer bist du?«

»Ich bin Zero. Der echte«, antwortete der Typ auf dem Bildschirm. Alle sahen mich an. Ich hob die Augenbrauen. Wie – er war der echte? Wer sollte denn dann ich sein? »Hast du wirklich geglaubt, ich wäre so dumm, persönlich nach

Blackforest zu kommen? Dieses ... Individuum, das ihr da bei euch habt, ist nichts als ein Köder, der euch ablenken sollte.«

»Wie ...?« Alfred funkelte mich an. »Du bist ein Schwindler?«

Der Zero vom Bildschirm antwortete für mich.

»Sicher ist er das. Mein wirkliches Ziel war nie der Würfel. Ich wollte nur eines: Blackforest zerstören ... und zwar mitsamt seinen Insassen.« Über uns war eine Explosion zu hören. Der Boden unter unseren Füßen erzitterte, und ich musste mich an Boundell festhalten, um nicht das Gleichgewicht zu verlieren. »Macht euch bereit zu sterben.«

Die Bildschirme zeigten jetzt wieder, was draußen vor sich ging. Lodernde Flammen, verkohlte Fahrzeuge, überall Rauch ...

»Schnappt ihn euch! Ich will Zero endlich hinter Gittern sehen!«

»Aber wie wissen wir, welcher der echte ist?«, fragte einer der Soldaten.

Alfred verstummte. Auch seine Männer schwiegen.

»Wie viele von deiner Sorte gibt es?«, fragte er mich.

»Ein paar dürften es schon sein, wie es aussieht«, antwortete ich. Der Captain hielt sich nicht weiter mit dem Austausch von Höflichkeitsfloskeln auf. Er verpasste mir einen rechten Haken, der mich völlig benommen machte.

»Antworte!«

»Ich hab keine Ahnung.« Ein weiterer Schlag traf mich und rief mir in Erinnerung, wie mein eigenes Blut schmeckte.

»Okay. Mir ist egal, wie viele es sind. Schnappt sie euch alle! Ich will keinen Einzigen entkommen sehen!« Er wählte zwei seiner Soldaten aus. »Ihr beide bleibt hier und passt auf. Und der Rest: Abmarsch!«

Bevor sie abzogen, fesselten sie mich an Händen und Füßen an einen Stuhl. Cassandra und Boundell banden sie an ein Entlüftungsrohr. Die beiden zurückgebliebenen Soldaten sahen ihren Kollegen betrübt nach.

»Ich weiß echt nicht, warum wir immer den langweiligsten Job abkriegen«, meinte einer der beiden, als wir alleine waren.

»Ja, wirklich«, sagte der andere genervt.

»Hey, wenn ihr was Sinnvolles tun wollt, könntet ihr unsere Fesseln ein bisschen lockern. Mir sterben fast die Finger ab.«

»Mach du das«, sagte der Wachmann, der vorhin zuerst gesprochen hatte, zu seinem Kollegen.

»Nee, ich passe. Den kannst du selbst übernehmen. Ist ja nicht mal der echte Zero«, meinte der andere. Er winkte ab und erklärte das Gespräch für beendet.

Wie, ich war nicht der echte Zero? Es gab keinen anderen Zero als mich. So langsam war ich es leid, als »der andere« angesehen zu werden. Der Soldat, der mich nicht als Schwindler bezeichnet hatte, kam murrend zu mir und lockerte mir minimal die Fesseln.

»Sehr liebenswert«, sagte ich. »So ist es schon besser.«

Kaum hatte er sich umgedreht, stützte ich mich mit den Füßen am Boden ab und rammte ihm die Stuhllehne in die Kniekehlen. Sein Kamerad versuchte, mich zu fassen zu kriegen, aber ich wich nach hinten aus. Besonders groß war mein Spielraum nicht, gefesselt, wie ich war, also machte ich dieselbe Bewegung noch mal, um ihn mir vom Hals zu halten. Ich traf ihn an der Hüfte und er krachte gegen die Wand. Der Schlag war so heftig, dass er eine Weile stöhnend liegen blieb.

»Ich glaube kaum, dass ein Schwindler das hinbekommen würde«, stellte ich zufrieden fest. Ich bekam eine Hand frei, nahm ihm sein Messer ab, das er am Gürtel trug, und schnitt meine Fesseln durch. Als ich fertig war, machte ich die beiden anderen Träger los.

»Hast *du* das alles geplant?«, fragte Cassandra.

»Nein.«

»Aber ich dachte, du bist Zero.«

»Bin ich auch.«

Ich ging zu den Monitoren und beobachtete, wie all die anderen Zeros Blackforest in Schutt und Asche legten. Alle trugen *meinen* Anzug und *meine* Maske. Das schloss One als Urheber des Überraschungsangriffs aus.

Aber wer war dann dafür verantwortlich?

»Das hast du jetzt davon, dass du die Welt immer ganz alleine retten willst«, sagte die Stimme aus dem Monitor. Zeros maskiertes Gesicht nahm wieder den Bildschirm ein.

»Wer bist du, Alter? Wir wissen doch beide, dass du nicht der echte Zero bist. Du kannst langsam anfangen, die Wahrheit zu sagen.«

Er legte die Hände an die Maske. Ganz langsam zog er sie sich vom Gesicht. Mir stand der Mund offen, als ich sah, wer sich dahinter verbarg.

»Len?«

KAPITEL 34

Wenn ich zuvor verblüfft gewesen war angesichts der plötzlichen Zero-Vervielfachung, dann konnte man mein Überraschungslevel jetzt als sprachlos bezeichnen. Um sicher zu gehen, dass ich auch richtig sah und das wirklich das Gesicht meines Freundes war, das da auf den Bildschirmen flackerte, blinzelte ich mehrmals.

»Wow, Kyle, das ist das erste Mal, dass dir nichts mehr einfällt. Das muss ich Miranda erzählen, wenn wir sie gerettet haben.«

»Wie ... Wie ...?«

»Wie ich herausgefunden habe, wo du bist? Ich habe deinen Rechner gehackt und mir deine letzten Suchanfragen angesehen. Deshalb hat es auch ein bisschen gedauert.«

»Du musst hier verschwinden, Len!« Ich versuchte, meine Stimme genauso hart klingen zu lassen wie in der Nacht zuvor in unserem Versteck. Aber es gelang mir nicht.

»Kyle, ich kenne dich einfach zu gut. Auch wenn du denkst, dass du mich täuschen kannst – du kannst es nicht. Du würdest niemals so etwas sagen. Auch nicht im Zorn. Ich habe nur mitgespielt, damit ich herausfinde, was du vorhattest. Wobei – wenn ich gewusst hätte, dass du alleine in ein Hochsicherheitsgefängnis eindringen wolltest, hätte ich alles darangesetzt, um dich davon abzuhalten.«

Wie dumm ich war ... Ich hatte versucht, meinen besten Freund hinters Licht zu führen. Den Menschen, der mich am besten überhaupt kannte. Wie es aussah, war ich damit ja auch ziemlich auf die Nase geflogen.

»Len, ich ... Mir ist einfach nichts anderes eingefallen, wie ich dich schützen konnte. Ich wollte auf keinen Fall, dass One nach Miranda auch noch dich zu fassen bekommt.«

»Das wird er auch nicht. Ich habe die Sicherheitsmaßnahmen in Drayton erhöht. Da kommt er nicht mehr so leicht rein. Sobald er einen Fuß in unser Revier setzt, werden wir es wissen. Ach, übrigens: Einer der Soldaten greift dich gleich von hinten an.«

Tatsächlich. Der Typ, der mir die Fesseln gelockert hatte, hatte seine Pistole auf mich gerichtet. Ich verpasste ihm einen Fußtritt, um ihn mir vom Hals zu schaffen.

»Danke.«

»Keine Ursache. Und? Wie geht's jetzt weiter?«

»Zuerst mal muss ich mir den Würfel beschaffen.«

»Na, dann los.«

»Warte. Es gibt da ein Problem. Hier läuft ein ganzes Rudel von Zeros herum. Was machen wir mit denen?«

Len brach in Gelächter aus.

»Mach dir wegen denen keine Sorgen. Das ist nur eine Bildmontage.«

»Eine was?«

»Das sind alles Aufzeichnungen von dir, die ich über die Überwachungskameras gelegt habe. Da drin ist nur ein einziger Hundert-Millionen-Dieb. Du.«

»Und die Explosion?«

»Ach, das. Ich habe eines der Munitionslager in die Luft gejagt.«

Das konnte auch nur Len einfallen.

»Kannst du den Strom an der Vitrine abschalten?«

»Gib mir eine Sekunde.«

Während sich Len mit den Sicherheitssystemen auseinandersetzte, nahm ich den Wachmännern ihre Pistolen ab und zielte damit auf die Vitrine. Cassandra und Boundell standen immer noch neben mir. Sie hatten keine Anstalten gemacht, zu verschwinden. Dabei wussten sie doch genauso gut wie ich, dass der Weg jetzt frei war – und trotzdem waren sie noch genau dort, wo ich sie von ihren Fesseln befreit hatte.

Ich kümmerte mich nicht weiter um sie und konzentrierte mich wieder auf den Würfel. Ich würde die Scheibe zertrümmern müssen. Nur so würde ich an ihn herankommen. Sobald das Summen der Elektrizität aussetzte, feuerte ich die Ladungen beider Waffen ab.

Aber die Vitrine blieb heil. Panzerglas.

»Na großartig ...«

»Kyle!«, schrie Len.

»Was ist?«

»Dieser schlechtlaunige Captain hat herausgefunden, dass die ganzen Zeros nur ein Bluff sind.«

Ich schnalzte mit der Zunge. Meine Frist war abgelaufen. Der Trick mit den vielen Zeros hatte uns nicht den nötigen Spielraum verschafft.

»Du musst da sofort raus!«

»Nein! Ohne den Würfel gehe ich nicht.«

Ich warf die Pistolen zur Seite und befragte meine Kugel. *Sag mir, ob ich noch rechtzeitig an den Würfel herankomme!* Augenblicklich erschien die Antwort in ihrem Inneren.

Ich höre, wie die Stimmen der Soldaten immer näher kommen. Sie sind auf dem Weg zurück. Was soll ich jetzt tun? Hoffnungslos sehe ich auf das Glas.
Gibt es denn keinen Weg, es zu zerstören?
Als hätte jemand meine Frage gehört, öffnet sich die Vitrine in diesem Moment von selbst, und ich habe freien Zugriff auf den Würfel ...

Was? Ich schüttelte sie heftig.

»Lass die Witze und antworte mir!«

Aber das war nicht mehr nötig. Im selben Moment klappte die Vitrine ihre Glaswände zurück. Wie konnte das sein?

Je weiter sie sich öffnete, desto dichter wurde der Nebel im Raum. Und es wurde immer dunkler, als wäre ich in einen Brunnen gefallen. Tastend steckte ich die Hände in die gelatineartige Flüssigkeit und griff nach dem Würfel. Er war kalt, kälter sogar als meine Kugel. Ich zuckte zusammen.

Das war es also, was One so unbedingt haben wollte.

Noch bevor ich mir den Würfel näher ansehen konnte, fing meine Kugel an zu vibrieren. Direkt danach riss mich ein heftiger Schlag zu Boden. Während ich fiel, glitt mir der Würfel aus der Hand. Cassandra ließ das Metallrohr, mit dem sie mich geschlagen hatte, zwischen ihren Fingern hin und her gleiten.

»Ist nicht persönlich gemeint, Zero«, sagte sie.

»Du ...«, murmelte ich verwirrt. Mein Kopf platzte fast vor Schmerz, und in meinen Ohren sirrte ein hoher Pfeifton.

»Es war so einfach, Zero zu hintergehen ... es war so ungeheuer einfach«, zischte Boundell.

»Das kann man sagen.« Cassandra ließ ihre ungleichen Zähne sehen. Sie sah jetzt gar nicht mehr erschreckt aus. Auch nicht zerbrechlich. Sie kam mir vor wie eine bösartige

Hyäne, die mich ansah, als wäre ich ihr Frühstück. Sie hatte sich vollkommen gewandelt. Sie kniete sich neben mich und betrachtete mich, ohne auch nur den Hauch einer Gefühlsregung zu zeigen. »Leute in die Irre zu führen, ist meine Spezialität, Zero. Egal, wen ich belüge oder was ich dabei vorgebe, ich komme immer durch damit. Und du, mein lieber kleiner dummer Junge, bist einfach nur ein Name mehr auf meiner langen Liste.«

Wie bitte? Sie hatte mich hintergangen? Hatte mit mir gespielt?

»Ich habe dich von meiner Zelle aus beobachtet«, fuhr Cassandra fort. »Ich habe gesehen, wie geschickt du dich hier reingeschmuggelt hast und wie leicht es dir fiel, die Soldaten zu beschwatzen. Ein Anfänger bist du ja nicht gerade. Das hat Alfred ein bisschen zu spät bemerkt. Aber ich war nicht so leichtgläubig. Und deshalb habe ich beschlossen, dich zu benutzen. Ich musste mich einfach nur als arme, schutzlose Frau ausgeben, die unschuldig im Gefängnis sitzt, und schon hast du angebissen. Du hättest mal dein Gesicht sehen sollen, als ich angefangen habe zu weinen. Ha! Keine Sekunde hast du an meinem Schauspiel gezweifelt.«

Ich konnte es nicht glauben ...

»Wobei es schon richtig ist, was ich dir gesagt habe. Ich habe nur ein klitzekleines Detail verändert.« Sie beugte sich zu mir vor. Ihre Lippen näherten sich meinem Ohr. »Wir sind zwar Träger. Aber das ist nicht der Grund, weswegen wir hier sind. Träger werden schon lange nicht mehr verfolgt. Sie haben uns hier eingesperrt, weil wir es verdient haben, hinter Gittern zu sein. Boundell und ich haben schon so viel gemordet, geraubt und zerstört, dass wir mit dem Zählen überhaupt nicht mehr hinterherkommen.« Ich bekam eine ganz trockene Kehle. Die beiden waren Mörder?! Cassandra stand auf und richtete ihren Blick auf den Monitor, auf dem Len zu sehen war. »Ich muss mich wohl bei dir bedanken. Du hast uns den Weg geebnet, jetzt können wir fliehen, sobald wir Zero erledigt haben.« Sie packte das Metallrohr und schleuderte es gegen den Bildschirm, der in tausend Teile zersprang. Die Schreie meines Freundes verloren sich im Nichts, und sein Bild verschwand. »Ich hab was gegen unnötige Gesellschaft.«

»Ich bin auch ein Träger wie ihr«, sagte ich. »Wir sitzen doch alle im selben Boot.

»Aber klar. Ich hatte ja auch vor, mit dir zusammen von hier zu fliehen, und dann wären wir für immer Freunde geblieben. Nur leider hat sich alles in dem Moment geändert, als du gesagt hast, dass du es auf den Würfel abgesehen hast.«

»Der Würfel?«, wiederholte ich. »Ihr ... Ihr wollt ihn auch?«

»Wir versuchen seit Jahren, an ihn ranzukommen, aber es ist uns nie gelungen. Sie haben uns zu intensiv überwacht.«

»Überwacht«, wiederholte Boundell.

Cassandra strich sich über ihr rotes Haar. Dabei fiel mir die Tätowierung an ihrem Handgelenk auf. Weil ich viel zu sehr damit beschäftigt gewesen war, den Würfel zu orten und mein Bestes zu geben, in Blackforest zu überleben, hatte ich sie bisher gar nicht bemerkt. Es war ein Symbol. Drei konzentrische Kreise mit einem Kreuz in der Mitte. Das hatte ich doch schon mal irgendwo gesehen. Ich konnte die Verbindung sofort herstellen. Es war bei Timothy zu Hause gewesen. Dasselbe Zeichen war auch auf dem zerrissenen Foto gewesen, das ich dort gefunden hatte.

Boundell huschte hinter Cassandra und hob den Würfel vom Boden auf. Er streichelte ihn, als hätte er noch nie einen so großen Schatz in der Hand gehabt. Dann fing er an, wie ein Irrer herumzuhüpfen.

»Was ist das, dieser Würfel?«, fragte ich.

»Es ist Raven ...«, flüsterte Boundell. »Und wir dürfen nicht zulassen, das Raven in die Hände von Fremden gerät. Zur Not verteidigen wir ihn mit unserem Leben.«

Cassandra baute sich mir gegenüber auf.

»Schluss jetzt mit dem Gequatsche. Wir müssen den Würfel hier rausschaffen, wegen dir verlieren wir nur Zeit.« Sie packte das Metallrohr mit aller Kraft und schwang es wie ein Schwert durch die Luft. »Gute Nacht, Zero.«

Und ohne ein weiteres Wort zu verlieren, ließ sie das Rohr auf meinen Kopf sausen.

KAPITEL 35

Als ich wieder zu mir kam, tastete ich meine Stirn ab. Es fühlte sich an, als würde unentwegt ein Hammer auf meinen Kopf einschlagen. Ich stützte mich auf den Ellenbogen und drehte mich zur Seite. Aus der Ferne vernahm ich Geräusche. Und eine Stimme, die nach mir rief. Ich konnte kaum verstehen, was sie sagte. Aber dann konzentrierte ich mich, und nach und nach wurden aus dem Geräusch einzelne Wörter.

»Ky... Kyle. Hörst ... du mich? Kyle!«

Noch halb benommen, versuchte ich herauszufinden, woher die Stimme kam. Sie drang aus dem Körper eines der Wachmänner. Oder besser gesagt: aus dem Funkgerät, das er am Gürtel seiner Uniform trug.

»Kyle. Bitte antworte. Du bist in Gefahr. Kyle ...«

Das war Lens Stimme. Ich machte mich lang und griff nach dem Funkgerät.

»Ich bin hier ...«

»Bin ich froh! Cassandra hat die Kameras zerschlagen, und ich wusste nicht, wie ich dich kontaktieren sollte. Bist du okay?«

»Hmmm ... weiß nicht genau«, murmelte ich. »Ich sehe alles doppelt.«

»Also, dann rate ich dir, dass du aufhörst mit dem Doppeltsehen und schleunigst von da verschwindest. Halb Blackforest ist hinter dir her. Ich habe den Bereich mit den Zellen demoliert, damit sie nicht so schnell bei dir sind, aber es ist nur eine Frage der Zeit, ganz aufhalten konnte ich sie nicht.«

Ich kniete mich hin und rappelte mich vom Boden hoch. Dann blieb ich ein paar Sekunden lang einfach stehen, bis die Welt um mich herum aufhörte, sich zu drehen. Von Cassandra war nichts zu sehen. Sie und Boundell waren verschwunden. Auch der Nebel, der zuvor durch den Raum gewabert war, hatte sich verflüchtigt.

»Wo ist der Würfel?«

»Sie haben ihn mitgenommen.«

»Sind sie aus Blackforest abgehauen?«

»Nein. Sie sind jetzt am nördlichen Zaun. Die Wachleute machen es ihnen offenbar nicht so leicht.«

»Gut.« Ich hatte also noch eine Chance. Zum ersten Mal war ich dankbar, dass ich die Soldaten an meiner Seite hatte.

»Kyle!«

»Ich weiß schon.« Ich tastete meine Tasche ab. Meine Kugel war noch da. Cassandra und Boundell hatten scheinbar kein Interesse an ihr. Noch eine gute Nachricht ... »Wie komme ich hier raus, Len? Wenn ich den gleichen Weg nehme wie vorhin, laufe ich Alfred direkt in die Arme. Und auf seine Art von Willkommensparty hab ich echt keine Lust mehr.«

»Du musst durch den Lüftungsschacht. Laut Plan führt er direkt nach draußen.«

Das Entlüftungsrohr hatte ich schnell gefunden. Es hing in einer Ecke an der Wand und war mit einem Eisengitter verschlossen. Ich packte es mit beiden Händen und zog daran. Es war nicht besonders gut befestigt, und als das Gitter sich aus seiner Verankerung löste, geriet ich kurz ins Taumeln.

Auf der anderen Seite erstreckte sich ein Tunnel. Besonders geräumig war er nicht, aber ich würde durchpassen.

»Mach schon, Kyle«, drängte Len. Mit dem Funkgerät in der einen Hand und meiner Kugel in der anderen quetschte ich mich durch den winzigen Schacht.

Der Anblick, der mich draußen erwartete, war nicht gerade der schönste des Universums. Überall lagen tote Soldaten. Es war nicht nötig, dass mich jemand darüber informierte, was geschehen war. Cassandra und Boundell versuchten, aus Blackforest zu entkommen, und dabei legten sie jeden, der ihnen in die Quere kam, einfach um.

»Sind sie immer noch am Zaun?«, fragte ich Len. Ich versuchte, die leblosen Körper nicht anzusehen. Auch wenn es keine Absicht gewesen war, hatte doch ich diese Morde verursacht. Schließlich war ich Cassandra auf den Leim gegangen und hatte dann auch noch Boundell freigelassen. Wäre ich umsichtiger gewesen, wären all diese Wachleute noch am Leben.

»Ja. Willst du da hin?«

»Was bleibt mir übrig? Sie haben den Würfel.«

»Das Ding ist wohl wertvoller, als wir dachten. Jeder will es haben.« Und das alleine war es ja gar nicht. Dieser Würfel hatte etwas ... Seltsames an sich. Was genau, wusste ich nicht so recht, aber es gefiel mir ganz und gar nicht.

»Darum kümmern wir uns später. Jetzt müssen wir es uns erst mal holen.«

Ich rannte zu der Stelle, an der die Träger aufgehalten wurden. Mein Kopf explodierte. Der Schlag mit dem Metallrohr hatte mir gehörig zugesetzt, und es fiel mir ziemlich schwer, meinen Körper zu koordinieren.

Am Zaun angekommen, blieb ich stehen. Eine Gruppe von Soldaten kämpfte gegen eine rothaarige Frau, die sich zwischen ihnen hindurchlavierte und dabei eine beträchtliche Verwüstung anrichtete.

Cassandra.

Dafür, dass sie so mager war, war sie erstaunlich agil in ihren Bewegungen. Sie war mehr oder weniger komplett umringt, und dennoch kontrollierte sie den Kampf vollständig. Nur dass sie, im Gegensatz zu mir, nicht kämpfte, um sich zu verteidigen. Sie kämpfte, um zu töten. Ihre Schläge waren tödlich, zu ihren Füßen gab es nichts als Tote.

Wie hatte ich mich nur von jemandem so hinters Licht führen lassen, von jemandem, der derart kaltblütig war?

»Irgendeine brillante Idee, Len?«

»Du bist doch der mit den wahnwitzigen Plänen.«

»Das sagt der Richtige – hast du dich nicht als Zero ausgegeben?«

Ich suchte den Zaun nach einer Schwachstelle ab, über die ich entkommen könnte, sobald ich den Würfel hatte. Und währenddessen wurde mir etwas bewusst.

»Wo ist eigentlich Boundell?«

Keine Spur war von ihm zu sehen. Cassandra war allein. Wo konnte er sein?

Plötzlich legte sich ein ausgezehrter Arm um meinen Hals und riss an mir. Er belagerte mich, er erstickte mich. Es drang keine Luft mehr in meine Lungen, und der Schmerz in meinem Kopf verschlimmerte sich durch den Sauerstoffmangel.

Um mich loszumachen, drehte ich mich um die eigene Achse. Ich trat nach hinten und traf mein Ziel. Die Person, die versucht hatte, mich zu strangulieren, machte einen amüsierten Hüpfer, als wäre es eine angenehme Aussicht, mir den Hals zu brechen.

Es war Boundell.

Hatte tatsächlich dieser Mann, der einem eher wie ein Geist vorkam, mir gerade dermaßen die Kehle zugedrückt? Und das auch noch mit nur einem Arm! Mit halb geschlossenen Lidern sah er mich an, und etwas in seinem Blick ließ mich erschaudern. Ich konnte mir gut vorstellen, woran er dachte. Nämlich an hundert verschiedene Arten, Hackfleisch aus mir zu machen. Harmlos war keiner in diesem Duo, so viel war klar.

»Wo ist der Würfel?«, fragte ich ihn. Boundell hob die rechte Hand, damit ich sehen konnte, was er beflissen zwischen den Fingern hielt. Den weißen Würfel. Wie auch nicht ...

»Ich werde dir Raven niemals geben.«

»Ach, komm schon. Wir werden uns doch sicher freundschaftlich einigen können ...«

Sein Schlag raubte mir den letzten Hoffnungsfunken, noch im Guten verhandeln zu können. Der Hinweis war klar. Wenn ich den Preis haben wollte, würde ich etwas dafür tun müssen. Blöd nur, dass die Vorstellung, mich mit einem Greis prügeln zu müssen, nicht besonders angenehm war ... vor allem, weil dieser Greis weit entfernt war von einem netten Opi.

Aber zumindest kannte ich seinen Schwachpunkt.

Ich schlug eine Kapriole und trat in seine Richtung. Aber nicht auf Höhe seines Oberkörpers, wie er es erwartet hatte, sondern gegen seine Hand. Der Würfel glitt ihm aus den Fingern und sauste durch die Luft. Er flog ein paar Meter hoch und dann begann er zu fallen. Reglos sah ich ihm zu. Boundell brach in hysterisches Geschrei aus und warf sich vor, um den Würfel aufzufangen, bevor er am Boden aufschlug.

Das war meine Chance.

Der Alte war so sehr damit beschäftigt, seinen Schatz vor dem Aufprall zu bewahren, dass er gar nicht in der Lage war, meinen Angriff abzuwehren. Er bemerkte seinen Fehler erst, als er meine Faust in den Rippen spürte und ihm die Knie wegsackten.

Kaum war ich Boundell losgeworden, schnappte ich mir den Würfel. Noch bevor er auf dem Boden aufkam, schlossen sich meine Finger um ihn, und wieder spürte ich diese durchdringende Eiseskälte. Viel hatte nicht gefehlt, und ich hätte ihn nicht mehr rechtzeitig erwischt.

»Ich hab ihn!«, rief ich triumphierend. Boundell versuchte aufzustehen, um mich erneut anzugreifen, aber er schaffte es nicht mehr bis zu mir. Mein Schlag hatte ihn zu sehr geschwächt. Währenddessen war Cassandra weiterhin mit den Wachleuten beschäftigt, und Alfred und seine Männer hatten sich auf dem ganzen Gelände verteilt, um die Lage wieder unter Kontrolle zu bringen. Eine Entwicklung, die ich nicht ungenutzt verstreichen ließ.

Ich lief zurück zu dem Geländewagen, mit dem ich in das Gefängnis eingedrungen war, und schlüpfte keuchend hinein. Als ich gerade auf dem Fahrersitz Platz genommen hatte, erreichte mich Lens stockende Stimme über das Funkgerät.

»Kyle, drück auf die Tube!«

»Was ist denn jetzt wieder los?«

»Sie sind hinter dir her. Gib Gas!«

Ich legte den Rückwärtsgang ein und trat das Gaspedal bis zum Anschlag durch. Der Wagen setzte zurück, und als ich den hinteren Teil des Gefängnisses hinter mir hatte, riss ich das Steuer herum und fuhr geradewegs auf die Einfahrt zu.

Und dann erreichten mich Lens Warnungen ...

Die Haupteinfahrt war dicht. Scheinbar waren sämtliche Soldaten aus Blackforest dort zusammengekommen, um, mit den Waffen im Anschlag, auf das kleinste Zeichen hin das Feuer zu eröffnen. Durch diese menschliche Mauer lebend hindurchzukommen, wäre nicht einfach.

»Äh, Len …«

»Ja?«

»Gibt es noch irgendwas, das du in die Luft jagen kannst?«

»Den Heizkessel.«

»Okay. Mach ihn platt, wenn ich dir Bescheid gebe.«

»Okay.«

»Und hast du noch Zugriff auf die Elektrik?«

»Ja.«

»Perfekt.«

Ich legte den ersten Gang ein. Der Wagen röhrte, bewegte sich aber nicht. Ich klammerte mich ans Lenkrad.

»Okay, los!«, schrie ich.

Der Heizkessel ging hoch wie eine Bombe. Durch die Detonation wurden Gebäudeteile durch die Luft geschleudert, alles andere stand sofort in Flammen.

Die Druckwelle nutzend, presste ich den Fuß aufs Gaspedal, und der Wagen schoss mit quietschenden Reifen los. Die Soldaten waren so sehr von dem pyrotechnischen Spektakel gefangengenommen, dass sie gar nicht auf die Idee kamen, zu schießen. Sie waren vielmehr damit beschäftigt, sich panisch irgendwo in Sicherheit zu bringen, anstatt mich anzugreifen.

Als ich am Zaun ankam, hatte die Aktion allerdings an Schwung verloren, und die ersten Schüsse wurden abgefeuert. Ich ging hinter dem Steuer in Deckung. Als Erstes zerbrach die Windschutzscheibe. Dann verlor ich einen Seitenspiegel und als Nächstes eine der seitlichen Scheiben.

»Stell den Strom ab, Len!«, schrie ich.

Der Zaun hörte auf, Funken zu sprühen. Das Knistern verstummte. Mit Vollgas durchbrach ich die Schranke und verließ Blackforest, ohne zu sehen, wohin ich überhaupt fuhr. Mit den mir um die Ohren pfeifenden Kugeln von Alfred und seinen Soldaten im Nacken bog ich auf die Schotterstraße ein.

KAPITEL 36

Seit meinem intensiven Abstecher nach Blackforest fühlte ich mich wie ein ausgewrungener Lappen. Ich hatte Krämpfe in den Beinen und war mit den Nerven am Ende. Die Wunde an meiner Schulter blutete immer noch, und dank Cassandra schmerzte mein Kopf höllisch.

Man konnte meinen, dass ich gerade der Hölle selbst entkommen war.

Während Len den Würfel untersuchte und ihn hin und her drehte, versuchte ich mich ein wenig auszuruhen. Allein, dass ich wieder in meinem Versteck in Drayton war, dass ich meine Sachen um mich hatte und mein Freund bei mir war, verhalf mir allmählich wieder zu neuen Kräften.

»Was, denkst du, ist das?«

»Ein idiotisches Teil, das mir beinahe eine Haftstrafe in einem Hochsicherheitsgefängnis eingebracht hätte«, antwortete ich.

»Schau dir das an, Kyle.« Er tastete eine der Ecken ab. »Hier. Sieht aus wie eine Öffnung. Meinst du, da ist was drin?«

»Kann schon sein.« Ich nahm einen Eisbeutel und legte

ihn mir auf die Stirn. Durch die Kälte war meine Beule wie betäubt. »Alfred kam nicht mehr dazu, mich über das Teil aufzuklären.«

»Lass uns versuchen, ihn aufzubekommen.« Len stand auf und holte einen Schraubenzieher aus seiner Werkzeugkiste. »Willst du?«

»Ich verzichte.« Ich gab ihm ein Zeichen, dass er anfangen sollte. Er setzte sich wieder hin und platzierte den Würfel auf dem Tisch unseres Verstecks. Aus der Nähe betrachtet, war er ziemlich klein. Eigentlich nur ein quadratisches Kästchen. Was sollte daran so bedeutsam sein?

Len setzte den Schraubenzieher an. Kaum hatte die Metallspitze die Oberfläche des Würfels berührt, ertönte ein heftiges Knacken, und das Werkzeug wurde an die Decke geschleudert. Es haftete dort so fest, dass ich es beim besten Willen nicht mehr losbekam.

Len und ich sahen uns geplättet an.

»Das war doch kein Zufall, oder?«, meinte er.

»Warte mal. Ich hab eine andere Idee.« Ich legte den Würfel in den Scanner, mit dem wir immer unsere gestohlenen Gegenstände untersuchten. Das war nicht irgendein x-beliebiges Gerät. Es war das beste der ganzen Lu Corporation und in der Lage, jeden denkbaren Gegenstand zu durchleuchten. »Das Gerät kann uns doch sicher verraten, was da drin ist, ohne dass wir es öffnen müssen.«

Der Scanner begann mit der Arbeit. Die Infrarotstrahlen durchleuchteten den Würfel und analysierten ihn nach und nach. Auf dem Hauptbildschirm erschien ein dreidimensionales Bild mit einer Unmenge technischer Daten über seine Zusammensetzung. Ich überflog die Angaben. Die meisten davon sagten mir nichts. Währenddessen kletterten die Werte immer weiter nach oben, an ungeahnte Grenzen heran.

»Kyle!«

Lens Schrei riss mich aus der Lektüre. Der Scanner glühte. An der linken Seite züngelte eine Flamme empor. Und eine weitere, größere kroch jetzt die Front hoch und versenkte das Plastikgehäuse des Geräts. Len und ich rannten zum Feuerlöscher, der an der Wand hing.

Als wir die Flammen gelöscht hatten, war das Gerät völlig verkohlt. Zerstört. Der Würfel dagegen hatte nicht den kleinsten Kratzer abbekommen.

»Das Ding hat gerade meinen Scanner ruiniert«, wimmerte Len, als wäre einem ihm nahestehenden Menschen etwas angetan worden. »Das war der beste, den wir hatten!«

Ich ignorierte sein Gejammer und setzte mich wieder. Was mochte der Würfel verbergen, das den Scanner in Schutt und Asche legen und den Schraubenzieher an die Decke schleudern konnte? Irgendetwas stimmte hier nicht, da war ich immer sicherer. Und mit dieser Meinung war ich nicht alleine. Meine Kugel lag längst wieder in dem gepanzerten Raum, aber ich spürte, wie eine seltsame Unruhe von ihr ausging.

»Kyle, und wenn wir da etwas wirklich Gefährliches gestohlen haben?«

Das war auch meine größte Sorge. One war verrückt. Und der Würfel machte einen alles andere als harmlosen Eindruck. Das konnte für eine explosive Mischung sorgen. Und wenn ich noch so ungeduldig war, Miranda zurückzuholen – ich musste als erstes herausfinden, was One vorhatte und welche Rolle dieses Ding dabei spielte.

»Wir dürfen den Würfel nicht aus den Händen geben, bevor wir nicht wissen, was das überhaupt ist«, schloss ich.

»Und was schlägst du vor?«

»Wir müssen ihn öffnen und nachsehen, was sich darin verbirgt.«

Len nickte.

»In dem Fall brauchen wir aber Unterstützung.«

»Denkst du da an was Bestimmtes?«, fragte ich ihn. Len grinste vieldeutig.

»Was hältst du davon, wenn wir einen Abstecher in die Lu Corporation machen?«

Das Gebäude der Lu Corporation war einer der höchsten Wolkenkratzer von ganz Los Angeles. Ein massiver Klotz mit fünfzig Stockwerken, der sich im Finanzdistrikt erhob und von Bankniederlassungen und Großkonzernen flankiert wurde. Das Logo des Unternehmens verlief über das gesamte obere Stockwerk, damit man es von jedem Punkt der Stadt aus sehen konnte.

Auf den ersten Blick wirkte es wie ein ganz normales Bürogebäude, das sich nicht besonders von anderen Gebäuden unterschied. Das stimmte auch – zumindest, bis man in die letzten vier Stockwerke gelangte. Dort oben befand sich das eigentliche Herzstück des Unternehmens. Dort lag Lens und mein Privatbereich.

Ich hielt den Ferrari vor dem Haupteingang an. Bestimmt waren die Leute vom Hotel Convention immer noch auf der Suche nach ihm, aber ich mochte ihn so, dass es mir schwerfiel, ihn zurückzugeben. Ich stellte den Motor ab und stieg aus. Auch Len stieg aus, mit dem Würfel in der Hand. Ich hielt lieber ein paar Meter Abstand zu ihm. Nur für alle Fälle ...

Als wir auf den Eingang zugingen, wurden die beiden Wachmänner, die ein Auge auf den Firmensitz haben sollten, stocksteif wie Statuen. Dachten sie etwa, wir wären Diebe? Also bitte ...

»Ganz ruhig, Jungs. Wir sind auf eurer Seite«, sagte ich friedlich. Ich hatte keine Lust, gewaltsam in mein eigenes Gebäude einzudringen. Das sparte ich mir lieber für die Orte auf, die nicht mir gehörten. Um keinen Verdacht zu erregen, hatte ich mir sogar einen Mantel über den Zero-Anzug geworfen.

Der ältere der beiden erkannte mich als Erster. Obschon Lens Vater »offiziell« den Vorsitz der Lu Corporation innehatte, wussten doch die meisten Angestellten, dass Len und ich Anteile an der Firma besaßen. Was sie allerdings nicht wussten, war, dass wir nahezu hundert Prozent der Aktien unter uns aufgeteilt hatten.

»Oh, verzeihen Sie bitte, Mr. Bradford. Wir haben Sie nicht gleich erkannt.« Als ich sah, dass sein Kollege immer noch misstrauisch zu sein schien, versetzte ich ihm einen Stupser mit dem Ellenbogen. »Was ist los mit dir, Kamerad? Erkennst du uns nicht?«

Er musterte mich von oben bis unten. Immer größer wurden seine Augen, als würde er dem Präsidenten der Vereinigten Staaten höchstpersönlich gegenüberstehen.

»Verzeihung. Ich wusste nicht ...« In seinem Gesicht blieb einer dieser Ausdrücke hängen, die ganz ohne Worte so etwas sagen wie »Oh nein, ich Vollidiot«.

»Kein Problem.« *Ich bin es gewohnt, dass mir bewaffnete Typen nicht über den Weg trauen,* hätte ich beinahe noch angefügt. Aber den Kommentar sparte ich mir lieber.

»Warten Sie. Wir schalten nur kurz den Alarm aus, dann können Sie hineingehen.« Fünf Sekunden später öffnete sich der Haupteingang der Lu Corporation für uns.

»Warum machen sie das eigentlich nicht auch, wenn ich sonst mal irgendwo reinwill«, murmelte ich, während wir die Kälte von Los Angeles hinter uns ließen und das Gebäude betraten. Len kicherte.

»Na, vermutlich, weil es nicht ganz ungefährlich ist, dich in gewisse Orte reinzulassen.«

Hightech wurde in der Lu Corporation großgeschrieben.

Überall war Metall und Chrom, es gab eine Menge intelligenter Vorrichtungen und eine spiralförmige Rolltreppe, die sich in Bewegung setzte, sobald sie das Gewicht eines Menschen auf der ersten Stufe registrierte. An der Front des Empfangscounters war dasselbe Logo wie auf dem oberen Stockwerk des Firmengebäudes angebracht, sodass man es als Besucher gleich beim Eintreten sah. Und überall im Foyer konnte man Dutzende Hologramme bestaunen, die über die neuesten Errungenschaften des Konzerns informierten.

Während wir in den fünfzigsten Stock hinauffuhren, sah ich auf Ones Digitaluhr. *10:40.*

»Ich hoffe nur, dass die Geräte der Lu Corporation dem Würfel etwas anhaben können.«

»Bezweifelst du das etwa? Wir haben die besten Geräte hier.«

»Schon, aber du hast ja gesehen, was mit deinem Superscanner passiert ist.«

Len verzog das Gesicht.

»Das war mein Lieblingsgerät ...«, jammerte er.

Wir liefen durch das verschlungene Labyrinth der Korridore bis zum Labor. Wir gaben unsere Zugangsberechtigung auf dem Eingabepaneel ein, ließen unsere Fingerabdrücke scannen und passierten die Iris-Erkennung, bis sich die Schließmechanismen öffneten.

Das Labor war eine XXL-Version unseres Refugiums in Drayton. Noch mehr Maschinen, noch mehr Geräte, noch mehr Computer. Hier wurden die neuesten Erfindungen des Konzerns ausgeheckt. Wenn Len sich hier einschloss, bekam man ihn nicht so schnell wieder heraus.

Die Leute, die Zugang zu unserem Heiligtum hatten, konnte man an einer Hand abzählen. Außer uns hatte kaum jemand das Privileg, durch diese Tür zu schreiten. Deshalb war dieser Teil des Gebäudes auch meistens verschlossen.

Ich wollte gerade hineingehen, als Len mich am Arm festhielt.

»Was ist denn?«, fragte ich.

»Da ist jemand«, flüsterte er. Ich reckte den Hals. Zwischen all den Prototypen und unvollendeten Modellen war ein weißlicher Schimmer auszumachen ... Der Schein einer Lampe. Ich ging in Verteidigungsstellung. Bei der Nacht, die wir hinter uns hatten, konnte mich sonst was erwarten.

Ich ging weiter ins Labor hinein. Bestimmt wusste Len, wozu jedes der einzelnen Teile in den zahllosen Regalen gut war. Nachdem ich keine Ahnung von dem Zeug hatte, ließ ich lieber die Finger davon, um nicht versehentlich eines anzuschalten. Ich räumte eine Vorrichtung beiseite, die aussah wie ein Teilchenbeschleuniger, und beugte mich über das Metallgestell.

Der Lichtschein kam von einer kleinen Taschenlampe. Daneben stand jemand und fummelte an einem Teil voller Kabel herum. Er trug einen weißen Kittel, der ihm bis zu den Knöcheln reichte, und ihm hing ein Büschel schwarzer Haare ins Gesicht. Ein Dieb? Äh, Moment mal. Ein Dieb in *meinem* Unternehmen?

Bevor ich mich künstlich aufregen konnte, stürmte Len an mir vorbei.

»Papa?«

Die Person neben der Taschenlampe hob den Blick.

»Junge!« Henry Lu legte beiseite, womit er gerade beschäftigt gewesen war, lief auf Len zu und umarmte ihn.

Körperlich waren sie sehr unterschiedlich. Henrys Gesichtszüge waren rundlicher und seine Nase war spitzer. Er war auch größer als Len. Neben seinem Vater sah mein Freund aus wie ein Zwerg. Dafür teilten sie dieselbe Leidenschaft für alles, was einen Stecker hatte. Wenn sie erst mal anfingen, von Computern, Hauptplatinen und Mikroprozessoren zu sprechen, konnte ihnen keiner mehr wirklich folgen.

»Kyle!« Henry grinste von einem Ohr zum anderen. »Schön, dich zu sehen.«

»Schön, *Sie* zu sehen, Mister Lu.« Noch ein Unterschied. Len war die Introvertiertheit in Person. Sein Vater dagegen glänzte auf jeder Party.

»Sag doch Henry zu mir. Du weißt doch, ich hab's nicht so mit Förmlichkeiten.« Er trat ein Stück zurück und sah uns beide an. »Und? Was führt die Eigentümer der Lu Corporation hierher? Wollt ihr die Jahresberichte durchgehen?«

Puhhh … Wenn Henry mir den Jahresbericht schickte, wurde ich immer schlagartig todmüde und bekam Kopf- und Bauchweh gleichzeitig.

»Nein«, sagte ich. »Wir sind hier, weil wir ein klitzekleines Problem haben.«

»Was braucht ihr denn?«

Len zeigte ihm den Würfel. Seit Vater beäugte ihn interessiert. »Was ist das?«

Natürlich wäre es das Beste gewesen, ihm zu erklären, woher dieser Würfel stammte und wie wir zu ihm gekommen waren. Nur wusste Henry nichts von Zero. Schon gar nicht, dass ich es war, der sich hinter der silbernen Maske verbarg. Wenn er einen Verdacht hatte, so hatte er zumindest noch nie etwas Entsprechendes geäußert. Er tat einfach, worum sein Sohn ihn bat, und fragte ansonsten nicht weiter nach. Vielleicht wollte er gar nicht so genau wissen, was wir alles im Schilde führten. Oder aber er hatte Angst, es herauszufinden.

Also sparte ich mir die Details.

»Wir versuchen, das Ding zu erforschen«, sagte ich.

»Wir müssen den Würfel irgendwie aufbekommen, um zu sehen, was darin ist«, ergänzte Len. »Und das ist gar nicht so einfach. Wir haben es schon mit dem Scanner in Drayton probiert, und na ja ... sagen wir mal, das hat nicht viel gebracht.«

»Der Scanner ist eines der leistungsstärksten Geräte auf dem Markt«, sagte Henry. »Wie kann es sein, dass ihr damit nichts herausgefunden habt?«

»Um genau zu sein, *war* er eines der leistungsstärksten Geräte auf dem Markt«, präzisierte ich. »Jetzt ist er ein Haufen Schrott.«

»Das ist ...«

»Das war der Würfel«, erklärte Len. »Er hat das Gerät komplett zerstört.«

Henry schien überrascht. Damit, dass der Scanner wegen eines einfachen Würfels dahingeschieden war, hatte er offenbar nicht gerechnet.

»Dann fahren wir besser die schwereren Geschütze auf.«

Sechs Stunden später fiel die Bilanz unserer Untersuchungen nicht besonders gut aus. Fünf zerstörte Geräte, weitere zwei komplett versengte Scanner ... und der Würfel so unversehrt wie zuvor. Als mir der zehnte Dietrich aus der Hand flog und an der Wand kleben blieb, tobte ich.

»Geht dieses Ding denn überhaupt nicht auf!?«, brüllte ich.

Henry nahm seine Brille ab und legte sie auf den Tisch.

»Man muss schon sagen, das Ding ist gut verarbeitet.« Er tastete den Würfel ab. »Da hat jemand eine exzellente Arbeit hingelegt. Und er ist bestimmt nicht leer ausgegangen. Nur: Warum sollte jemand ein kleines Vermögen dafür investieren, so ein Teil herstellen zu lassen?«

Dafür konnte es nur einen Grund geben. Was auch immer sich *in* dem Würfel befand, musste so wertvoll sein, dass es einen solchen Aufwand rechtfertigte.

»Und wenn wir es mit dem Laser versuchen, Len?«, schlug Henry vor.

»Hab ich schon.«

»Und die Fräse?«

»Probieren können wir's ja«, meinte Len wenig überzeugt. Henry verließ das Labor, um die besagte Fräse zu holen. Ich nutzte seine Abwesenheit für eine Atempause. Ich setzte mich auf einen Hocker und massierte mir die Stirn. Len ließ sich neben mich fallen. Ones Uhr zufolge würde die Frist in etwas mehr als vier Stunden ablaufen.

»Wir werden es riskieren müssen. Miranda hat oberste Priorität. Wir dürfen nicht zulassen, dass One ihr etwas antut. Wir werden ihm den Würfel wohl aushändigen müssen.«

»Ohne zu wissen, was sich darin befindet?«

»Was bleibt uns denn übrig? Wir bekommen ihn ja nicht auf.«

»Und wenn wir One einen falschen Würfel geben? Wir könnten eine Kopie anfertigen. Das haben wir doch auch mit den Sachen gemacht, die du gestohlen hast, um Cooper hinters Licht zu führen.«

»Das ist was anderes. One ist viel intelligenter als Cooper. Er wird es merken, wenn er eine Fälschung bekommt.«

Len seufzte resigniert.

»Wahrscheinlich hast du recht.«

Ich legte mir den Würfel auf die Knie. Fast gleichzeitig begann meine Kugel in meiner Tasche aufgebracht zu zucken. Das Wort »Gefahr« mäanderte in ihrem Inneren und wand sich voller Ungeduld. *Sie* wusste, was sich in dem Würfel verbarg. Und sie warnte mich davor.

Ich nahm den Würfel in die eine Hand und meine Kugel in die andere und brachte sie auf dieselbe Höhe. Sie waren fast gleich groß. Ich näherte sie einander an, bis sie direkt nebeneinander waren. Wie konnte die Kugel wissen, was sich im Würfel verbarg?

»Kyle, schau mal!«, rief Len.

Sein Finger zeigte auf eine der Seiten des Würfels. Eine dünne Linie zog sich über die gesamte Fläche. Ein Riss. Winzig klein, so fein wie ein Haar. Ich betrachtete ihn verwundert. Der Riss war vorher nicht da gewesen. Hatten wir es endlich geschafft, das Gehäuse zu beschädigen? Ich steckte meine Kugel weg und konnte meine Begeisterung kaum zügeln. Wenn wir diesen Spalt hinbekommen hatten, dann würden wir auch den gesamten Würfel kleinkriegen …

Aber als wir den Würfel dann genauer unter die Lupe nehmen wollten, war der Riss verschwunden. Die Oberfläche war völlig intakt. Makellos.

»Was …?«

Ich prüfte jede einzelne Seite ganz genau. Jeden Zentimeter. Alles sah wieder genauso aus wie zuvor!

»Das gibt's doch nicht«, staunte ich. »Du hast es doch auch gesehen, Len?«

»Ja, klar, genau da war es.«

Wie konnte die Öffnung erst aufgetaucht und dann wieder verschwunden sein? Ich hatte doch nichts anderes getan als zuvor. Nur …

Moment mal.

Ich holte meine Kugel noch mal aus der Tasche. Dann legte ich sie neben den Würfel, genau wie zuvor. Nichts. Ich rückte sie ein Stück näher heran. So nahe, dass ihr Glas die weiße Oberfläche berührte.

Und in diesem Moment erschien der Haarriss erneut.

Ich fuhr mit dem Daumen darüber. Ja, der Riss war wieder da. Eine winzige Furche. An genau derselben Stelle. Ich entfernte die Kugel, und der Spalt schloss sich wieder.

»Der Schlüssel zu diesem Würfel …«, flüsterte Len, »ist deine Kugel?«

Sah ganz so aus. Und je länger die Kugel neben dem Würfel lag, desto größer wurde der Spalt. Ein Millimeter. Drei. Fünf. Zehn. Zwanzig ... Als uns der Zusammenhang bewusst wurde, war der Spalt schon groß genug, um durch ihn ins Innere des Würfels zu sehen. Len und ich beugten uns vor.

In dem Würfel lag eine weitere Kugel. Allerdings war sie anders als meine. Sie war karmesinrot. Rot wie Blut. Und sie war von einem Nebel umhüllt, der mich an den Dunst in Raum neun in Blackforest erinnerte.

Ein nebliger Tentakel entströmte der Kugel und umschlang meinen Unterarm. Als er mich berührte, wand ich mich unbehaglich. Es fühlte sich an, als würde ein Toter mich berühren. Mit einem Satz sprang ich auf.

»Was ist denn?«, fragte Len.

»Ich weiß nicht ... Mir gefällt das nicht.« Von der rätselhaften Kugel ging ein Schimmer aus. Len bemerkte es gar nicht. Aber ich. Ich zog die Schultern ein.

»Was denkst du, wem sie gehört?«

»Vielleicht niemandem«, antwortete ich. »Soweit ich weiß, stirbt ein Träger, dessen Kugel zerstört wird. Aber ob das auch andersherum funktioniert ... keine Ahnung.«

Len holte die Kugel aus dem Würfel heraus. Sie hatte etwas so Anziehendes, dass es mir schwerfiel, den Blick von ihr abzuwenden ...

Auf einer Seite war etwas ins Glas geritzt worden.

»Was steht da?«

Es war ein Name. Aber nicht irgendeiner.

Raven.

»Nicht schlecht ... sieht ganz so aus, als hätte Zero es geschafft«, sagte eine fiese Stimme.

Len und ich zuckten gleichzeitig zusammen.

Boundell war auf den Labortisch geklettert und hockte dort

wie eine Katze. Als er sah, dass er unsere Aufmerksamkeit hatte, ließ er eine seiner irren Lachsalven los. Und er war nicht allein. Im Halbdunkel zeichneten sich Cassandras bösartige kleine Augen ab. Sie hatte das Metallrohr dabei, mit dem sie mich in Blackforest ausgeknockt hatte.

Das Erste, was mir in den Sinn kam, war ein gewaltiges Schimpfwort, das in meinem Hirn wie ein Feuerwerk losging. Von allen Menschen des Universums standen diese beiden ganz oben auf meiner Liste der »Leute, denen man am besten nie wieder über den Weg läuft«.

»Ach ja, das hatte ich ganz vergessen zu erwähnen«, sagte Cassandra. »Das Aufspüren von Leuten ist Boundells größtes Talent. Da kannst du kilometerweit weg sein – Boundell wird dich finden.« Der Alte schnupperte in die Luft wie ein Spürhund. »Wir sind dir gefolgt, seit du aus Blackforest abgehauen bist – bis hierher.«

»Wie hast du das gemacht?«, fragte Boundell. Er legte den Hals schief, quasi horizontal, in einem scheinbar unmöglichen Winkel. »Wie ... hast du den Würfel aufbekommen? Wir haben es auch versucht ... Wie?«

Cassandra brachte ihn zum Schweigen.

»Das spielt jetzt keine Rolle, Boundell.« Sie streckte die Hand aus. »Gib mir die Kugel. Wenn du tust, was wir sagen, erledigen wir euch kurz und schmerzlos.«

Ich rührte mich nicht. Ich konnte die Kugel nicht aus der Hand geben. Sonst würde Miranda sterben. Das Problem war nur, dass ich unbewaffnet war und Cassandra und Boundell es scheinbar kaum erwarten konnten, mich in tausend Stücke zu reißen. Ich musste etwas unternehmen. Und zwar schnell.

Ganz langsam bewegte ich mich in Richtung des Regals rechts von mir, ohne dass jemand Notiz davon nahm.

»Gib sie mir«, sagte Cassandra nachdrücklich.

»Es gibt da eine gewisse Komplikation, weißt du. Diese Kugel ist in letzter Zeit scheinbar unheimlich gefragt.« Ich bewegte mich ein Stück weiter. *Nur noch ein kleines bisschen näher* ... »Es wollen sie einfach zu viele Leute haben, aber das geht natürlich nicht, weil ja nur einer von uns sie haben kann.«

»Du sollst sie mir geben, hab ich gesagt!«, brüllte Cassandra angespannt vor Zorn. Ich blieb gelassen.

»Warum interessiert ihr euch eigentlich so für sie?« Noch einen Schritt.

»Das geht dich nichts an.«

»Das geht mich allerdings was an. Wollt ihr sie benutzen?«

»Niemals würden wir Ravens Kugel benutzen!«

Sieh an, sieh an ... Die Kugel gehörte also Raven. Das erklärte auch, warum sein Name auf ihr eingraviert war ...

»Du darfst sie nicht anfassen!« Boundell krallte seine Fingernägel in den Tisch. »Diese Kugel ... gehört ... ihm!«

Er stürzte sich auf uns, genau in dem Moment, als ich dem Regal, an das ich mich allmählich herangepirscht hatte, einen Stoß versetzte. Eine nach der anderen rutschten die Maschinen von den Regalbrettern. Ein Regen aus Elektrogeräten ging auf die beiden Träger nieder und begrub ihre Schimpftiraden und Flüche unter ohrenbetäubendem Lärm.

»Raus hier!«, rief ich Len zu. So gut es ging, bahnten wir uns einen Weg durch das Chaos und rannten auf den Ausgang zu. Aber wir kamen nicht bis zur Tür. Eine Hand schloss sich um meinen Knöchel und ich strauchelte.

»Warum so eilig?«, fragte Cassandra. Quer über ihre Wange zog sich ein Kratzer, und ein Rinnsal aus Blut lief ihr den Hals hinunter. Aber sie war noch nicht erledigt. Wie ein Tiger auf der Jagd hockte sie auf dem Trümmerhaufen, den ich angerichtet hatte. Mein Manöver, das uns eigentlich hier rausbringen sollte, hatte nicht funktioniert.

»Ich werde dich nicht noch einmal entkommen lassen!«

Mit ihrer rechten Hand packte sie meinen Knöchel jetzt noch fester, und mit der linken krallte sie sich in meinen Oberschenkel. Auch Boundell neben ihr kam langsam wieder zu sich. Jetzt würde es gleich zwei gegen einen heißen. Ich hielt die rote Kugel fester. Ich würde sie verteidigen, und wenn es das Letzte war, das ich tat.

»Niemand wird dich mehr erkennen, wenn ich mit dir fertig bin«, zischte Cassandra. »In winzige Stücke werde ich dich zerteilen …«

Etwas landete auf ihrem Kopf. Der Schlag verwirrte sie. Sie sah mich an, ohne zu begreifen, was geschehen war. Dann wurde ihre Aufmerksamkeit auf etwas hinter mir gelenkt. In unserem Rücken stand Len, mit dem Metallrohr in den Händen.

»Du! Wie kannst du es wagen …« Noch einmal verpasste Len Cassandra einen Schlag. Sie verdrehte die Augen. Ihre Arme wurden plötzlich schlaff, und schließlich sackte ihr ganzer Körper bewusstlos vor mir zusammen. Nie zuvor hatte ich gesehen, dass Len bei einer Schlägerei Partei ergriffen hatte. Ich war so überrascht, dass ich gar nicht wusste, was ich sagen sollte. Und wie es aussah, ging es ihm nicht anders.

»Alles okay?«

»Ja, ja. Es ist nur … Ich glaube, das war das erste Mal, dass ich jemanden geschlagen habe.«

»Ihr entkommt mir nicht!«, rief Boundell in diesem Moment. Irgendwie rappelte er sich auf, wobei er sich mit dem Rücken an dem Regal abstützte, das ich umgeworfen hatte. »Die Kugel gehört Raven!«

»Raus hier!«, schrie ich. Das musste ich nicht zweimal sagen. Ohne nachzudenken, stürmten wir los. Wir rannten aus dem Labor und schlugen die Tür hinter uns zu. »Schnell! Blockier die Tür!«

So schnell seine Finger konnten, tippte Len die Code-Abfolge ein, die die Tür verriegeln würde.

»Ihr gehört mi-hir! Miihiir!«, trällerte Boundell auf der anderen Seite. Er warf sich mit seinem ganzen Gewicht gegen die Tür, die sich ein paar Zentimeter weit öffnete. Ich stemmte meine Fersen dagegen, um den Angriff abzuwehren.

»Beeil dich!«, rief ich Len zu. Wieder stürmte Boundell gegen die Tür, und ich prallte zurück. Mir klapperten die Zähne. »Ich halt nicht mehr lange durch!«

»Fertig!«, rief Len. Direkt danach hörte ich, wie die Verriegelungen einrasteten und der Träger an der jetzt sicher verschlossenen Tür abprallte. »Haben wir es geschafft?«

»Wir werden wohl nicht bleiben, um das zu überprüfen«, gab ich zurück.

»Len!« Am anderen Ende des Gangs tauchte Henry Lu auf. Sein Haar war zerzaust und sein Kittel verrutscht. »Da unten schießen ein paar Soldaten auf die Lu Corporation! Sie haben das Gebäude umstellt.«

Mir entfuhr ein Stöhnen. Wenn das wirklich Soldaten waren, dann konnte ich mir gut vorstellen, wer ihr Anführer war. Captain Alfred. Aber wie hatten sie uns gefunden?

»Wir müssen fliehen«, sagte ich.

»Fliehen?«, fragte Henry, und sein Tonfall hatte etwas Schrilles. »Warum sollten wir fliehen? Ich verstehe überhaupt nicht, was los ist!«

Sollte ihm doch bitte jemand anderer erklären, vor wem und warum wir hier wegmussten …

»Wie viele Ausgänge gibt es außer dem Haupteingang?«

Es hatte schon einen gewissen Witz, dass ich das Gebäude, in dem sich mein eigenes Unternehmen befand, so wenig kannte, dafür aber auswendig wusste, wo sich die wichtigsten Banken und Museen des Landes befanden. Aber zum Glück war Len ja auch noch da.

»Im Keller gibt es einen Notausgang, der nach draußen führt. Er wurde eingebaut für den Fall, dass die Büros einmal evakuiert werden müssen.«

»Perfekt. Den nehmen wir. Wie kommen wir dahin?«

Lens Antwort ging in einer heftigen Explosion unter, die den ganzen Wolkenkratzer erschütterte.

»Was war das denn?«, fragte Henry.

Ich würde meine Zero-Maske darauf verwetten, dass Team Alfred für den Lärm verantwortlich war. Sie wollten sich offenbar mit Gewalt Zugang zur Lu Corporation verschaffen.

»Ist doch egal. Lasst uns hier verschwinden!«

Ich packte Henry am Arm und schob ihn in Richtung der Aufzüge. Len folgte uns mit gesenktem Kopf. Ich wusste, was er dachte. Er würde die ganzen Erfindungen aus dem Labor nie wieder zu Gesicht bekommen. Boundell und Cassandra würden mit allem, was sie in die Finger bekamen, versuchen, die Tür aufzubekommen, und das bedeutete, dass sich viele seiner Prototypen in Nichts auflösen würden.

Wir fuhren hinunter in den Keller des Gebäudes. Unterwegs hörten wir weitere Explosionen. Nur dass sie diesmal aus den oberen Stockwerken kamen. Team Cassandra verlor scheinbar auch keine Zeit.

Als wir unser Ziel erreicht hatten, war Henry Lu am Rande eines Herzinfarkts. So viel Action war einfach zu viel für ihn.

»Und wo geht's jetzt lang?«, fragte ich, als sich die Tür des Aufzugs öffnete. Wir waren in einem Lagerraum gelandet. Hunderte Kisten mit dem Stempel unserer Firma darauf waren hier aufgestapelt. Am Ende des Raums war eine einzelne Luke zu sehen.

»Dahinten ist es.«

Ich nickte. Um jeden Preis wollte ich diese Tür erreichen. Aber kaum hatte ich einen Fuß nach vorne gesetzt, wurde mir klar, dass wir zu spät gekommen waren.

»Ein seltsamer Ort, um sich wiederzutreffen.«

Alfred kam hinter einem Stapel Kisten hervor. In seiner Hand blitzte ein langes Messer, eines, wie man es bei der Jagd verwendet. Sein Gesicht wurde vom Schein des Aufzugs beleuchtet.

Es war niemand bei ihm. Seine Männer durchkämmten vermutlich die oberen Etagen.

»Dann bist du also Zero ...«, meinte er.

»Vielleicht. Vielleicht auch nicht«, erwiderte ich reserviert.

»Du kannst dir deine Lügen sparen. Du trägst einen Tracker an deinem Anzug mit dir herum. Ich habe ihn dir in Blackforest untergeschmuggelt, als wir miteinander gesprochen haben. Du kannst dich nicht mehr rausreden«, antwortete er. Ich verspürte den Impuls, meine Ärmel und die Hosenbeine abzutasten. Also hatten auch sie meine Spur verfolgt? Alfred schien meine Gedanken zu lesen. »Ich habe nie geglaubt, dass du nicht der echte Zero bist, also habe ich dich überwachen lassen, für den Fall, dass du fliehen würdest.«

Na großartig ... Also war auch Lens Plan nicht aufgegangen.

»Du wirst mit mir nach Blackforest zurückgehen.«

»Wohl kaum. Ich habe Interessanteres zu tun.«

»Das wirst du wohl verschieben müssen, fürchte ich ... und zwar auf unbestimmte Zeit.«

Er hob sein Messer, hielt es auf Brusthöhe vor sich und stürzte sich auf mich. Das Ganze ging so schnell, dass er im

Handumdrehen über mir war. Henry stieß einen Schrei aus. Auch Lens besorgtes Murmeln konnte ich hören. Ich schnellte zurück, um der Klinge auszuweichen. Das Metall streifte mich und hinterließ einen schmerzhaften Kratzer.

»Du bist gut«, flüsterte ich.

»Du bist aber auch nicht schlecht.«

Alfred startete einen neuen Versuch. Es gelang mir zwar, seinem Angriff auszuweichen, aber diesmal kostete es mich mehr Kraft. So langsam ließ mich meine Energie im Stich. Ich kam mir immer unbeholfener vor, und mein anhaltendes Keuchen konnte nichts Gutes verheißen. Im Unterschied zu meinem Gegenspieler war ich nach der letzten Nacht nicht gerade in Bestform. Mit anderen Worten, ich brauchte schon ein Wunder, wenn ich heil aus der Lu Corporation herauskommen wollte.

Und wenn das Wunder nicht zu mir kam, dann musste eben ich zu ihm kommen.

Ich tat so, als würde ich auf den Boden sehen, und griff nach meiner Kugel. Nie zuvor hatte ich sie während eines Gefechts benutzt. Das war unfair, und ich wusste es. Aber es war meine einzige Chance, aus diesem Kampf als Gewinner hervorzugehen. Einen weiteren Fehltritt konnte ich mir nicht erlauben. Dafür reichte die Zeit nicht mehr aus.

Ich las die Vorhersagen der Kugel und prägte sie mir ein. Meine eigenen Fehler, die ich begehen würde, und jeden einzelnen Schritt meines Gegenspielers. Dann steckte ich die Kugel zurück in meine Tasche.

Eben wurde der zweite Angriff in die Wege geleitet ...

Ich beugte den Arm und rammte Alfred meinen Ellenbogen ins Gesicht. Ein Zischen entfuhr ihm. Kurz bevor die Klinge seines Messers mir in den Hals schneiden konnte, ging ich in die Hocke und verpasste ihm einen Tritt in die Leiste.

Kaum hatte er sich gefangen, setzte er zu einem neuen Versuch an. Und zwar genau so, wie ich es erwartete. Mit einem Schlag entriss ich ihm das Messer und rammte es ihm in millimetergenauer Präzision in den Oberschenkel. Blut spritzte auf den Boden des Lagerraums. Alfred stieß einen Schmerzensschrei aus.

Ich beobachtete ihn, wie er die Hand auf die Wunde presste.

Und wenn ... und wenn ich zu Ende brachte, was ich angefangen hatte? Ich könnte ihn auslöschen ... Umbringen. *Es wäre gar nicht kompliziert. Es würde mich gar nicht so viel Kraft kosten.* Ich streckte den Arm aus. Meine Finger schlossen sich um seinen Hals, ohne dass ich meinem Gehirn erst den Befehl dazu geben musste ... Sie taten es einfach, als wären sie bereits dafür programmiert.

Es wäre beleidigend einfach.

Alfred versuchte sich loszumachen. Aber ich ließ ihn nicht. Immer fester drückte ich zu. Fester und fester. Sein Gesicht wurde allmählich violett. Er war drauf und dran zu ersticken. Das Leben wich aus seinem Körper. Und meine Gewissensbisse lösten sich einfach auf, genau wie damals in der Bibliothek, als ich Mike angegriffen hatte. Ich wollte zerstören, ich wollte Schaden anrichten und ... ich wollte Gefallen daran finden.

Und das tat ich auch. Ich genoss es ...

Jemand zog an mir, damit ich meine Beute losließ. Ich befreite mich von der lästigen Unterbrechung und konzentrierte mich wieder auf Alfreds schwachen Hals. Er war so unbedeutend ...

»Kyle!«

Wieder wurde ich gepackt. Wütend knurrte ich und stieß den Störenfried von mir. Es war Len. Er sah mich mit aufrichtigem Entsetzen an. Er hatte Angst. Vor mir.

Ich schüttelte den Kopf. Dann sah ich auf meine Finger ... Wie sie sich in Alfreds Haut krallten ... *Was ... was machte ich da?*

Ich ließ ihn los. Ich ging weg von ihm, ohne den Blick von den Abdrücken abwenden zu können, die ich auf seinem Hals hinterlassen hatte. Er schnappte nach Luft. Aber ich wagte es nicht, zu ihm zu gehen, um ihm zu helfen. Ich hatte Angst, ihn zu berühren, Angst, noch mehr Schaden anzurichten.

»Ich ...«, flüsterte ich. Mein Magen zog sich zusammen. Übelkeit stieg mir die Luftröhre hoch. »Ich wollte nicht ...«

Mir fehlten die Worte. Ich wusste nicht, wie ich rechtfertigen sollte, was ich getan hatte ... und so sagte ich gar nichts. Drehte mich nur um und lief zum Ausgang. Ohne mich noch einmal umzusehen.

Len kam mir nicht nach. Wahrscheinlich war er von der Wendung, die die Ereignisse gerade nahmen, genauso überrumpelt wie ich.

KAPITEL 37

Len fand mich zusammengekauert mit an die Brust gezogenen Knien in einer einsamen Gasse, zwei Blocks von der Lu Corporation entfernt. Seine Schulter stieß gegen meine, als er sich neben mich fallen ließ.

»Mein Vater ist gegangen. Ich habe ihm ... ein Taxi gerufen, das ihn nach Hause bringt. Dort werden ihn Alfred und seine Leute nicht finden.«

Aber das war nicht die Wahrheit. Sein Vater hatte sich das nächstbeste Taxi geschnappt, um so schnell wie möglich von mir wegzukommen. War ja auch kein Wunder. Schließlich hatte ich gerade direkt vor seinen Augen versucht, einen Mann mit meinen eigenen Händen zu strangulieren.

»Vor ein paar Tagen, in Drayton ...«, flüsterte ich. »Kannst du dich an das Erdbeben erinnern?«

»Ja, klar. War doch überall Thema. Das Dach der Bibliothek wäre fast runtergekommen.«

»Das war kein Erdbeben, Len. Das war ich. Das weiß ich jetzt. Als ich Mike mit Miranda gesehen habe, war ich rasend vor Wut und habe die Kontrolle verloren.«

»Was sagst du da? Das kann nicht sein, das kannst nicht du gewesen sein.«

»Ich weiß! Es hört sich völlig irre an. Ich dachte ja auch, es wäre Zufall. Aber du hast ja selbst gesehen, was gerade passiert ist ... Damals wollte ich Mike umbringen. Und wenn Miranda nicht gewesen wäre, hätte ich es auch getan. Genauso war es heute mit Alfred ... Es ist schwer zu erklären. Es ist, als würde eine Kraft von mir Besitz nehmen, die ich nicht kontrollieren kann. Und dann denke ich nur noch ans Töten. Ich ... Ich merke dann überhaupt nicht mehr, was ich gerade tue.« Ich vergrub das Gesicht zwischen den Knien. »Irgendwas geschieht mit mir, und ich weiß nicht, was es ist. Es ist, als ... wäre ich nicht mehr derselbe.«

»Natürlich bist du noch derselbe.«

»Nein!«, schrie ich. »Bin ich eben nicht. Das merke ich doch.«

»Glaubst du, das hat etwas mit dem Chip zu tun?«

Ich legte den Kopf schräg.

»Ich habe nach der Operation doch unzählige Tests gemacht, und die Ärzte haben nichts Ungewöhnliches festgestellt.« Meine Stimme wurde immer leiser. »Ich habe Angst, Len. Was, wenn nächstes Mal niemand bei mir ist, der mich aufhält?«

»Kyle ...«

»Ich mein's ernst.«

»Ich auch. Du musst dich einfach ausruhen. Das ist alles. Du hast zwei Tage nicht geschlafen. Wir sollten jetzt erst mal für ein paar Stunden nach Drayton gehen, wenigstens, bis ...«

»Nein. Kommt überhaupt nicht infrage«, sagte ich bestimmt. »Wir müssen Miranda retten. Sie ...«

Wir hörten Schritte am Ende der Gasse und etwas weiter entfernt die Stimmen der Soldaten aus Blackforest.

»Er ist hier irgendwo. Sucht weiter!«

»Der Tracker. Schnell!«, sagte Len. »Sonst haben sie dich gleich.«

Wir suchten jede Falte meines Anzugs ab. Erstaunlicherweise brauchten wir nicht lange, um das Ding zu finden, durch das uns die Soldaten hatten folgen können. Es war winzig und hing in den Stofffalten verborgen an meinem Hosenbund. Alfred musste es dort platziert haben, als er mir im Gefängnis eins übergezogen hatte.

Schonungslos riss ich den Tracker ab und zerrieb ihn zwischen den Fingern, bist nur noch Pulver übrig war. Die Reste warf ich auf den Boden.

»Wir müssen los.«

»Und wohin?«

»In die Villa Bradford«, sagte ich nach kurzem Zögern.

»Vielleicht weiß ja Jane etwas über die rote Kugel, das uns weiterhilft.«

Len hatte nichts dagegen einzuwenden, und so entfernten wir uns von der Lu Corporation, so schnell uns unsere Beine trugen.

KAPITEL 38

Vom Garten aus hörte man das Gelächter der Gäste. Wie hätte es auch anders sein können? Das Jahr ging schließlich auf sein Ende zu, und Tante Janes Dinner in unserem Haus um diese Jahreszeit war schon seit längerem eines der bedeutendsten Ereignisse der internationalen High Society. Ich allerdings war nicht zum Essen in die Villa Bradford gekommen. Und auch nicht, um die ganzen Berühmtheiten zu begrüßen, die sich im Salon tummelten.

Ich war aus einem ganz anderen Grund hier.

Um nicht gesehen zu werden, betraten Len und ich das Haus durch den Dienstboteneingang, von wo aus wir direkt zu Tante Janes Zimmer hochschlichen. Ohne abzuwarten, dass unsere Haushälterin mich ankündigte, stieß ich die Tür auf.

»Himmelherrgott, Kyle! Du hast mich vielleicht erschreckt«, rief meine Adoptivmutter aus. Sie war in den letzten Zügen, sich für den Empfang ihrer Gäste fertig zu machen, und in ihren Händen blinkte eine wertvolle Perlenkette. »Wo kommt ihr denn her?«

»Von der Lu Corperation. Und davor von einem Ort namens Blackforest. Sagt dir das was?«

Tante Jane wurde bleich.

»Sag mir, dass du nicht dort warst.«

»Ich war nicht nur dort, ich musste sogar in das Gebäude reingehen und mich ein wenig umsehen. War kein Spaß.«

»Hast du den Verstand verloren, Kyle!? Du schaffst es noch, dass sie dich umbringen!«

»Hast du etwa gewusst, dass Blackforest ein Gefängnis für Träger ist?«

»Ja.«

Ich verdrehte die Augen.

»Warum hast du mir bloß nie davon erzählt?«

»Ich hielt es nicht für nötig.«

»Nicht für nötig!? Ich habe mich, ohne mir darüber im Klaren zu sein, in eine Höhle voller Löwen begeben, aus der ich um ein Haar nur noch als Leiche wieder rausgekommen wäre – und dir fällt nichts anderes ein, als mir zu sagen, dass du es nicht für nötig gehalten hast?«

Sie verlagerte ihr Gewicht von einem Fuß auf den anderen und war offensichtlich wenig angetan von dem Verlauf, den das Gespräch nahm.

»Und warum bist du nach Blackforest gegangen?«

»Um etwas zu stehlen.«

»Wie bitte!?«

»Miranda ist in Gefahr. Der Typ, der mich neulich verletzt hat, hat sie entführt, und ich kann sie nur retten, wenn ich einen bestimmten Gegenstand stehle.«

»Was für einen Gegenstand?«

Len zeigte ihr die rote Kugel. Tante Jane schlug die Hände vor den Mund, ihre Finger zitterten.

»Was ist?«

»Du musst diese Kugel zerstören, Kyle.«

»Das kann ich nicht.«

»Du *musst* sie zerstören!«, schrie Tante Jane. Nie zuvor hatte ich sie so gesehen. Mit diesem panischen Gesichtsausdruck. Sie war verschreckt. Nein: Sie war völlig verängstigt.

»Wovor hast du solche Angst?«, flüsterte ich. »Was ist denn so besonders an der Kugel?«

Sie sah zur Seite.

»Nichts. Sie ist genau gleich wie unsere Kugeln.«

Ja, das stimmte schon. Sie war genauso wie unsere Kugeln. Und gleichzeitig war sie es aber auch nicht.

»Liegt es vielleicht an ihrem Träger? Könnte das den Unterschied machen?«

Tante Jane schlug mit einer Gegenfrage zurück.

»Was weißt du denn von ihrem Träger?«

»Nicht viel. Nur, dass er Raven heißt. Hast du ihn mal kennengelernt?«

»Nein«, sagte sie schnell. Ihre Antwort klang falsch. Sie log mich an.

»Also dafür, dass du nichts von ihm weißt, hast du ziemlich großes Interesse daran, dass ich seine Kugel zerstöre ...«

»Vertrau mir einfach, Kyle.«

»Du sagst mir nicht die Wahrheit.«

»Das kann ich nicht ...«

»Warum?«

»Es ist ... kompliziert.« Wir sahen uns an. »Schaff dir die Kugel vom Hals. Tu es für mich. Bitte ...«

»Und was ist mit Miranda?«

»Die Kugel zu zerstören, ist wichtiger als alles andere.«

Bat sie mich etwa gerade, Miranda zu opfern? Das konnte ich doch unmöglich tun! Ein Klopfen an der Tür unterbrach unser Gespräch.

»Miss Jane, Ihre Gäste werden langsam ungeduldig.«

»Ich komme sofort, Greta«, antwortete Tante Jane. Aber mit ihrer Aufmerksamkeit blieb sie bei mir. »Fahr zurück nach Drayton und bitte Sebastian, dir zu helfen, die Kugel zu zerstören. Er wird wissen, was zu tun ist.« Sie nahm mich bei den Schultern, und wieder sah ich die Angst in ihren Augen. »Tu, was ich dir sage, bevor es zu spät ist.«

Ich ließ sie gehen und setzte mich auf die Bettkante. Len stand am Fenster, genauso durcheinander wie ich.

»Ich werde Miranda nicht sterben lassen«, murmelte ich.

»Aber was sollen wir jetzt tun?«

Ich hatte nicht die leiseste Ahnung ... One hatte uns in eine heikle Lage manövriert. Entweder opferte ich meine Freundin, oder ich händigte ihm die Kugel aus, obwohl Tante Jane sie um jeden Preis zerstört sehen wollte.

Wie sollte ich mich entscheiden?

Ich war klar im Nachteil. One spielte mit mir, wie es ihm gerade passte. Ich dagegen hatte nichts in der Hand, um dasselbe mit ihm zu tun.

Außer ...

Das war's! Er hatte doch meinen Schwachpunkt entdeckt. Was, wenn *ich* nun auch *seinen* Schwachpunkt entdeckte? Es musste doch einen Riss geben in seinem perfekten Panzer. Er konnte nicht unschlagbar sein. Ich musste seine Achillesferse finden.

Mal sehen ...

Das Wenige, was ich von ihm wusste, war, dass er um jeden Preis diese rote Kugel haben wollte. Und zwar ganz konkret *diese* Kugel. Keine andere. Das musste doch einen Grund haben, es musste irgendetwas geben, das diese krankhafte Besessenheit rechtfertigte. Und wenn dieser Grund irgendwie mit dem rätselhaften Träger zu tun hatte, den Tante Jane so sehr fürchtete? Was, wenn ich etwas in Ravens Geschichte fand, das mir dabei half, One zu bezwingen?

»Len, ich brauche sämtliche Informationen, die du über Raven finden kannst.«

»Das ... Kyle ...« Zögerlich fuhr er sich mit der Zunge über die Oberlippe. Das gefiel mir nicht.

»Verbirgst du etwa auch etwas vor mir?«

»Nein! Ich ...« Er seufzte und gab sich geschlagen. »Okay. Da ist etwas, das ich dir nicht erzählt habe. Als du aus Blackforest zurückgekommen bist, war ich gerade dabei, etwas zu recherchieren, das Alfred erwähnt hatte ... diese Sache, die vor zehn Jahren geschehen war und mit Raven zu tun hatte, erinnerst du dich?«

»Ja.«

»Ich hatte das Gefühl, es könnte uns vielleicht dabei helfen, One zu bezwingen.«

»Das ist ja großartig!«, rief ich aus. »Und was hast du rausgekriegt?«

»Ich habe sämtliche Systeme abgesucht, auf die ich Zugriff habe. Inklusive der vertraulichen Datenbanken der Regierung. Und weißt du, was ich gefunden habe?« Ich öffnete die Arme, als wollte ich sagen ›Keine Ahnung, Alter‹. »Nichts.«

»Nichts?«, wiederholte ich ungläubig.

»Scheinbar sind sämtliche Archiveinträge, die irgendwie mit Raven in Verbindung stehen, gelöscht worden. Jemand hat sich richtig viel Mühe gegeben, den Typen komplett auszuradieren. Und da ist noch was, Kyle ... Ich weiß, wer das war.«

»Alfred?«

»Nein. Detective Dimitri Cooper.«

KAPITEL 39

Silver Eye war eine zwielichtige Bar im Randbezirk von Los Angeles. Abend für Abend kam hier ein illustrer Haufen an Straftätern zusammen. Vom Schmalspur-Mafioso über Drogendealer bis hin zum Taschendieb. Die Kundschaft gehört nicht gerade der Elite der Stadt an, und dasselbe galt auch für den Besitzer des schmuddeligen Etablissements, einen dicklichen Typen, der unter dem Tresen geschmuggelte Drogen und Pistolen verwahrte.

Einer der letzten Neuzugänge unter den Stammgästen des Silver Eye war ein Mann mit texanischem Akzent und grauen Augen. Man nannte ihn hier »den Gescheiterten«, auch wenn sein echter Name ganz anders klang.

Dimitri Cooper.

Von meinem Versteck aus, einer nach verdorbenem Fisch stinkenden Mülltonne, beobachtete ich, wie er einen weiteren Whiskey trank. Den dritten in der knappen Stunde, die ich ihn jetzt beobachtete. Er war kaum wiederzuerkennen. Er trug einen ungepflegten Vollbart, sein Haar war fettig und sein Regenmantel starr vor Dreck. Kaum zu glauben, dass dieser wie ein Bettler aussehende Mann derselbe war, der noch vor einem Monat versucht hatte, mich gefangen zu nehmen, und dass ihm das auch noch beinahe gelungen wäre.

Es tat mir leid, ihn so zu sehen.

Als er schlurfend die Bar verließ, folgte ich ihm. Es war spät. Um diese Zeit war auf den Straßen kaum noch was los, deshalb war ich trotz meines Anzugs und meiner Maske relativ entspannt.

Mag sein, dass Cooper betrunken war und schwankte, aber sein Polizeiinstinkt ließ ihn meine Gegenwart doch ziemlich schnell spüren. An einem Pfosten blieb er stehen und steckte sich eine Zigarette an. Ich blieb ebenfalls stehen, verborgen im Schatten der Häuser.

»Wenn du glaubst, dass ich Geld habe, täuschst du dich. Alles, was ich dabeihatte, habe ich in der Bar gelassen.« Er zog die Wörter in die Länge, und sie hatten etwas Schwammiges.

»Ich will Sie nicht ausrauben, Detective.«

»Ich bin kein Detective. Nicht mehr.«

»Und wie soll ich Sie dann nennen? *Ex*detective Cooper?«

Cooper fuhr mit der Hand durch die Luft. Die Bewegung war so brüsk, dass er sein ohnehin nicht sonderlich stabiles Gleichgewicht verlor. Er geriet ins Straucheln. »Mit dem, was Sie heute alles getrunken haben, könnte man einen ausgetrockneten See fluten.«

»Und was geht dich das an?«, schnauzte er. Er zog an seiner Zigarette. »Wer zum Teufel bist du überhaupt?«

Ich trat aus der Dunkelheit heraus.

»Ein alter Freund.«

Es dauerte etwas, bis Cooper mich erkannte. Erst sah er sich meine Aufmachung an. Dann bemerkte er die silberne Maske auf meinem Gesicht. Ein Knurren entfuhr ihm.

»Abschaum.«

»Ehrlich gesagt hatte ich eine warmherzigere Begrüßung erwartet. Jetzt haben wir uns so lange nicht gesehen, und das Einzige, was Ihnen einfällt, ist, mich als ›Abschaum‹ zu bezeichnen?«

»Fahr zur Hölle.«

»Dann nehme ich doch lieber den Abschaum.«

»Was willst du hier? Dich über mich lustig machen, wie üblich?«

»Nein. Ich will Ihnen einfach nur einen Besuch abstatten ...«

»Ich schätze mal, du hast deine Genugtuung bekommen. Ich habe wegen dir meinen Job verloren. Meine Arbeit war mein Leben, und du hast sie mir weggenommen.«

»Mir war nicht klar, dass die Sache so enden würde. Hätte ich es gewusst, hätte ich mich anders verhalten.«

»Das bezweifle ich«, sagte Cooper skeptisch.

Ich griff mit der Hand in meinen Anzug, und augenblicklich wurde Cooper stocksteif. Blitzschnell fuhr sein Arm an den Gürtel. Aber wo früher einmal seine Pistole gesteckt hatte, war jetzt nur noch Leere.

»Entspannen Sie sich, Detective. Mir ist nach keinem Gefecht zumute. Ich will Ihnen nur etwas zeigen. Das ist alles.«

Ich holte das Videoband hervor, das ich in meinem Anzug verborgen hatte, und hielt es hoch.

»Das hier, Detective, ist eine Aufnahme aus der St.-Michael-Klinik.« Len hatte die Kameras der Klinik manipuliert, damit die Polizei nicht sehen konnte, was wirklich geschehen war. Deshalb waren wir jetzt die Einzigen, die im Besitz dieser Bilder waren und der auf ewig festgehaltenen Worte von One, mit denen er zugegeben hatte, dass er es war, der die Grossman'sche Villa überfallen und Timothy Lance getötet hatte. »Das hier ist der Beweis dafür, dass die letzten Raubzüge in Los Angeles nicht auf meine Kappe gehen, sondern jemand anderes dahintersteckt.«

Cooper hob die Brauen. Ich hatte den Eindruck, dass er langsam bereute, so viel getrunken zu haben.

»Komm mir nicht mit so was«, warf er mir an den Kopf, kaum dass er sich von der ersten Überraschung erholt hatte. »Glaubst du wirklich, ich tappe zweimal in dieselbe Falle? Wenn du wieder einen anderen für deine Diebstähle verantwortlich machen willst, so wie du es mit dem Rotzlöffel von Bradford getan hast, dann musst du dir schon was Besseres einfallen lassen. Ich schlucke deine Lügen nicht mehr.«

»Ihre Sache, wenn Sie mir nicht glauben wollen«, sagte ich gelassen. »Aber wenn Sie sich die Aufzeichnungen ansehen, werden Sie Ihre Meinung ändern.«

»Und woher weiß ich, dass du nicht versuchst, mich hinters Licht zu führen?«

»Da müssen Sie mir wohl vertrauen«, sagte ich.

»Schwierig.«

»Dann geben Sie sich eben etwas Mühe. Ich bin ja auch hierhergekommen, obwohl es ziemlich riskant für mich ist, auf offener Straße mit einem Polizisten zu sprechen.«

Meine Logik überzeugte Cooper zumindest teilweise. Erneut sah er sich das Band an, diesmal allerdings mit einem anderen Gesichtsausdruck. Er versuchte abzuschätzen, welchen Nutzen er selbst daraus ziehen könnte. Ich kam ihm zu Hilfe.

»Das Band wird Ihnen Ihre Polizeimarke zurückbringen. Wer den Typen hinter Gitter bringt, der Adam Grossmans Versteigerung in einen Albtraum verwandelt hat, wird mit Sicherheit eine Auszeichnung erhalten.«

»Du weißt, was passieren wird, wenn ich wieder auf meinem Posten sitze. Ich bleibe dir auf den Fersen, bis du entlarvt bist.«

»Das Risiko gehe ich ein.«

»Ich soll dir also glauben, dass du mir helfen willst ... Und warum solltest du das tun?«

»Ich will etwas dafür im Gegenzug.«

»Dachte ich's mir doch ...«

»Ich brauche eine Information.«

»Ich werde die Polizei nicht verraten, wenn es das ist, was du willst.«

»Wie ehrenwert. *Sie* werden von der Polizei verraten, aber umgekehrt kommt das natürlich nicht infrage.« Ich lachte sarkastisch. »Nein, da können Sie ganz beruhigt sein. Ich will nichts von der Polizei. Es geht um Informationen über jemand anderen. Sagt Ihnen der Name Raven etwas?«

Dimitri richtete sich auf. Für einen Sekundenbruchteil sah ich in seinen Augen dieselbe Angst, die ich auch bei Tante Jane gesehen hatte.

»Ich weiß, dass Sie die vertraulichen Dokumente über ihn aus den Archiven und Datenbanken gelöscht haben. Was genau wissen Sie?«

»Gar nichts werde ich dir sagen«, antwortete er. Diese Reaktion hatte ich schon erwartet. Ich ging auf ihn zu. Trotz des Alkohols und obwohl ich größer und kräftiger war als er, wich er weder zurück noch ließ er sich einschüchtern. Das war der Cooper, wie ich ihn kannte. »Darf ich Sie etwas fragen? Warum sind Sie Detective geworden?«

»Was spielt das für eine Rolle?«

»Das spricht aber nicht für eine gute Erziehung, mit einer Gegenfrage zu antworten, Cooper. Erst die Antwort.«

»Ich bin Detective geworden, weil ich den Menschen helfen wollte. Weil ich sie beschützen wollte.«

»Gut.« Ich streckte die Hand aus. Auf meiner Handfläche lag die rote Kugel. Ihr schwarzer Nebel nahm uns beiden die

Luft zum Atmen, und mit einem Knall erloschen die Straßenlaternen, eine nach der anderen.

»Noch eine Kugel?«

»Ja, aber die ist anders ... gefährlicher. Wir wollen doch beide nicht, dass so etwas wie in der Grossman'schen Villa noch mal passiert. Das lässt sich aber nur vermeiden, wenn wir ganz sichergehen, dass diese Kugel nicht in die falschen Hände gerät. Wenn ich davon überzeugt wäre, das ohne Ihre Hilfe hinzubekommen, wäre ich nicht hier. Mir macht es auch keinen Spaß, gemeinsame Sache mit Ihnen zu machen, aber lieber schließe ich Frieden, als dass noch mehr Menschen sterben.«

Cooper sah mich an. Nachdenklich. Er wusste, dass ich die Wahrheit sagte. Und er wusste, dass meine Nervosität nicht gespielt war.

»Du bist ja sentimentaler, als ich dachte«, gab er zurück.

»Ich hab so meine Momente«, antwortete ich. »Ich war nie ein skrupelloser Verbrecher, auch wenn Sie vom Gegenteil überzeugt sind.«

Er lächelte, und ich tat es ihm unter meiner Maske gleich. Er zog noch einmal an seiner Zigarette und ließ sie auf den Boden fallen. Dann trat er sie aus, bis die letzten Fünkchen erloschen waren.

»Ich weiß, wo die Informationen sind, die du suchst.«

KAPITEL 40

Wenn mir jemand gesagt hätte, dass ich einmal am Steuer eines gestohlenen Wagens sitzen würde, mit Cooper als Beifahrer an meiner Seite, hätte ich kein Wort geglaubt. Oder besser gesagt: Ich hätte mich kaputtgelacht. Dabei war die Situation eigentlich gar nicht witzig, auch wenn es mir schwerfiel, das zuzugeben.

Klar, so leicht ließ sich eine Feindschaft nicht einfach ad acta legen, schon gar nicht eine so intensive wie unsere. Als wir gerade auf den Sunset Boulevard einbogen, bemerkte ich, wie Cooper mich eindringlich beobachtete.

»Suchen Sie was, Detective?«

»Ich versuche nur, mir deine Bewegungen ganz genau einzuprägen, damit ich dich dann später leichter aufstöbern kann.«

»Ich schenke Ihnen auch gerne ein Foto von mir, inklusive Autogramm. Damit Sie mich nicht vergessen.«

Ich hatte aus Cooper nicht herausbekommen, wohin wir fuhren. Er weigerte sich einfach, damit herauszurücken. Er gab nur an, in welche Richtung ich fahren sollte, und fertig.

Wenigstens saß ich selbst am Steuer. Nachdem ich den erstbesten Wagen aufgebrochen hatte, hatte der Detective Anstalten gemacht, auf dem Fahrersitz Platz zu nehmen. Aber das hatte ich ihm schleunigst wieder ausgetrieben.

»Nein, danke. Ich würde unsere kleine Spritztour gerne überleben, und dass Ihre Reflexe zu wünschen übrig lassen, ist offensichtlich.«

Cooper hatte protestiert, aber ich ließ mich auf keine Diskussion ein. Vermutlich gab mir ein Teil seines Hirns – und zwar der Teil, dem der Whiskey weniger zugesetzt hatte – sogar recht.

»Jetzt nach links.«

Ich riss das Steuer herum, und mein Begleiter knallte an die Scheibe.

»Mann! Musst du so fahren?!«

»Nein. Ich wollte nur bisschen Spaß haben.« Ich jagte den Wagen maximal hoch, weil ich Cooper aus der Reserve locken wollte.

»Ich darf dich daran erinnern, dass ich immer noch aussteigen kann. Und ich glaube kaum, dass du ohne mich finden wirst, was du suchst.«

»Komisch.« Ich stieg an einer Ampel voll in die Eisen, und der Wagen blieb wie angewurzelt stehen. Coopers Kopf knallte auf die Ablage. »Ich glaube nämlich auch nicht, dass du ohne mich deine Marke zurückbekommst.«

Bis wir in ein Wohngebiet südlich von Los Angeles gelangten, wechselten wir kein einziges Wort mehr. Cooper ließ mich vor einem Wohnblock anhalten. Ich war schon ein paar Mal hier gewesen. Zuletzt, als ich meine Erinnerungen zurückerlangt hatte.

»Was machen wir denn bei Ihnen zu Hause, Cooper? Wollen Sie mich zum Abendessen einladen?«

»Ich werde wohl nie mit dir zu Abend essen, Zero. Und schon gar nicht auf Einladung.« Er stieg aus, und ich folgte ihm.

»Ich finde die Idee auch nicht so super. Das Essen wäre doch sicher vergiftet ...«

Das brachte Cooper endgültig auf die Palme.

»Jetzt hör mal gut zu, Zero«, schrie er und zeigte mit dem Finger auf mich. »Ich bin nicht wie du. Ich bin kein Verbrecher, der lügt und betrügt, nur um sein Ding durchzuziehen. Wenn ich jemandem mein Wort gebe, dann halte ich es auch. Und zwar ohne Ausnahme. Ich hab dir gesagt, dass ich dir helfen werde, und das tue ich auch. Ohne Tricks. Verstanden?«

Er strich sich den Mantel glatt und ging grummelnd auf das Haus zu.

»Ich halte auch immer mein Wort, Detective«, sagte ich. Ich schnaubte.

»Das wird sich ja zeigen.«

Ich folgte ihm. Mit ein paar Metern Abstand, damit er nicht auf die Idee kam, ich wolle ihn überfallen oder so. Ich musste wohl vorsichtiger sein. Wenn er seine Drohung wahrmachte, würde ich leer ausgehen. Und das konnte ich mir nicht leisten. Raven war der Schlüssel, um One zu bezwingen.

Das Problem war nur, dass ich Cooper nicht über den Weg traute. Es war so einfach gewesen, ihn zu überzeugen ... ob er noch ein Ass im Ärmel hatte?

Um meine Zweifel auszuräumen, befragte ich heimlich meine Kugel.

Wir steigen die Treppe zum Apartment hoch.
Ich lasse Cooper nicht aus den Augen. Dabei macht er tatsächlich den Eindruck, als würde er seinen Teil unserer Abmachung

erfüllen, ohne Tricks. Betrunken ist er immer noch, es dauert eine Ewigkeit, bis er den Schlüssel ins Schloss gesteckt hat.

Okay, okay. Ich würde versuchen, mein Misstrauenslevel auf ein Minimum runterzufahren.

Als wir Coopers Apartment betraten, war ich ziemlich geschockt von dem Gestank nach Müll und Alkohol. Die Wohnung hatte denselben Wandel durchgemacht wie ihr Besitzer. Als ich ihm das letzte Mal einen Besuch abgestattet hatte, war alles ordentlich und sauber gewesen. Jetzt hatte man den Eindruck, in einem Affenkäfig zu stehen.

»Ich hoffe mal, dass Sie zu Ihren alten Gewohnheiten zurückkehren, wenn Sie wieder arbeiten«, sagte ich.

Cooper brummte etwas wie »Das ist nicht deine Angelegenheit« und ging den Flur entlang. Ich folgte ihm durch Bierflaschen und Takeaway-Schachteln für chinesisches Essen hindurch in den winzigen Raum, den der Detective als Büro nutzte. Hier war es wenigstens etwas ordentlicher als in der restlichen Wohnung. In einer Ecke stapelte sich ein Turm mit leeren Eispackungen, aber im Vergleich zu den anderen Räumen war das eine Bagatelle.

Um Cooper zu demonstrieren, dass ich mich anständig benehmen würde, nahm ich in einem kleinen Sessel Platz. Das besserte seine Laune etwas. Er ging zu einem Schrank am Ende des Raums und griff hinter die Rückwand. Kurz darauf zog er einen granatroten Ordner hervor. »Vertraulich« stand auf dem Rückenschild. Er legte ihn mir in den Schoß.

»Alles begann vor zehn Jahren«, erklärte er. »Bis dahin hatte man noch nie von Raven gehört. Weder auf der Straße noch in den Zeitungen. Es war, als wäre er aus dem Nichts aufgetaucht. An einem Tag gab es ihn gar nicht, und am nächsten war er zu unserem schlimmsten Albtraum geworden. Wir haben wohl erst ziemlich spät bemerkt, wie gefährlich er war. Da hatte er längst in der ganzen Welt Angst und Schrecken verbreitet. Er war völlig skrupellos. Zerstörte alles, was ihm gerade in den Sinn kam. Er spielte mit dem Leben von Menschen, als wäre er ein Gott. Und er kannte keine Grenzen.«

Cooper warf einen Blick in meine Richtung, dann fuhr er fort.

»Natürlich war er nicht allein. Viele haben sich ihm aus Angst angeschlossen. Andere wollten von seiner unermesslichen Macht profitieren. Es waren dunkle Zeiten, bestimmt von Unsicherheit und Angst. Wer sich seinen Forderungen widersetzte, starb.«

»Heißt das, diese Leute wurden umgebracht?«

»Ja. Wer seine Ideen nicht akzeptierte, der wurde von Raven erledigt. Egal, um wen es sich handelte. Raven wurde durch sein Schreckensregime zum Herrscher über die Welt. Er errichtete ein System, das auf Ungleichheit basierte, und seine Anhänger verwüsteten ganze Städte und töteten viele Menschen. Es war ein einziges Massaker ... die Straßen waren voll mit dem Blut der Ermordeten und überall war Ravens Symbol.«

»Sein Symbol?«

»Drei konzentrische Kreise mit einem Kreuz in der Mitte. Damit unterzeichnete er seine Taten.«

In meinem Gehirn schrillte eine Alarmsirene ... Das war doch das Zeichen, das sich Cassandra aufs Handgelenk hatte tätowieren lassen ... und das ich in Timothys Haus gefunden hatte.

»Bevor ich Raven zum ersten Mal sah, hatte ich nicht gewusst, was das Wort Angst bedeutet ...« Cooper sprach Ravens Namen aus, als würde er gerade ein Stachelschwein streicheln. »Ich arbeitete schon sehr lange bei der Polizei, weißt du? Aber jemand wie er ist mir nie zuvor über den Weg gelaufen. Er hatte etwas Furchterregendes an sich. Irgendwie kam er einem gar nicht ... menschlich vor. Wenn du ihn gesehen hättest, wüsstest du, was ich meine.« Er erschauderte, was er zu überspielen versuchte, indem er sich anders hinsetzte. »Als wir beide uns damals in der LA Opera begegnet sind, dachte ich, in dir dasselbe zu sehen wie in ihm. Eine dunkle Aura. Unheimlich. Sogar jetzt, wo du hier sitzt, erinnerst du mich an Raven.«

»Wollen Sie mich deshalb so unbedingt gefangen nehmen?«

»Ja. Und das war wahrscheinlich auch der Grund dafür, dass die Regierung mir die Finanzierung der ganzen Sicherheitsausstattung von Drayton und meiner Pläne, wie ich dich kriegen wollte, zugesagt hat. Raven quält uns alle noch.«

Selbst Tante Jane ...

»Aber am Ende starb er dann«, sagte ich.

»Er ist nicht gestorben.« Cooper zündete sich die zweite Zigarette des Abends an und betrachtete den roten Schein der glimmenden Spitze. »Er wurde ermordet.«

»Er wurde ermordet?«

»Um genau zu sein, war es mein Bruder, der mit ihm Schluss gemacht hat.« *Hey, ich wusste gar nicht, dass der Detective einen Bruder hatte!*

»Er war einer seiner ersten Anhänger gewesen. Seine rechte Hand. Sie haben jahrelang zusammengearbeitet. Bis die Dinge aus dem Ruder liefen.« Er nahm einen Zug und blies den Rauch zwischen den Zähnen durch. »Viele haben versucht, ihn umzubringen, aber sie sind alle gescheitert. Aus irgendeinem Grund hat dieses Ungeziefer es immer verstanden, dem Tod zu entgehen. Aber mein Bruder kannte ihn. Er kannte seine Schwachstellen, und er kannte seine Verstecke. Eines Abends drang er zusammen mit zwei anderen ehemaligen Anhängern in Ravens Haus ein und tötete ihn. Dann kam er zu mir, und ich brachte zu Ende, was sie begonnen hatten.«

»Indem Sie alle Daten löschten, die mit Raven in Zusammenhang standen.«

»Genau. Ich radierte ihn aus der Geschichte, als hätte es ihn nie gegeben, damit niemand je in seine Fußstapfen treten könnte. Ich habe all meine Sondergenehmigungen eingesetzt, die mir als Polizist zustanden. Deshalb taucht sein Name nirgends auf. Nicht einmal in Büchern. Wie du siehst, habe ich auch keine weiße Weste. Ich bin genauso schuldig wie die, die den Abzug gedrückt und ihn getötet haben. Damit mein Bruder und seine beiden Komplizen ungestraft davonkamen und Raven in Vergessenheit geriet, habe ich die ganze Sache komplett unter Verschluss gehalten. Und weißt du was? Ich bereue nichts. Irgendjemand musste das tun.«

»Und was geschah dann?«

»Als Raven nicht mehr da war, haben sich seine Anhänger zerstreut. Er war ihr Anführer, und er war es auch, der sie zusammengehalten hatte, und als er verschwand, brach auch seine Schreckensherrschaft zusammen. Die meisten seiner Unterstützer wurden verfolgt und ins Gefängnis gesperrt. Einige konnten sich auch verstecken ... Ich habe nie jemandem den Tod gewünscht, das kannst du mir glauben. Aber als ich erfuhr, dass Raven gestorben war, konnte ich wieder ruhiger atmen.« Der Detective tätschelte den Ordner. »Lies dir das durch, dann siehst du, dass das alles wahr ist.«

Das tat ich. Und tatsächlich, dort drin fand ich alles, wovon er berichtet hatte. Vertrauliche Briefe. Listen mit den Namen der ermordeten Menschen ... Und um herauszufinden, woher Raven die Macht genommen hatte, um ein derart finsteres Regime zu etablieren, musste man nicht besonders gewitzt sein.

Seine Kugel.

Er hatte sie eingesetzt, um all das Chaos zu stiften und um den Mordversuchen zu entgehen. Sie war die Quelle seiner Macht. Er hatte sie nicht bei Diebstählen eingesetzt, so wie ich, sondern um zum Herrscher des Universums zu werden.

»Sieh dir das an.« Cooper wühlte in den Papieren des Ordners, bis er auf ein bestimmtes Foto stieß. Beinahe entfuhr mir ein Fluch. Es war genau dasselbe Foto, das ich in Timothys Haus gefunden hatte, nur dass es nicht zerrissen war. Auf der linken Seite war der lächelnde Timothy zu sehen. Rechts von ihm standen zwei weitere Personen ... »Das waren Ravens treueste Anhänger. Einer ging auf einen Deal mit der Regierung ein und erhielt im Gegenzug seine Freiheit. Die anderen beiden wanderten hinter Gitter, nach ...«

»Blackforest«, ergänzte ich.

»Ja«, gab Cooper zurück. Er sah mich befremdet an. »Woher weißt du das?«

Ich musste ganz schön schlucken. Ich hatte das Gefühl, dass der Boden unter meinen Füßen ordentlich zu wackeln begann. Ich kannte die beiden auf dem Foto. Cassandra und Boundell. Sie waren jünger, aber sie waren es, ohne jeden Zweifel.

Alles passte zusammen.

Jetzt verstand ich auch, warum sie in Blackforest eingesperrt waren ... und warum sie so verzweifelt hinter der roten Kugel her waren. Die beiden waren Anhänger von Raven. Sie hatten ihm dabei geholfen, zu einem erbarmungslosen Mörder zu werden.

Aber eines beschäftigte mich noch viel mehr. One. Er kannte die Wahrheit. Deshalb hatte er mich auch Ravens Kugel stehlen lassen. Wollte er sie zerstören? Wohl kaum, denn dann hätte er sie genauso gut dort lassen können, wo sie war. Nein, er wollte sie benutzen. Er brauchte sie, um zu Raven zu werden. Er wollte die ganze Macht in sich aufsaugen, die in der Kugel gespeichert war, und wieder zum Leben erwecken, was vor zehn Jahren Realität war. Das war sein Ziel.

»Oh, oh, oh«, seufzte ich.

Aber bevor ich mir noch weitere Sorgen machen konnte, rührte sich meine Kugel. Eine Vorhersage. Ihre Worte ließen mich noch mehr erstarren, als ich es ohnehin schon war. Ich wich zurück, gerade als Cooper mit seiner Faust ausholte. Ich entging seinem Angriff knapp, und um auch dem zweiten Schlag auszuweichen, musste ich mich hinter dem Stapel Eispackungen verschanzen. Ich schnappte mir einen Aschenbecher vom Tisch und zog ihm damit eins über.

Der Detective schwankte.

»Unser Waffenstillstand scheint beendet zu sein«, sagte ich.

»Ich musste es einfach versuchen«, sagte Cooper. »Manche Gewohnheiten wird man nie los.«

»Ich weiß.«

Ich schlug noch einmal zu. Gerade fest genug, damit Cooper das Bewusstsein verlor. Ohnmächtig sank er zu Boden. Ich kniete mich neben ihn und legte ihm das Videoband aus der St.-Michael-Klinik auf die Brust.

Wenigstens ich hielt mein Wort.

KAPITEL 41

Ich kam pünktlich an der La-Muerte-Steilküste an. Das Tosen der Brandung gegen die zerklüfteten Felsen übertönte alles. Bestimmt saßen die meisten Familien jetzt gemütlich zusammen vor dem Kamin, tauschten Geschenke aus und stimmten zusammen mit den Nachbarn Weihnachtslieder an. Sie mochten vielleicht davon überzeugt sein, dass es einen fantastischen Jahresausklang geben würde. Ich dagegen war mir da nicht so sicher.

Diese Küste hier war der perfekte Ort zum Sterben.

Hier würde mich niemand hören, und wenn ich noch so laut schrie. Hilferufe könnte ich mir gleich sparen. Das nächste Haus lag in mehr als zehn Kilometern Entfernung.

Mit anderen Worten: Man konnte mich hier bestens umbringen, und vor dem nächsten Tag würde niemand etwas merken.

Für One also der ideale Ort. Für mich war es weniger idyllisch, vor allem, wenn man bedachte, dass ich die deutlich größeren Chancen hatte, in dieser Nacht in einem Sarg zu landen.

Ich lief den verschlungenen Pfad entlang bis zu unserem Treffpunkt. In der rechten Hand hielt ich Ravens Kugel, in der linken meine eigene. Sie hörte überhaupt nicht mehr auf zu vibrieren. Aber es war gar nicht nötig, mich zu warnen. Ich wusste, wie waghalsig das Unterfangen war.

Am Rande der Steilküste erwartete mich One. Er kam mir nicht nervös vor. Sicher weil er wusste, dass er es war, der die Situation im Griff hatte. Neben ihm stand Miranda, gefesselt. Als ich sie sah, empfand ich eine Mischung aus Freude und Erleichterung.

Ich drückte Ravens Kugel und ging auf die beiden zu, wobei ich versuchte, gelassener zu wirken, als ich mich fühlte.

»Na endlich. Ich dachte schon, du kommst gar nicht mehr.«

Ich blieb vor One stehen. Die Sicht von hier oben war beeindruckend. Die Felsen ragten wie Dolche aus der Gischt, und das Meer war so aufgewühlt, dass es mich an ein wütendes Monster erinnerte.

Ich wackelte mit der roten Kugel herum, um One darauf aufmerksam zu machen.

»Erst Miranda.«

»Du gibst hier gar keine Befehle.« Er packte Miranda und schob sie unmittelbar an den Rand des Abgrunds. Ihre Füße waren nur Zentimeter vom Grat entfernt. »Ein Sturz von hier oben ist eindrucksvoll, das kann ich dir versichern. Ist gar nicht so leicht, den Felsen da unten auszuweichen.«

»Wenn du sie hinunterstößt, kannst du die Kugel vergessen.«

Scheinbar war keiner von uns bereit, nachzugeben.

»Wir machen es gleichzeitig«, schlug ich vor. »In Ordnung?«

»Sehr in Ordnung.«

Wir bewegten uns aufeinander zu, und als wir uns einander bis auf einen angemessenen Abstand angenähert hatten, blieben wir stehen. One hielt in einer einladenden Geste die Hand auf, damit ich die Kugel hineinlegte.

»Gib sie mir«, forderte er.

Ich rührte mich nicht.

»Du willst dich also zum neuen Herrscher der Welt aufschwingen.«

»Du hast wohl Nachforschungen angestellt.«

»Hab ich. Und ich habe auch herausgefunden, wem die Kugel einmal gehört hat. Interessanter Typ, dieser Raven.«

»Interessant, ja?« Er beugte sich vor, bewegte aber nur den Oberkörper. »Und was hält Zero von Raven?«

»Im Gegensatz zu dir habe ich nicht das geringste Interesse daran, zu einer so abscheulichen Figur zu werden.«

Er richtete sich abrupt auf.

»Du bist so was von naiv, Zero«, sagte er lakonisch.

»Kann schon sein. Aber trotz meiner Naivität ist mir aufgefallen, dass dein spitzenmäßiger Plan einen Haken hat.«

»Ach ja?«

»Vielleicht ist dir das ja nicht bekannt, aber jede Kugel hat nur *einen* Besitzer, und von diesem Besitzer löst sie sich erst, wenn er stirbt.«

»Worauf willst du hinaus?« Er wurde langsam ungeduldig. Meine Ausführungen machten ihn nervös.

»Was ... wenn die Kugel, auf die du so scharf bist, sich mit jemand anderem verbindet als mit dir?«

Nachdenklich verlagerte One sein Gewicht von einem Fuß auf den anderen. Er versuchte herauszufinden, was ich eigentlich wollte. Und diese wertvollen Sekunden ließ ich nicht ungenutzt verstreichen.

Ich hielt Ravens Kugel ganz nahe an mich heran. Ihr Nebel umschlang mich, er wand sich um mich herum, kletterte meine Beine hinab und wickelte sich um meinen Oberkörper. Es war, als würde mich eine riesige Schlange verschlingen. Trotzdem befreite ich mich nicht von den körperlosen Tentakeln. Nicht einmal, als ich spürte, wie ihre Kälte in mich eindrang.

Es war das Einzige, das mir eingefallen war, um One aufzuhalten.

Mich mit der roten Kugel zu verbinden, bevor er es tun konnte.

Wie es dann weitergehen würde, wusste ich auch nicht ... Vielleicht war ich auch gerade dabei, mein eigenes Todesurteil zu unterschreiben. Ich hatte keine Ahnung, ob ein und dieselbe Person Träger von zwei Kugeln sein konnte. Und erst recht nicht, ob ich überhaupt mächtig genug war, Ravens Kugel zu kontrollieren. Würde ich am Ende zu dem werden, was auch er war? Das war ziemlich wahrscheinlich ... Aber wenigstens würde ich so Miranda retten und mein Versprechen halten, das ich Tante Jane gegeben hatte.

Len würde es dann auf sich nehmen, mich zu töten.

So hatten wir es vereinbart.

Der Nebel wurde dichter. Die Kälte der Kugel durchdrang mich wie ein spitzer Pfahl. *Wie damals* ... Ich machte mich bereit, die Entladung des Schmerzes zu ertragen, die ich damals im Waisenhaus erfahren hatte. Diese Kralle, die mich gepackt und mein Herz hatte stillstehen lassen.

Aber die Kralle kam nicht.

Der Nebel verflüchtigte sich. Die Tentakel zogen sich zurück. Sie ließen mich frei. Ravens Kugel verharrte völlig reglos in meiner Hand.

»Was ...?« Ich hatte mich nicht mit ihr verbunden. Aber warum nur? Hatte sie mich zurückgewiesen? Ich sah sie verständnislos an.

»Willst du wissen, warum sie dich nicht akzeptiert hat?«, höhnte One. Er lachte schallend. »Du hast es doch vorhin selbst gesagt. Ist eine Kugel mit einem Träger verbunden, kann sie sich mit keinem weiteren Menschen verbinden. Sie hat dich zurückgewiesen, weil sie schon einen Besitzer hat.«

Die rote Kugel glitt aus meiner Hand und erhob sich in die Luft. Von ganz allein. Als trüge sie einen Magneten in sich. Sie verharrte einen Moment und drehte sich um sich selbst. Dann schwebte sie zu One. Sie landete in seiner Hand und passte sich perfekt ihrer Mulde an.

»Ich bin der Träger dieser Kugel, Zero. Sie gehört mir schon sehr lange.«

Das kann nicht sein, war mein erster Gedanke. Die Kugel war doch seit Ravens Tod in Blackforest eingesperrt gewesen. Wie sollte sie dann One wiedererkennen? Außer ... Ich bekam einen Knoten im Hals. Die Wärme wich aus meinem Körper.

»Du hast es wohl kapiert«, sagte er. »Hat länger gedauert, als ich dachte.«

»Du ... Du bist ...«

One fuhr mit dem Finger über seine Kugel.

»Ich hatte schon viele Namen im Laufe der Jahre. Aber einer ist darunter, den sicher niemand vergessen hat.« Ein unheimlicher Glanz ließ seine Augen leuchten. »Raven.«

Er log. Er musste einfach lügen. Raven war seit knapp zehn Jahren tot. Das hatte Cooper erzählt. Und Alfred. Und Tante Jane auch.

»Red keinen Unsinn«, sagte ich. »Raven ist tot.«

»Ja, das glauben zumindest alle. Nur war das eine Lüge, die ich selbst in die Welt gesetzt habe«, sagte One. »Lass mich dir eine Geschichte erzählen, Zero. Eine Geschichte, von der niemand etwas weiß und die ich die ganze Zeit über geheim gehalten habe.

Vor zehn Jahren ist der Mensch, von dem ich immer dachte, er sei mein Freund, in mein Haus eingedrungen und hat mich in einen Hinterhalt gelockt, um mich zu erledigen. Meine Kugel hat mich zwar vor seinen Absichten gewarnt, aber leider zu spät. Ich hatte keine Zeit mehr, mich in Sicherheit zu bringen. Deshalb tat ich das Einzige, was mir mein Überleben sicherte: Ich täuschte meinen Tod vor. Ich ließ sie glauben, mich getötet zu haben, und floh. Meine Verfolger hatten keine Ahnung, dass ich noch am Leben war. Das wusste niemand, um genau zu sein. Ich zog mich an einen sicheren Ort zurück und verharrte dort, bis ich mich erholt hatte. Der *Verrat* ... Es dauerte, bis meine Verletzungen geheilt waren. Zehn lange, endlose Jahre ...

Mir war klar, dass sie hinter meiner Kugel her sein würden. Würden sie sie zerstören, wäre es endgültig aus mit mir, und das konnte ich nicht hinnehmen. Deshalb schützte ich sie durch einen Würfel, der ausschließlich durch eine von mir zuvor bestimmte Person geöffnet werden konnte ...« Seine blauen Augen sahen zu mir. Meine Kugel war der Schlüssel ... Die Vitrine hatte sich für mich geöffnet ... So viele Fragen stürmten auf mich ein. Ich? Warum ausgerechnet ich?

»Natürlich habe ich sie den Würfel finden lassen. Diese kleine Genugtuung habe ich ihnen gegönnt. Schließlich wusste ich, dass sie ihn niemals aufbekämen. Ich hatte einen perfekten Mechanismus erschaffen. Sie dachten, es wäre damit getan, den Würfel in einem Hochsicherheitsgefängnis wie Blackforest einzusperren ... Aber da haben sie sich getäuscht.

Ich habe lange auf diesen Moment gewartet ... Und jetzt ist der Tag endlich gekommen. Ich bin von den Toten auferstanden, um Rache zu nehmen. Jetzt kann mich keiner mehr aufhalten.«

Ich musste träumen. Das musste einfach ein Albtraum sein!

Raven lebte. Dieser verfluchte Träger war nie gestorben. Und ich hatte ihm zu dem verholfen, was er sich so sehr herbeisehnte. Ich war eine Marionette in seinen Händen gewesen!

Was hatte ich nur getan?

»Dein armseliger Versuch, mich aufzuhalten, hat nicht viel gebracht. Im Gegenteil. Du hast mir dadurch die lästige Arbeit erspart, dir meine Kugel entreißen zu müssen. Wir sind gar nicht so unterschiedlich, stimmt's? Beide stehlen wir, um wiederzubekommen, was uns gehört.«

»Überhaupt nichts haben wir gemeinsam.«

»Da täuschst du dich. In uns herrscht die gleiche Dunkelheit. Das weißt du genauso gut wie ich. Wir müssen keine Feinde sein. Wir könnten ein Team bilden. Zusammen ...«

»Ein Team mit einem Irren wie dir?«, blaffte ich ihn an. »Ich morde nicht, um zu bekommen, was ich will. Du dagegen tötest skrupellos, so wie du es mit Timothy getan hast. Das ist der große Unterschied zwischen uns.«

»Das Leben ist kein Kinderspiel. Wer durchkommen will, muss sich nehmen, was er braucht ... egal, um welchen Preis.«

»An mir klebt wenigstens nicht das Blut anderer Menschen. Das kannst du von dir wohl kaum behaupten.«

Raven schnaubte wie ein gekränktes Tier.

»Wirklich schade«, sagte er. »Ich hätte mir gewünscht, dass du auf meinen Vorschlag eingehst.«

Sein Blick war weiterhin auf mich geheftet. Er ließ mein Gesicht nicht aus den Augen. Und dann versetzte er Miranda einen Stoß. Ohne den leisesten Anflug eines Zögerns.

Der Körper meiner Freundin fiel den Fels hinunter und stürzte auf die stürmische See zu.

KAPITEL 42

Kopfüber warf ich mich hinter Miranda ins Meer. Keine Sekunde dachte ich darüber nach, keine Spur von einem Zögern. Raven versuchte mich aufzuhalten. Ich verpasste ihm einen so heftigen Schlag, dass seine Maske eine Delle bekam und ihm im Gesicht klebte. Das Letzte, was ich mitbekam, waren seine Verwünschungen. Dann dröhnte mir der Wind in den Ohren, und ich hörte nichts mehr.

Während wir fielen, streckte ich den Arm nach Miranda aus. Ich machte mich so lang, wie ich konnte. Aber ich würde sie nicht mehr erreichen. Sie war zu weit entfernt.

Wir tauchten in das eisige Wasser ein, und der plötzliche Temperatursturz ließ mich zusammenfahren. Das Gefühl erinnerte mich an den Abend, an dem meine Eltern gestorben waren und ich mich in die Schlucht am Ende der Ländereien der Blakes gestürzt hatte, um vor Adam Grossman zu fliehen.

Diesmal allerdings war die Kälte nur kurz mein vordringlichstes Problem.

Die Kraft der Wellen riss mich mit sich. Wie eine Puppe wurde ich hin und her geworfen. So gut ich konnte, ruderte ich mit den Armen gegen den Sog des Meeres an und versuchte, mit dem Sauerstoff auszukommen, den ich vor dem Sprung in meine Lungen aufgenommen hatte.

Aber die Strömung war stärker.

Ich wurde gegen die Felsen geworfen. Ich schlug hart auf und stieß mich von einem der Vorsprünge ab. Eine zweite Welle drohte mich erneut gegen den Fels zu werfen, aber ich konnte rechtzeitig ausweichen. Ich kämpfte mit meiner ganzen Kraft gegen das tobende Meer an und versuchte, von den Klippen wegzuschwimmen.

Als ich der Strömung endlich entkommen war, machte ich mich sofort auf die Suche nach Miranda. Ich drehte mich mehrmals um die eigene Achse und tauchte unter, um auch unter Wasser alles abzusuchen. Wo war sie nur? Alles, was ich sah, waren ein paar im Wasser treibende Algen und erschrocken vor mir davonschwimmende Fische.

Ich hoffte nur, dass es ihr gelungen war, den Felsen auszuweichen. Denn wenn nicht ... *bitte, lass sie nicht tot sein. Bitte ...* Ich tauchte noch einmal tiefer.

Ich würde mich nicht geschlagen geben.

Ich würde sie finden.

Irgendwo musste ich doch auf sie stoßen.

Im Schwimmen presste ich mir die Hand auf die Schulter. Der Aufprall auf die Felsen hatte die Wunde wieder aufgerissen, und jede Bewegung trieb mir Tränen in die Augen. Ich hatte mindestens die Hälfte meiner Kraft aufgebraucht. Es würde nicht mehr lange dauern, bis ich aus dem Wasser kam ... allerdings als Leiche.

Ich riss mir die Maske vom Gesicht. Etwas, das mir das Atmen zusätzlich erschwerte, war das Letzte, was ich jetzt brauchen konnte. Gleichgültig sah ich sie untergehen.

Immer weiter suchte ich das Meer ab, und mit jeder Minute

wurde ich erschöpfter und verzweifelter, bis ich ihn endlich sah. Einen blonden Schimmer.

Ich kraulte zu der Stelle.

Es war Miranda.

Ihr Haar trieb im Wasser wie eine Fahne im Wind. Sie war bewusstlos. Sie war mit dem Hosenbein an einem Riff hängen geblieben und nur deshalb nicht untergegangen.

Aber das war es dann auch mit guten Nachrichten.

Sie hatte sich den Kopf angestoßen und quer über ihre Stirn verlief auf Höhe der Schläfen eine Schramme. Sie blutete stark. Auch ihre Gesichtsfarbe gefiel mir nicht. Weiß wie ein Gespenst.

Ich musste sie aus dem Wasser holen, bevor wir beide ertranken.

Mit einem Ruck machte ich ihre Hose los und hielt Miranda fest an meine Brust gepresst. Ich war an meiner Grenze. Ich musste unbedingt an Land! Jetzt! Doch das Ufer war noch so weit weg ...

Ich holte Schwung und stieß mich wild mit den Armen rudernd ab.

Ein kleines Stück noch.

Ein kleines Stück ... noch.

Ich aktivierte meine letzten Kraftreserven und schwamm weiter. Zwischen den Zügen holte ich tief Luft, und ich spürte, wie mein Organismus mit neuem Leben erfüllt wurde. Miranda dagegen rührte sich nicht.

Das sah nicht gut aus.

Ich hielt Miranda über Wasser und steuerte das Ufer an. Als ich Boden unter den Füßen spürte, trug ich sie stolpernd aus dem Wasser. Ich legte sie auf dem Sand ab und beugte mich über sie.

Sie atmete nicht.

»Lass mich nicht allein«, flehte ich. Ich legte meine Hände auf ihre Brust und versuchte, sie wiederzubeleben, versuchte, ihr Herz dazu zu bekommen, wieder Blut durch ihren Körper zu pumpen. Ihre Lippen waren eiskalt, als ich sie mit meinen berührte. »Bitte. Lass mich nicht allein.«

Nichts.

»Bitte ... Komm zu mir zurück, Miranda!«

Was, wenn ich sie nicht zurückholen konnte? Wenn ... Wenn ... Ich wollte sie nicht verlieren. Ich konnte mir keine Zukunft ohne sie vorstellen. Wenn ihr etwas zustieß, könnte ich damit nicht leben. Niemals. Immer weiter blies ich Luft in ihre Lungen. Meine ganze Konzentration richtete ich darauf, sie wiederzubeleben.

»Na, komm schon ...«

Plötzlich regte sich ihre Brust.

»Mir... Miranda!«, rief ich.

Ich setzte sie auf und ließ sie das Wasser ausspucken, das sie geschluckt hatte. Sie lebte ... Sie hustete ... Ich wartete nicht, bis sie wieder ganz bei sich war. Ich umarmte sie, ich schlang meine Arme um ihren ganzen Körper.

»Kyle«, flüsterte sie. Ihre Stimme war geschwächt. Sie erschauderte, sie zitterte vor Kälte.

»Du hast mir vielleicht einen Schrecken eingejagt«, murmelte ich.

»Du hast mich gefunden.«

»Ich werde nicht zulassen, dass dir jemals wieder etwas zustößt.«

Ich strich ihr über das triefende Haar. Ich hatte Raven seine Kugel ausgehändigt. Wir waren nur knapp dem Tod entkommen. Und trotzdem war all das zweitrangig.

Miranda war bei mir.

Und das war für mich das Allerwichtigste.

DRITTER TEIL

KAPITEL 43

Ich konnte keinen klaren Gedanken fassen. Die Angst, die mich innerlich zerfraß, lähmte mein Gehirn und verhinderte, dass es schlüssige Überlegungen anstellte. Während ich in meinem Zimmer auf und ab ging, kreisten meine Gedanken immer wieder um die fatale Situation, in die wir uns manövriert hatten, zu mehr war ich nicht in der Lage.

Wir waren ins Internat zurückgekehrt. Es lag näher an der La-Muerte-Steilküste als Los Angeles, und bevor es weiterging, mussten wir uns erst einmal erholen. Wir hatten so gut wie gar nicht geschlafen in der Nacht zuvor, und wie es aussah, würde sich das in nächster Zeit auch nicht ändern. Len und ich waren kurz vor dem Zusammenbruch.

»Ich kann einfach nicht glauben, dass Raven die ganze Zeit gelebt hat, ohne dass es jemand gemerkt hat«, flüsterte Len und brach das Schweigen.

»Und das allein ist es ja nicht. Er hat uns benutzt. Dieser verfluchte Raven hat uns benutzt!«, rief ich aus. »Und ich habe gedacht, One sei irgendein unbedeutender Doppelgänger.«

»Was, denkt ihr, hat er jetzt vor?«, fragte Miranda. Wir

hatten die Wunde auf ihrer Stirn versorgt, aber ihre normale Gesichtsfarbe war noch nicht wieder zurückgekehrt, sie war immer noch aschfahl.

»Wer weiß ... der Typ ist unberechenbar«, antwortete ich. Ich setzte mich neben sie und stützte mich mit den Ellenbogen auf meinen Knien ab. »Aber wenn man sich seine Vorgeschichte so ansieht, wird er wohl nichts Gutes im Schilde führen.«

»Du hättest ihm die Kugel nicht geben dürfen.«

»Dann wärst du jetzt tot.«

»Aber zumindest wäre Ravens Plan nicht aufgegangen!«

»Das ist doch undenkbar«, erwiderte ich. »Niemals hätte ich dich diesem Irren überlassen, nur um ihn aufzuhalten.«

»Kyle hat recht«, klinkte Len sich ein. »Dich zu retten, hatte für uns immer oberste Priorität.«

»Aber jetzt stecken wir wegen mir in Schwierigkeiten.«

»Da kommen wir schon wieder raus«, sagte ich. Das klang überzeugter, als ich es war. »Wirst schon sehen, wir werden Raven finden und uns die Kugel zurückholen. Das ist nur eine Frage der ...«

Ein Schatten huschte vor unserem Zimmerfenster vorbei. Miranda und ich gingen in Habachtstellung. Len verschanzte sich hinter seinem Rechner, als wäre der eine undurchdringliche Barriere.

»Was war das?«, flüsterte er.

»Mach das Licht aus.«

Len drückte auf den Schalter, und der Raum wurde in Dunkelheit getaucht. Ich ging ans Fenster. Nichts zu sehen ... nur die einsam daliegenden Wiesen von Drayton. Im Internat herrschte Grabesstille. Bisher war noch niemand aus den Weihnachtsferien zurückgekehrt, nicht einmal Sebastian, der in Cornwall bei seiner Schwester war. Die Korridore, die

Zimmer und die Unterrichtsräume waren menschenleer. Begraben unter absolutem Schweigen.

»Und wenn das Raven ist?«, fragte Len. Ich gab keine Antwort. Auch, weil ich mich vor meiner eigenen Erwiderung fürchtete. Vielleicht war er ja tatsächlich gekommen, um zu beenden, was er an der Steilküste begonnen hatte ...

Ein metallenes Quietschen fuhr durch den Raum. Alle drei waren wir wie erstarrt. Langsam und mit einem kläglichen Wimmern wurde das Fenster aufgeschoben. Auf der anderen Seite der Scheibe war eine Silhouette zu sehen. Sie beugte sich vor.

Jemand versuchte, in unser Zimmer einzudringen.

Ich gab Miranda und Len ein Zeichen, sich zu verstecken, und verbarg mich selbst hinter dem Vorhang. Ich wartete. Rührte mich nicht von der Stelle. Bis der Eindringling im Zimmer stand. Als er auf meiner Höhe war, stürzte ich mich auf ihn.

Miteinander ringend gingen wir zu Boden. Ich packte seinen Arm und drehte ihn um. Dem anderen entfuhr ein Schrei ... und da erkannte ich seine Stimme.

Ich sprang auf und knipste das Licht an.

Verschreckt sah mich Patrick vom Boden aus an.

»Tut ... Tut mir leid. I-i-ich wollte nur ...«

Ich half ihm auf.

»Was zum ...« Miranda und Len kamen zu uns. »Alles okay? Hab ich dir wehgetan?«

»N-n-nein, alles in Ordnung.«

»Was tust du hier? Ich dachte, du bist in San Francisco, bei deiner Familie.«

»W-w-war ich auch ... Aber dann bekam ich heute früh einen Anruf vom *Los Angeles Mirror,* d-d-dass ich einen der Redakteure v-v-vertreten soll ...«

Sein Kiefer bebte.

»Kyle, ich ... Es ist entsetzlich ... Das Feuer ... Ein Albtraum.« Er war so aufgeregt, dass er aus dem Stottern gar nicht mehr herauskam, und es fiel mir schwerer als sonst, ihn zu verstehen.

»Jetzt beruhig dich erst mal. Und sprich langsamer.«

»D-d-die ...« Er holte tief Luft, um runterzukommen. »Die Stadt ...«

»Los Angeles?«

»Ja. Sie steht in Flammen.

Meine Stirn legte sich in Falten wie ein Akkordeon. Ich hatte jede Antwort erwartet ... nur diese nicht.

»Sie steht in Flammen?«

»Habt ihr n-n-nichts mitbekommen?«

»Wir hatten ein paar Dinge zu erledigen«, antwortete ich.

Patrick stellt keine Fragen. Er holte sein Handy heraus und hielt es mir hin.

»Das m-m-müsst ihr euch ansehen.«

Es war ein Video. Keine besonders gute Qualität, und so verwackelt, wie es war, schien es in aller Eile aufgenommen worden zu sein. Trotzdem erkannte ich den Ort. Der Griffith Park. Auf einer Seite des Bildes war das Observatorium zu erkennen, und dahinter sah man die beleuchtete Stadt.

Etwas allerdings war ungewöhnlich.

Aus der ganzen Stadt schossen riesige Flammen hervor, wie brennende Kobras tauchten sie das Firmament in einen grotesken, rötlichen Schein. Und da war noch etwas. Das Feuer breitete sich nicht gleichmäßig aus, sondern es folgte einem bestimmten Muster. Die Flammen bildeten ein Symbol ...

Drei konzentrische Kreise, durch die ein Kreuz hindurchging.

Ravens Zeichen.

»Überall i-i-in den Straßen sind solche Zeichen a-a-an die Wände gemalt worden. Sogar in den Häusern«, erklärte Patrick. »Seit Anbruch d-d-der Dunkelheit versinkt Los Angeles im Chaos. Deshalb bin ich auch nach Drayton zurück ... Ich hatte Angst und wusste nicht, wo ich hinsollte. Und dann hab ich g-g-gesehen, dass in eurem Zimmer L-l-licht brennt ...«

»Wenigstens wissen wir jetzt, was Raven getan hat, nachdem er die Steilküste verließ«, grummelte Len.

»Sieht ganz so aus«, sagte ich.

Er ließ die Welt wissen, dass er zurück war.

Und trotzdem gab es da etwas, dass mir nicht in den Kopf wollte.

Es passte nicht zu Raven, eine Stadt in Flammen zu setzen, nur um seinem Publikum einen Gruß zu übermitteln. Da waren ihm sinnlose, blutige Showeinlagen doch viel lieber ... Und wenn dieses Feuer einen ganz anderen Zweck erfüllte?

Ich versuchte, mich an seine Worte an der Steilküste zu erinnern. Wie er dem Tod entronnen war. Sein Plan, alle hinters Licht zu führen. Und ... *Ich bin von den Toten auferstanden, um Rache zu nehmen. Jetzt kann mich keiner mehr aufhalten.*

Ich krallte meine Finger um Patricks Handy.

Das ist ...

Jetzt wusste ich, was er vorhatte. Es war einfacher, als es schien ...

»Das ist eine Warnung«, flüsterte ich. »Eine Warnung an die, die vor zehn Jahren versucht haben, ihn umzubringen. Darin besteht seine Rache, von der er an der Steilküste gesprochen hat. Er will sie töten.«

Keiner wagte etwas zu sagen. Sie wussten, dass meine Schlussfolgerung richtig war.

»Und was machen wir jetzt, Kyle?«, fragte Miranda schließlich.

»Wir müssen ihn aufhalten. Wenn wir nichts unternehmen, richtet der Typ in der Stadt ein Blutbad an.«

»Das wäre ein guter Plan – wenn Raven nicht verschwunden wäre«, sagte Len. »Ich habe versucht, ihn über den Satelliten der Lu Corporation ausfindig zu machen, aber es gibt keine Spur von ihm. Ich versuche es seit Stunden. Er hat sich in Nichts aufgelöst.«

Verärgert schnalzte ich mit der Zunge. Das machte die Sache zweifellos komplizierter.

»Warte mal«, sagte Miranda. »Wir müssen Raven ja gar nicht unbedingt finden. Wir können doch auch die Leute aufsuchen, auf die er es abgesehen hat, und einfach vor ihm da sein.«

»Aber wir wissen nicht, wer den Mordanschlag auf ihn geplant hat«, sagte ich.

»Stimmt nicht«, sagte Len. »Einen kennen wir, den er versuchen wird umzulegen.«

Wie ein Blitz tauchte ein Name in meinem Gehirn auf.

»Dimitri Cooper.«

KAPITEL 44

Das Apartment von Detektive Cooper lag im Dunkeln. Durch die Fenster war kein Licht zu sehen. Und es sah nicht danach aus, als wäre das Haus angegriffen worden. Das Gebäude machte noch denselben Eindruck wie bei meinem letzten Besuch.

Ich parkte Mirandas Wagen dicht neben dem Bürgersteig und suchte mit den Augen die Straße ab. Das einzige Lebewesen im näheren Umkreis war eine Straßenkatze, die eine Mülltonne durchwühlte. Sie hielt kurz inne und sah mich an, dann ging sie weiter ihrer Beschäftigung nach. Wahrscheinlich behagte es ihr nicht besonders, wenn ein Unbekannter in ihr Revier eindrang. Ich checkte meine Kugel. Keine Hindernisse im Weg. Dennoch machte ich meine Messer bereit.

Die Kälte des Metalls auf der Haut zu spüren, beruhigte mich ein wenig.

Ich setzte die silberne Maske auf – eine Reservemaske aus unserem Versteck in Drayton. Es fiel mir schwer, mich an sie zu gewöhnen. Len hatte mir zwar mit aller Überzeugungskraft erklärt, dass sie haargenau gleich war wie meine alte Maske, eine identische Kopie, aber ich wurde einfach nicht vertraut mit ihr. Sie fühlte sich anders an, und das störte mich.

Auf jedes ungewöhnliche Geräusch achtend ging ich bis zu Coopers Apartment. Ich war allein. Meine Freunde waren in Drayton geblieben und versuchten herauszufinden, wo Raven steckte. Ich ging davon aus, dass es bald schon weitere Tote geben würde, und das wollte ich verhindern. Ich würde nicht zulassen, dass Raven mit seinem Vorhaben durchkam.

An der Wohnungstür überprüfte ich das Schloss. Es war unversehrt. Es gab auch sonst keine Hinweise darauf, dass sich jemand gewaltsam Zutritt verschafft hatte.

Ich benutzte meinen Dietrich und betrat die Wohnung.

Im Wohnzimmer war keine Spur von Cooper. Auch nicht in der Küche. Ich ging weiter zum Schlafzimmer. Bevor ich die Tür öffnete, holte ich Luft. Sollte ich zu spät gekommen sein, würde ich gleich auf die Leiche des Detectives stoßen. Und auch wenn er einer meiner ärgsten Feinde war, immer noch – tot wollte ich ihn nicht sehen. Im Grunde gefiel er mir. Er machte ja auch nur seinen Job. Blöd war nur, dass sein Job mir meine Arbeit erschwerte.

Ich machte mir Mut und drückte die Klinke herunter.

Er lag im Bett. Er hatte sich komplett bekleidet und mitsamt den Schuhen hingelegt. Seine Brust hob und senkte sich regelmäßig. Meine Schultern sanken entspannt nach unten. Zumindest lebte er.

Ich musste ihn da rausholen und an einen sicheren Ort bringen.

Ich rüttelte an ihm, um ihn zu wecken. Keine Regung. Er schlief wie ein Murmeltier. Ich schüttelte ihn erneut, bis er schließlich die Augen aufschlug. Als er mich sah, setzte er sich mit einem Ruck auf.

»Was machst du denn hier?!«

»Ganz ruhig, Detective. Ich bin hergekommen, um Ihnen zu helfen.«

»Mir zu helfen?« Sein linkes Auge zierte ein blauer Fleck von der Größe einer Faust. Das musste das Geschenk sein, das ich ihm durch den Schlag mit dem Aschenbecher gemacht hatte.

»Raven lebt.«

»Was?« Ungläubiges Entsetzen machte sich in seinen Zügen breit.

»Haben Sie mitbekommen, was in Los Angeles los ist? Dahinter steckt er. Er hat euch alle hinters Licht geführt. Er ist nicht gestorben, damals vor zehn Jahren.«

»Das kann nicht sein. Raven ist tot. Ich ...«

»Detective«, unterbrach ich ihn. »Ich hätte Sie wohl kaum aufgesucht, wenn ich nicht ganz sicher wäre.«

Cooper machte den Mund auf, sagte aber nichts. In seinem Kopf mussten sich gerade unzählige Fragen anhäufen, und doch stellte er nur eine einzige.

»Und woher weißt du das?«

»Das ist eine lange Geschichte«, gab ich zurück. Ich wollte ihm nicht erzählen, was in der vergangenen Nacht geschehen war. »Er wird kommen, um Sie zu töten. Sie und die anderen, die damals an dem Mordanschlag auf ihn beteiligt waren. Wir müssen hier verschwinden.«

»Versuchst du etwa gerade, mir das Leben zu retten?«

»Schräge Situation, was?« Ich zuckte mit den Schultern. »Ich sehe es eben nicht gerne, wenn Menschen sterben. Das ist alles.«

Er durchleuchtete mich mit seinem Blick von Kopf bis Fuß, als könne er nicht glauben, was hier ablief.

»Lassen Sie das, Detective. Das macht mich nervös.« Ich verließ das Schlafzimmer und ging in den Flur zurück. Der sicherste Ort für ihn wäre unser Versteck in Drayton. Damit würde ich allerdings riskieren, dass er mehr entdeckte, als mir lieb war ... Ich musste mir etwas anderes überlegen. Und zwar schnell.

Der Detective durchwühlte die Schubladen seines Schreibtischs. Er suchte etwas. Eine Pistole vermutlich. Unter anderen Umständen hätte ich versucht, ihn davon abzuhalten. Jetzt ließ ich ihn in Ruhe kramen. Bestimmt würde ich seine Unterstützung noch brauchen können, und wenn er dann bewaffnet wäre – umso besser.

Ich sah auf meine Kugel.

Ich verlasse das Apartment zusammen mit Cooper.
Die Straße liegt immer noch menschenleer da.
Es ist niemand zu sehen.

Alles unter Kontrolle im Moment.

»Verschwinden wir von hier.«

Wir gingen aus dem Wohnblock und setzten uns in Mirandas Wagen. Cooper nahm auf dem Beifahrersitz Platz, ohne dass ich etwas sagen musste.

Ich ließ den Motor an.

»Wir müssen die Leute warnen, die damals versucht haben, Raven zu töten. Sie sind in Gefahr. Haben Sie eine Idee, wo sie sich aufhalten?«

»Ich habe schon Jahre nicht mehr mit ihnen gesprochen.«

»Dann ist das doch eine wunderbare Gelegenheit, wieder an alte Zeiten anzuknüpfen«, meinte ich. »Wo sollen wir anfangen?«

»Bei meinem Bruder«, sagte Cooper, ohne zu zögern. »Er war der Anführer der Gruppe. Er wird wissen, wo die anderen sind.«

»Und wo wohnt er?«

»In Beverly Hills.«

Ich pfiff durch die Zähne.

»Beverly Hills? Nicht schlecht ... Ihr Bruder lebt auf großem Fuß. Hab ich ihn schon mal bestohlen?«

»Mehrfach, um genau zu sein«, antwortete Cooper in leicht sarkastischem Tonfall.

»Ach, was? Und wie heißt dieser Bruder?«

»Adam Grossman.«

Ich stieg so heftig auf die Bremse, dass Mirandas Wagen auf dem Asphalt ins Schlingern geriet.

»Haben Sie gerade ... Adam Grossman gesagt!?«

»Ja ...«, sagte der Detective. Meine Reaktion hatte ihn so überrascht, dass er sich nicht einmal über die Vollbremsung beschwerte. »Unsere Mutter war zweimal verheiratet, deshalb haben wir unterschiedliche Familiennamen. Theoretisch teilen wir nur die Hälfte unserer DNA.«

»Aber am Empfang des Erntedank-Dinners ... Grossman war dort und Sie auch ...«

»Adam und ich haben uns nie besonders gut verstanden«, unterbrach mich Cooper. »Schon als Kinder. Wir waren einfach zu unterschiedlich. Deshalb ist damals schon jeder seinen eigenen Weg gegangen, ohne auf den anderen zu bauen. Als er damals zu mir kam, in der Nacht, in der er Raven getötet hatte, hatten wir uns Jahre nicht gesehen. Ich habe ihm nur aus reinem Pflichtgefühl geholfen. Als dann alles vorbei war, haben wir den Kontakt wieder abgebrochen. Bis zu unserer zufälligen Begegnung in Drayton haben wir uns nicht mehr gesehen.«

»Grossman hat Raven getötet?«

»Die anderen haben ihm nur geholfen ...«

»Und wer sind diese anderen?« Ich dachte mir schon, wie

die Antwort ausfallen würde. Und trotzdem stellte ich die Frage.

»Juliette Morrison und Dan Alec.«

Das konnte alles nur ein Witz sein ... Ein ziemlich geschmackloser Witz allerdings. Hinter Ravens angeblichem Tod steckten ausgerechnet die Mörder meiner Eltern. Ich war also gerade dabei, den Menschen zu Hilfe zu kommen, die meine Familie zerstört hatten!

Das konnte doch alles nicht sein. Das durfte einfach nicht wahr sein. Oder doch?

Soweit ich wusste, war Grossman hinter den Trägern her gewesen, um ihnen ihre Kugeln abzunehmen. So hatte er es mit meinen Eltern getan und mit Tante Jane ... Und Raven war ja auch ein Träger. Sogar der mächtigste von allen. Derjenige, der die karmesinrote Kugel besaß ...

»Das ist doch verrückt«, murmelte ich. »Grossman kann nicht ... er kann nicht der sein, der ...«

Das änderte alles.

Die Menschen, die ich am meisten hasste, waren zu Ravens Zielscheibe geworden. Und wenn ich ihn nun einfach in aller Ruhe Rache nehmen ließ? Er würde sie töten, und ich könnte seelenruhig dabei zusehen, wie mir Gerechtigkeit widerfuhr. Ich müsste nie wieder Zero sein. Miranda und Len wären in Sicherheit ...

Ich spielte mit dieser Vorstellung. Ich ließ mich von ihr mitreißen. Und dann ließ ich sie abrupt fallen.

Nein, ich war nicht wie er. Ich war nicht auf Rache aus. Ich wollte Grossman nicht sterben sehen, trotz allem, was er mir angetan hatte. Das hatte ich nie gewollt. Ich wollte einfach nur wiederhaben, was mir gehörte, das war alles.

Ich war Zero.

Ein Dieb. Kein Mörder.

Kaum hatte meine Kugel meine Entscheidung wahrgenommen, fing sie an zu vibrieren. Ich holte sie aus der Tasche, und es war mir egal, ob Cooper sie sah oder nicht. Mehrere Vorhersagen waberten in ihrem Inneren, aber ich achtete nur auf die letzte.

Der Detective bricht zusammen. Er ist tot.

Ich machte den Mund auf.

»Wie …?«

Ich kam nicht dazu, die Frage zu Ende zu formulieren. Etwas krachte von hinten gegen Mirandas Wagen und wir wurden vorgeschleudert. Mein Kopf knallte gegen das Lenkrad und ein spitzer Schmerz durchfuhr mich vom Hals bis zur unteren Wirbelsäule.

»Was machst du denn, Zero?«, fuhr Cooper mich an.

»Ich habe überhaupt nichts gemacht!« Und das stimmte auch. Mein Fuß berührte das Gaspedal gar nicht. Was da auch immer auf uns geprallt sein mochte, es hatte nichts mit mir zu tun. Ich sah in den Rückspiegel. Hinter uns war ein Wagen, und er war so dicht aufgefahren, dass ich seine Scheinwerfer nicht sehen konnte. Auf dem Fahrersitz saß eine weiß gekleidete Gestalt. Mit einer goldenen Maske vor dem Gesicht.

»Was ist los?«, fragte Cooper.

Wieder vibrierte meine Kugel.

Sobald ich Gas gebe, fährt der Wagen hinter uns wieder auf uns auf. Der Aufprall ist heftiger als zuvor und ich verliere die Kontrolle über das Steuer. Wir kommen ins Schleudern und drehen uns, als steckten wir in einer Zentrifuge.
Als der Wagen zum Stehen kommt, geht die Beifahrertür auf, und Raven zerrt Cooper aus dem Wagen. Als ich den Blick hebe,

sehe ich gerade noch, wie er ihm einen seiner Dolche in die Brust rammt.

Raven ging etwas auf Abstand zu uns und beschleunigte dann maximal. Wieder prallte sein Wagen gegen unseren. Wieder schlugen unsere Köpfe gegen die Armatur. Miranda würde mich umbringen, wenn sie sah, dass aus ihrem Auto ein Akkordeon geworden war.

»Fahr! Der macht noch Hackfleisch aus uns!«

Ich wusste, was geschehen würde, wenn ich Gas gab. Erst würde Cooper sterben, und sehr wahrscheinlich wäre ich danach dran. Aber wenn wir jetzt ausstiegen, würde uns genau dasselbe Schicksal ereilen, und wenn wir einfach im Wagen blieben, würden wir zerquetscht. Unsere Möglichkeiten gingen gegen null.

Außer ...

»Haben Sie noch Freunde bei der Polizei?«

»Ja, ein paar.«

»Gut.« Ich reichte Cooper mein Handy. »Geben Sie ihnen unseren Standort durch. Sie haben fünf Minuten, um herzukommen und Zero gefangen zu nehmen.«

KAPITEL 45

Es dauerte nicht lange, bis wir in der Ferne die Sirenen der Streifenwagen hörten. Ein lärmiges Geheule, das mir vorkam wie die Sinfonie des Jüngsten Gerichts. Ich holte tief Luft und blieb ganz ruhig sitzen ... Zwei Minuten. Solange würde die Polizei, laut Cooper, brauchen, bis sie bei uns war. Wieder sah ich in den Rückspiegel. Raven verharrte in seinem Wagen und folgte jeder unserer Bewegungen.

Eine Minute.

Das Klingeln meines Telefons durchbrach die unerträgliche Anspannung. Ich nahm ab und hielt mir das Handy ans Ohr.

»Meine Kugel hat mich über dein Vorhaben informiert ... Du willst dich von der Polizei schnappen lassen, um dich vor mir zu drücken und gleichzeitig Cooper zu retten«, sagte Raven am anderen Ende der Leitung. Ich fragte nicht, woher er meine Nummer hatte. Es war mir auch egal. »So verschreckt bist du, dass du etwas so Verzweifeltes unternimmst?«

»Kann schon sein.« Ich sah auf die Uhr am Armaturenbrett. Eine halbe Minute noch. »Du scheinst deiner Kugel ja sehr zu vertrauen.«

»Warum auch nicht? Sie irrt sich nie.«

»Da wäre ich nicht so sicher.« Ich grinste. »Ach, übrigens. Fast hätte ich es vergessen. Mein Plan besteht nicht darin, *mich* von der Polizei schnappen zu lassen. Ich will, dass sie sich Zero schnappen.«

»Und? Was für einen Unterschied macht das? Du *bist* Zero.«

»Das kannst du ja dann der Polizei erzählen, wenn sie dich in *meinem* Anzug und mit *meiner* Maske sehen.« Raven verstummte. Vermutlich musste er die Information erst mal verarbeiten. Ich nutzte seine Verwirrung und ging zum Gegenangriff über.

Ich beendete die Verbindung, legte den Rückwärtsgang ein und stieg aufs Gas. Wir krachten in seinen Wagen und drängten ihn bis in das Schaufenster eines Ladens, wo er sich hoffnungslos verkeilte. Da würde er nicht so schnell wieder rauskommen.

Fast gleichzeitig bog die Polizei in unsere Straße ein. Eine ganze Armee, die es kaum erwarten konnte, sich Zero zu krallen.

Jetzt ist der Moment der Wahrheit gekommen.

Ich hob die Hände an mein Gesicht, öffnete die Schnallen meiner Maske ... und ließ sie in meinen Schoß fallen.

»Du!?«, schrie Cooper. Seine Gesichtszüge wandelten sich, bis sie in einem Ausdruck vollkommener Ratlosigkeit verharrten.

»Sieht ganz so aus, Detective.«

Mir war schon klar, was ich gerade getan hatte. Ich hatte meinem ärgsten Verfolger ein riesiges Plakat mit der Aufschrift »Ich bin Zero« in Leuchtschrift und Neonröhren vor die Nase gehalten. Hatte ihm mitgeteilt, dass er sich nicht getäuscht hatte in der Oper. Ich hatte zunichte gemacht, was ich vor einem Monat noch mühsam aufgebaut hatte. Aber es gab keinen anderen Weg. Ich hatte mich entscheiden müssen. Entweder musste ich mich Raven stellen oder Cooper. Und die Wahl fiel mir nicht schwer ...

Die Polizei umzingelte uns. Mit erhobenen, auf uns gerichteten Pistolen sprangen die Beamten aus den Wagen. Ich hob die Hände und stupste den Detective an, es mir nachzutun. Ich konnte förmlich spüren, wie es in ihm brodelte.

»Du verfluchter Lügner.«

»Sparen Sie sich die Komplimente. Wenn Sie hier lebend rauskommen wollen, empfehle ich Ihnen, es sich bequem zu machen und sich, so gut es geht, zu verstellen.« Aber Cooper hörte nicht auf, mir Beschimpfungen an den Kopf zu werfen, eine origineller als die andere. Allerdings folgte er wenigstens meinem Beispiel und hob ebenfalls die Hände. Er blieb gefasst genug, um zu realisieren, dass sein Leben gerade von mir abhing, ob ihm das passte oder nicht.

Die Polizisten kamen auf uns zu. Sie leuchteten uns mit ihren Taschenlampen in die Gesichter. Dann taten sie dasselbe mit dem Fahrer des Wagens hinter uns ... und mit einem Mal zeigten die Pistolen nicht mehr auf uns, sondern richteten sich alle gleichzeitig auf Raven.

Es war schwierig, *nicht* in diese Falle zu tappen. Genau an dem Ort, an dem sich einem geheimen Informanten zufolge Zero befinden sollte, stieß man auf einen Typen, der genau wie Zero gekleidet war und der Zeros Maske trug. Ich konnte mir vorstellen, was die Beamten dachten. Die Leute in dem vorderen Wagen waren völlig unbedeutend. Viel wichtiger war die Belohnung, die ihnen winkte, wenn es ihnen gelingen sollte, den berühmten Hundert-Millionen-Dieb zu fassen.

Natürlich hätte Raven den Spieß auch umdrehen können. Das war das Risiko des Plans. Aber dazu hatte er nicht genügend Zeit gehabt. Ich war schneller gewesen, und jetzt wurde es eng für ihn.

Über den Rückspiegel zeigte ich ihm meinen Mittelfinger. Hatte er nicht Zero sein wollen? Schön, dann konnte er jetzt ein bisschen üben. Das gehörte nun mal zum Gesamtpaket dazu. Dass sich die Polizei auf dich stürzt wie ein Bienenschwarm auf eine Blumenwiese.

Ich winkte ihm zum Abschied zu und drückte das Gaspedal durch, dass die Reifen quietschten. Die hintere Stoßstange fiel scheppernd auf die Straße. Als die Beamten realisierten, dass wir uns aus dem Staub machten, war es schon zu spät.

KAPITEL 46

Nach unserer Flucht vor Raven kehrte ich mit Cooper nach Drayton zurück. Jetzt, wo ich meine Identität preisgegeben hatte, konnte er auch mit ins Internat kommen. Außerdem wollte ich ihn lieber nicht aus den Augen lassen. Besser, er blieb in meiner Nähe – ich hatte nicht die geringste Lust auf weitere Überraschungen. Was ich getan hatte, konnte ich später immer noch bereuen.

Miranda, Len und Patrick standen da wie versteinert, als sie den Detective sahen, aber keiner beschwerte sich. Vermutlich dachten sie dasselbe wie ich. Besser Cooper als Raven.

»Schön. Und was ist jetzt der Plan?«, fragte der Detective. »Denn der Kopf hinter alldem bist ja wohl du, oder, Bradford?«

»Im Moment warte ich noch darauf, dass Sie sich bei mir bedanken für das, was ich für Sie getan habe.«

»Was du für mich getan hast?«, wiederholte er lautstark. »Du findest wirklich, dass ich mich bei dir bedanken sollte, nachdem du mein Leben zerstört und die ganze Welt glauben gemacht hast, dass ich mich getäuscht habe, was dann überhaupt nicht gestimmt hat?«

»*Dafür* können Sie sich gerne auch ein andermal bedanken.«

Zahlreiche Vorwürfe später kamen wir endlich auf das Thema zurück, das uns eigentlich beschäftigte.

»Wir müssen mit Adam Grossman sprechen«, sagte ich. »Er wird wissen, was zu tun ist.«

»Da bin ich ausnahmsweise mal deiner Meinung«, meinte Cooper.

»Ach, ja. Also, was das betrifft ...«, schaltete Len sich ein.

»Was meinst du?«

»Grossman ist nicht in seiner Villa. Er ist unterwegs zu Juliette Morrison. Genau wie Dan Alec. Ich habe sie überwacht, seit du mir gesagt hast, dass sie ...«

»Überwacht?«, fragte Cooper schockiert.

»Keine Fragen«, warnte ich. Wir sahen uns trotzig an.

»Wenn sich Adam um diese Uhrzeit auf den Weg zu Juliette macht, dann ist irgendwas im Gange. Ich sage, wir müssen dorthin.«

Ich wollte ihm zwar nicht recht geben, aber was er sagte, klang logisch, und so stimmte ich zu.

Anders als die Grossmans lebten die Morrisons auf einer Ranch außerhalb von Los Angeles, einer riesigen Plantage, die einst einem wohlhabenden Großgrundbesitzer gehört hatte und die heute zu den begehrtesten Grundstücken ganz Kaliforniens zählte. Neal feierte all seine Geburtstage hier, deshalb kannte ich die Ranch ganz gut.

Als wir ankamen, fiel mir die Eingangstür ins Auge. Sie stand offen. Oder besser gesagt: Sie war eingetreten. Jemand war gewaltsam ins Haus eingedrungen.

»Beeilen wir uns«, flüsterte ich. Bevor ich mich abschnallte, sah ich zu Cooper. Er saß zwischen Len und Miranda, und wie es aussah, fühlte sich keiner der drei besonders wohl. Meine

Freunde ließen ihn nicht aus den Augen. Und der Detective sie ebenso wenig. Das Misstrauen zwischen ihnen war fast greifbar. »Keine Tricks wie beim letzten Mal.«

»Die spar ich mir auf für die Zeit, wenn Raven wirklich tot ist. Er macht mir viel mehr Sorgen als Sie.«

»Zero.« Das war Patricks Stimme, die durch den Knopf in meinem Ohr dröhnte. Er war in die Redaktion des *Los Angeles Mirror* zurückgekehrt, um uns über die Ereignisse in der Stadt auf dem Laufenden zu halten. Ich hob die Hand ans Ohr.

»Gibt's was Neues?«

»Äh, ja. W-w-wir haben gerade die N-n-nachricht reinbekommen«, ich hörte, wie er schluckte, »d-d-dass die Polizisten, die Raven umzingelt hatten ...«

»Ja. Was ist mit ihnen?«

»Sie sind tot. Raven hat sie u-u-umgebracht. Und ... Er ist entkommen.«

Wenn Raven auf freiem Fuß war, dann würde er zu Grossman, Alec und Morrison gehen ... wenn er nicht schon dort war ...

»Okay«, antwortete ich. »Sag Bescheid, wenn's was Neues gibt.«

Wir stiegen aus. Die Marmorlöwen, die mit aufgerissenen Mäulern den Eingang bewachten, sahen uns gleichmütig zu. Ich bewegte mich weiter ins Hausinnere. Miranda, Len und Cooper folgten mir. Ich trug weder Zeros Anzug noch die Maske. Ich hatte mich in Drayton umgezogen, weil ich Juliette lieber als Kyle Bradford vor dem warnen wollte, was auf sie zukommen würde. So würde sie mir sicher eher glauben.

Das Foyer war leer.

»Wo sollen wir lang?«, fragte Cooper.

Eine Antwort auf seine Frage war nicht mehr nötig. Ein

heftiger Schlag aus dem oberen Stockwerk ließ uns alle den Blick nach oben richten.

Ich lief zur Treppe.

Der erste Stock der Villa lag genauso verlassen da wie das Erdgeschoss. Seltsam ... zumindest jemand vom Personal müsste um diese Uhrzeit noch wach sein. Wo war die Haushälterin der Morrisons? Sie ging normalerweise immer als Letzte ins Bett.

Ohne in meiner Wachsamkeit nachzulassen, stieg ich die Treppe hinauf. Miranda war direkt neben mir, wir gingen im Gleichschritt. Sie war nervös. Das spürte ich. Len war hinter uns in Deckung gegangen, und mit ein paar Schritten Abstand folgte Cooper mit seiner Pistole in der Hand.

Der Teppichboden im ersten Stock war voller Blut. Ein Rinnsal durchzog das Blumenmuster und endete an einer Tür zu unserer Linken.

Juliette Morrisons Büro.

Cooper und ich postierten uns zu beiden Seiten des Türrahmens und konzentrierten uns. Es war nichts zu hören. Ich legte die Hand auf die Klinke und drückte sie langsam nach unten. Die Türangeln gaben ein klagendes Geräusch von sich.

Die Blutspur führte quer durch das Zimmer und endete am Mahagonischreibtisch in der Mitte des Raums. Auf dem Stuhl davor saß Juliette.

»Ms. Morrison?« Ich bekam keine Antwort.

Ich ging zu ihr. Auch der Tisch war voller Blut, und all das Blut kam aus derselben Stelle. Juliettes Kehle.

Sie war tot ...

Ich kniete mich neben sie. In ihren geöffneten Augen war noch die Angst zu erkennen, die sich in ihre Pupillen eingegraben hatte, bevor sie starb. Sie sah aus, als wäre sie dem Teufel selbst begegnet.

Ich hatte diese Frau so viele Jahre verabscheut, und trotzdem fühlte ich mich jetzt einfach nur ohnmächtig. Niemand sollte so sterben müssen. Ich schloss ihre Lider und stand auf. Sicher würde es Neal das Herz brechen, wenn er erfuhr, dass seine Mutter tot war.

Cooper nahm sanft Juliettes Hände und legte sie ihr in den Schoß. Er tat das mit so viel Feingefühl, dass ich den Eindruck hatte, es wäre seine ganz besondere Art, sich zu verabschieden. Len stand neben Miranda in der Tür, beide mit demselben niedergeschlagenen Ausdruck.

»Wir müssen weitermachen. Alec und Grossman sind ja auch noch da. Und wir wissen nicht, wie viel Vorsprung uns Raven lässt.« Ohne mich noch einmal nach Juliettes Leiche umzudrehen, verließ ich das Büro. Zurück im Foyer packte mich Cooper am Arm.

»Ich glaube, du übersiehst etwas Wichtiges, Zero. Juliette ist noch nicht lange tot.«

»Woher wissen Sie das?«

»Ich bin Polizist, erinnerst du dich? Ich habe schon viele Leichen gesehen. Ihr Körper ist noch warm, und das bedeutet, dass, wer auch immer sie umgebracht hat, höchstwahrscheinlich noch hier ist. Mit anderen Worten ...«

»Raven ist in der Villa«, schloss ich.

Wie zur Bestätigung unserer Vermutung dröhnte eine Lachsalve durch das Haus. Ich erkannte es sofort. Das war Ravens Gelächter ... dasselbe Gelächter, das ich auch im Hotel Convention gehört hatte, als Miranda vom Hubschrauber herunterhing. Ich ließ meine Augen durch das Foyer wandern. Wo war er? Wo versteckte er sich?

Cooper hob seine Waffe.

»Das ist er.«

»Ich weiß.«

Ein metallisches Krachen löste Ravens Lachen ab. Es erinnerte mich an eine sich abrollende Kette. Dann öffnete sich genau über mir eine Klappe in der Decke, und ein Kasten aus dicken Metallstangen fiel auf mich herab und schloss mich in einem nicht einmal zwei Meter großen Käfig ein.

»Kyle!«, schrie Miranda. Meine Freunde liefen auf mich zu.

»Bist du okay?«, fragte Len.

»Mal abgesehen davon, dass ich mir wie ein Zirkustiger vorkomme, geht es mir blendend.« Ich schlug mit der Faust gegen die Metallstangen, und ein Kribbeln fuhr mir den ganzen Arm hinauf.

»Das ist nutzlos. Die wirst du im Leben nicht kleinkriegen.« Dan Alecs Silhouette tauchte aus der Dunkelheit auf und kam mit langsamen Schritten auf uns zu. »Ich habe eine solche Falle in Juliettes Haus immer für ziemlich übertrieben gehalten ... Aber jetzt bin ich dankbar für ihr Misstrauen.« Er sah zur Decke. »Vor zehn Minuten habe ich noch mit ihr gesprochen ... und willst du wissen, was sie mir gesagt hat? Dass jemand in ihrem Haus sei. Ich bin so schnell hergekommen, wie ich konnte ... Aber scheinbar war ich nicht schnell genug.«

Anklagend zeigte er mit dem Finger auf mich.

»Was hast du ihr angetan?«

»Nichts«, sagte ich.

»Ach, nein? Und warum bist du dann voller Blut?« Das stimmte allerdings. Meine Hände waren ganz fleckig von Juliettes Blut. Das musste passiert sein, als ich sie berührt hatte.

»Dan, du irrst dich«, sagte Cooper. Überrascht wandte sich Laurens Vater zu ihm um. Er war so auf mich fixiert gewesen, dass er nicht gemerkt hatte, dass wir nicht alleine waren.

»Adams gescheiterter Bruder ... Was machst du denn hier?«

»Ich bin gekommen, um euch zu warnen. Ihr seid in Gefahr ...«

»In Gefahr?« Alec brach in Gelächter aus. »Das sagt gerade der Richtige. Der Feigling, der sich nicht getraut hat mitzukommen, als wir Raven getötet haben. Uns hast du die Drecksarbeit machen lassen und dann selbst den einfachen Part der Angelegenheit übernommen. Praktisch, nicht?«

Cooper presste die Lippen aufeinander. Dann wandte Alec sich wieder mir zu.

»Als Adam mir gesagt hat, wer du in Wirklichkeit bist, habe ich kein Wort geglaubt. Ich dachte, er hat den Verstand verloren. Aber er hatte tatsächlich recht. Du bist Richard wie aus dem Gesicht geschnitten ...« Er kam ein Stück näher an den Käfig heran, in dem ich festsaß. »Bist du deshalb hier? Willst du uns umbringen, so wie wir es mit deinen Eltern gemacht haben?«

»Ich habe dir schon gesagt, dass ich Juliette nichts getan habe. Als ich ankam, hatte Raven sie schon ermordet.«

»Raven?« Alec sah mich an, als hätte er gerade den besten Witz des Jahres gehört. »Raven ist seit zehn Jahren tot. Das solltest du doch am besten wissen.«

Was wollte er denn damit sagen ...?

»Er ist am Leben«, sagte ich. »Er hat euch alle hinters Licht geführt ...«

»Meinst du wirklich, ich glaube dir den Blödsinn?«, spottete Dan Alec. »Ich wette um alles der Welt, dass du es warst, der diese Feuerzeichen in der Stadt inszeniert hat, um uns anzulocken. Aber du kannst ganz beruhigt sein. Ich werde dafür sorgen, dass du es noch bereust, Juliette getötet zu haben. Ich werde dafür sorgen, dass es dir jeden einzelnen Tag deines Lebens leidtut! Jetzt hast du keinen Adam mehr an deiner Seite, der dich vor mir beschützt.«

Ich vergaß völlig, in welcher Gefahr wir uns befanden, und war nur bei dem, was Alec gerade gesagt hatte.

»Adam Grossman hat mich noch nie beschützt.«

»Ach nein? Und was meinst du, warum du in der Nacht, in der deine Eltern starben, verschont wurdest? Nur wegen Adam. Er hat dich entkommen lassen. Keinen Finger hat er gerührt, als du in diese Schlucht gesprungen bist. Wenn es nach mir gegangen wäre, wärst du nicht mit dem Leben davongekommen. Ich hätte dich noch an Ort und Stelle getötet, aber er hat sich vor dich gestellt. Er hat uns dich nicht erwischen lassen, als es die Gelegenheit dazu gab. Du warst immer schon seine größte Schwäche. Sogar mehr noch als sein eigener Sohn.«

»Du lügst! Grossman hat meine Familie ausgelöscht, und mit mir hat er dasselbe versucht.«

»Er wollte dich nur von den beiden Menschen trennen, durch die du früher oder später zu einem verachtenswerten Wesen geworden wärst.«

Ich donnerte die Fäuste gegen die Metallstäbe.

»Hör sofort auf, schlecht von meinen Eltern zu sprechen!« Alec blieb trotz meines Gebrülls völlig gelassen.

»Ich wusste, dass du eines Tages zur Bedrohung werden würdest. Und ich habe mich nicht getäuscht. Du bist genau wie *er* ...«

Das anhaltende Gepolter fallender Steine, gefolgt von ohrenbetäubendem Getöse, begrub Alecs Drohung unter sich. Instinktiv hob ich den Kopf ... und dann begriff ich auch, woher der Lärm kam.

Das Dach stürzte über uns zusammen.

Wie ein Kartenhaus.

KAPITEL 47

Innerhalb von Sekunden kamen die Dachbalken herunter. Die ganze Konstruktion gab nach. Ein Teil des Gefüges brach genau über Dan Alec zusammen. Ich schrie, als ich sah, wie sein Körper unter dem Schutt zermalmt wurde.

Cooper ging unter der Treppe vor dem Trümmerregen in Deckung und entkam nur knapp demselben Schicksal. Miranda und Len waren bei mir geblieben und mühten sich mit dem Käfig ab, um mich frei zu bekommen.

»Wir müssen irgendwas finden, um ihn aufzubrechen«, schrie Miranda.

»Wir könnten versuchen, ihn von oben kaputtzukriegen«, sagte Len.

Was einmal die Strebepfeiler der Fassade gewesen waren, krachte ein paar Meter neben uns in einer Staubwolke aus Zement auf den Boden. Len und Miranda sprangen zur Seite. Wenn sie weiter bei mir blieben, würden sie sterben.

»Ihr müsst hier weg«, schrie ich.

»Wir lassen dich ganz bestimmt nicht allein!«, rief Len. Ich packte ihn am Ärmel.

»Geht mit Cooper mit. Ich komme hier schon klar.«

»Kyle, nein ...« Miranda starrte verzweifelt auf den Käfig.

»Hey, ich bin Zero, schon vergessen? Ich komme hier schon raus. Keine Sorge. Also los. Wenn ihr noch länger hierbleibt, gehen wir noch alle drei drauf.«

Weder Miranda noch Len wirkten besonders überzeugt. Aber schließlich gaben sie nach und liefen zur Treppe. Ich konnte mich nicht mehr davon überzeugen, ob sie es geschafft hatten, sich in Sicherheit zu bringen. Ein riesiges Stück der Decke stürzte auf meinen Käfig und zerschlug ihn, als wäre er aus Ton.

Gerade noch rechtzeitig warf ich mich zurück, um nicht zerquetscht zu werden.

Allerdings saß ich jetzt in der Klemme. Hinter mir schnitt mir das, was von den Metallstangen übrig geblieben war, den Weg ab. Vor mir lag ein Berg aus Ziegeln und zersplittertem Holz.

Ich tat das Erstbeste, das mir einfiel.

Ich warf mich auf den Boden und verbarg mich unter dem Schutt. Im Hintergrund hörte ich erstickte Schreie und den ohrenbetäubenden Lärm des zusammenbrechenden Dachs.

Dann herrschte Stille.

Ein paar nicht enden wollende Minuten lang verharrte ich zusammengekauert in meinem Versteck. Erst als ich ganz sicher war, dass das Schlimmste vorbei war, kroch ich heraus.

Was ich zu sehen bekam, machte mich sprachlos.

Von der Luxusvilla der Morrisons war nichts mehr übrig. Nichts als Zerstörung. Das Dach war verschwunden, und an seiner statt war ein Loch, durch das man in den Nachthimmel sah. Die Wände waren kurz vor dem Zusammenbrechen. Von den Fenstern waren nur noch die Rahmen übrig. Die Scheiben waren zu Bruch gegangen.

Ich stand auf. Ich hatte ein paar Kratzer abbekommen, und mein rechtes Bein schmerzte höllisch. Aber ich war am Leben.

»Miranda! Len!« Meine Stimme hallte zwischen den Ruinen wider.

Nicht weit entfernt von mir hörte ich ein Geräusch. So schnell es mein verletztes Bein zuließ, eilte ich in die Richtung, aus der es gekommen war. Miranda kam zwischen den Trümmern hervor, das Gesicht von einer weißen Staubschicht bedeckt.

»Und Len?«

»Hier«, sagte eine dünne Stimme unter dem Schutt. Ich räumte die Trümmer beiseite, die ihn unter sich begraben hatten, und half meinem Freund heraus.

Abgesehen von dem einen oder anderen oberflächlichen Schnitt hatte keiner der beiden ernsthaft etwas abbekommen. Das konnte man von Cooper nicht behaupten. Er lag neben der Stelle, an der Len sich versteckt hatte, bewusstlos und einen Arm seltsam verdreht.

»Er lebt«, sagte Len. »Er ist nur ohnmächtig. Als das Dach herunterkam, hat er versucht, mich abzuschirmen.«

»Kyle!« Vom anderen Ende des Foyers aus gab mir Miranda ein Zeichen. Nicht weit von ihr entfernt lag ein Körper. Dan Alec. Seine Beine waren eingeklemmt und bestimmt völlig zerquetscht von dem Gewicht der Trümmer, die auf sie gestürzt waren. Ich ging zu ihm, um ihm zu helfen.

»Lass es, Blake«, stammelte er. »Selbst wenn du mich hier rauskriegst, werde ich nicht überleben.«

»Doch, natürlich! Ich muss nur ...« Dann sah ich die Blutlache um ihn. Ihm blieb ganz sicher nicht mehr als eine halbe Stunde.

»Ach! Habe ich nur einen von euch erwischt?« Hinter uns, gegen das gelehnt, was einmal die Treppe gewesen war, stand

Raven. Er trug immer noch den weißen Anzug und seine goldene Maske, und in seiner Hand schimmerte die karmesinrote Kugel. »Du hättest mal besser auf Kyle hören sollen, als er dich vor mir gewarnt hat.«

»Raven ...«, stotterte Alec. Die Panik in seinem Gesicht erinnerte mich an den Ausdruck, den Juliette Morrisons Leiche gehabt hatte.

»Ganz genau der, mein lieber Alec. Überrascht?«

»Du solltest tot sein. Wir ...«

»Ihr habt *versucht*, mich umzubringen. Aber es ist euch nicht gelungen. Habt ihr wirklich gedacht, dass es so leicht wäre? Mich kann niemand besiegen, Dan! Ihr nicht und auch niemand anderes.« Seine Worte hallten mit solchem Getöse von den Wänden wider, dass ich in mich zusammenschrumpfte. Raven musste es bemerkt haben, denn ich sah, wie ein spöttischer Glanz in seinen Pupillen erschien. »Du hast wohl herausgefunden, was ich vorhatte, Kyle. Schaffst es doch immer wieder, mich zu überraschen. Und das können nicht gerade viele von sich behaupten ... Fängst du womöglich langsam an, zu denken wie ich?«

»Es ist eigentlich gar nicht so schwierig, die Pläne von jemandem vorherzusehen, der so erbärmlich ist wie du.«

Er quittierte meine Beleidigung mit Gelächter.

»Dann muss ich dir wohl auch nicht sagen, wer mein nächstes Ziel ist ...« Adam Grossman ... Er war der Letzte auf seiner Liste. »Ob du es wohl schaffst, vor mir bei ihm zu sein? Oder musst du seinen Tod miterleben, ohne noch etwas dagegen unternehmen zu können?«

»Ich werde nicht zulassen, dass du ihn tötest.«

»Na dann, viel Glück.«

Er drehte sich um und verschwand zwischen den Ruinen.

»Geh ... ihm ... nach, Blake«, murmelte Alec. »Du musst

Adam helfen.« Seine Stimme klang jetzt schwächer als zuvor, sie war kurz davor, ihm ganz zu versagen. »Und sag Lauren … dass ich … sie liebe. Sag es ihr für mich.«

»Das werde ich.«

»Und noch was.« Seine Muskeln ließen nach und seine letzten Worte waren nur noch ein ganz leises Flüstern. »Es tut mir leid …«

KAPITEL 48

Ich betrachtete das Tor vor mir. Völlig verrostet und überwuchert von Unkraut und Kletterpflanzen, die sich an ihm emporrankten. Ich hielt mich mit solcher Kraft am Lenkrad fest, dass die Knöchel meiner Hände weiß hervortraten.

»Was ist los?«, fragte Miranda. Len beugte sich vor, um besser sehen zu können. Cooper neben ihm rührte sich nicht, er war immer noch bewusstlos. Wir hatten ihn gemeinsam ins Auto getragen. Kurz nachdem Raven verschwunden war, war Dan Alec gestorben. Ich war bis zum Ende bei ihm geblieben.

»Kyle?«

»Das ist Cotton Hill«, sagte ich schließlich. Miranda und Len gaben einen unterdrückten Laut von sich.

Die Kletterrosen, die meine Mutter hatte pflanzen lassen, waren vertrocknet, und die Bäume waren so groß geworden, dass ihre belaubten Kronen den Blick auf das Grundstück versperrten. Und doch gab es keinen Zweifel daran, dass wir vor dem Anwesen standen, in dem meine Eltern ermordet worden waren. Oben am Einfahrtstor war noch der Name zu lesen, wenn auch verblichen nach so vielen Jahren. Ich war seit jener Nacht nicht mehr hier gewesen. Sehr bewusst hatte ich es vermieden, an diesen Ort zurückzukehren …

»Aber warum sollte Grossman ausgerechnet hier sein?«

»Das weiß ich auch nicht.« Ich sah auf meine Kugel. In ihrem Inneren schimmerte ein einziger Satz. *Ich gehe an den Ort, an dem alles begann, und treffe dort auf Adam Grossman.* Cotton Hill war der Ort, an dem alles begonnen hat. Ich verstand nur nicht, was Mikes Vater dort zu suchen haben sollte. »Aber die Vorhersage hat sich nicht geändert.«

»Wir können auch wieder fahren, wenn du nicht reinwillst …«

»Nein. Wir müssen verhindern, dass Grossman auch noch stirbt.« Ich gab Miranda mein Handy. »Ruf Tante Jane und Sebastian an und sag ihnen, wo wir sind. Ihr wartet hier auf sie. Wir werden ihre Hilfe sicher gebrauchen können.«

»Kommt nicht infrage. Wir gehen mit dir.«

»Nein«, sagte ich mit Bestimmtheit. »Dieses Mal nicht.«

»Kyle …«

»Nein, Miranda. Ich werde nicht zulassen, dass One euch noch einmal benutzt, um mich zu verletzen.« Und außerdem wollte ich auf keinen Fall noch mal denselben Fehler wie im Hotel Convention begehen. »Wenn ihr mitkommt, wird er weiß Gott was mit euch anstellen.«

»Aber wir können dir helfen.«

»Ihr helft mir mehr, wenn ihr hierbleibt und Tante Jane benachrichtigt.«

»Und was sollen wir mit Cooper machen?«

Alle drei sahen wir zur Rückbank.

»Er kommt mit mir. Und zwar genau so, wie er ist; wenn wir ihn bewegen, verletzen wir ihn nur.«

Ich wartete, bis Miranda und Len ausgestiegen waren, und ließ dann erneut den Motor an.

»Bist du dir ganz sicher?«, fragten sie.

»Absolut.«

Angespannt fuhr ich auf das Gelände, das einmal meinen Eltern gehört hatte. Ich versuchte, meinen Blick nur nach vorne zu richten. Ich wollte mich an nichts erinnern, wollte keine Plätze wiedererkennen, an denen ich aufgewachsen war. Und doch: Als ich die Ruinen am Ende der Auffahrt sah, musste ich meinen ganzen Willen zusammennehmen, um nicht umzukehren.

Mein Haus.

Was ich sah, war nur noch das Skelett dessen, was einmal mein Zuhause gewesen war. Der Boden, auf dem die Villa Blake gestanden hatte, war ein von Unkraut überwuchertes Feld. Die Schaukel, die mein Vater für mich gebaut hatte, als ich klein war, hing trostlos an der riesigen Steineiche, die ich einst von meinem Zimmerfenster aus hatte sehen können.

Ich ließ Cooper im Auto zurück und ging das letzte Stück zu Fuß.

Vor den Resten der Villa Blake stand jemand mit dem Rücken zu mir. Ich erkannte das angegraute Haar. Adam Grossman ... Als er meine Schritte hörte, drehte er sich zu mir um.

»Kyle ...«, flüsterte er. Er schien überrascht, als hätte er jemand anderen erwartet. »Was tust du hier?«

»Juliette und Dan sind tot.«

»Ich weiß. Raven hat sie umgebracht. Ich habe gesehen, wie das Haus der Morrisons in sich zusammengestürzt ist. Ich hab es nicht geschafft, rechtzeitig da zu sein. Deshalb bin ich direkt nach Cotton Hill gefahren. Ich werde der Nächste sein.« Er sah anders aus als sonst. Irgendwie niedergeschlagen, deprimiert. Keine Spur von seiner sonst so überheblichen, arroganten Art. »Irgendwann musste das passieren. Ich habe immer gewusst, dass er am Leben ist.«

»Sie haben es gewusst?«

»Ich hatte jedenfalls den Verdacht. Vor allem, nachdem Timothy gestorben war. Auf der Versteigerung hat sich meine Ahnung dann bestätigt. Ich wusste, dass er es war, daran konnte auch diese dämliche goldene Maske nichts ändern. Und ich wusste auch, dass er dich benutzen würde. Ich kenne ihn. Wenn er seine Kugel zurückhaben wollte, musste er einfach auf dich zurückgreifen ... Kein anderer außer Zero würde es schaffen, in Blackforest einzudringen und auch heil wieder herauszukommen.«

Ich hielt den Atem an.

»Seit wann wissen Sie, dass ich Zero bin?«

»Von Anfang an«, antwortete er. »Wobei ich die ganze Wahrheit ehrlich gesagt erst vor kurzem herausgefunden habe. Dass Jayson Blake hinter Zero steckte, hatte ich mir gedacht. Aber dass Kyle Bradford beides ist, Jayson Blake und Zero, das wurde mir erst klar, als ich dich in Drayton gesehen habe.«

»Und wie sind Sie draufgekommen?«

»Du hast es mir selbst gesagt. Über die Gegenstände, die du gestohlen hast. Immer nur Dinge, die mit der Familie Blake zu tun hatten. Das machte es einfach für einen, der wusste, was vor zehn Jahren geschehen war.«

»Das verstehe ich nicht.« Um genau zu sein, verstand ich sowieso überhaupt nichts mehr. Ich hob die Arme und ließ sie wieder fallen. »Warum haben Sie mich dann nicht angezeigt? Nicht einmal Mike weiß, dass ich Zero bin.«

»Du hast ja nur gestohlen, was wir dir damals weggenommen haben. Ich bin der größere Dieb als du. Welches Recht hätte ich denn, Zero aufzuhalten?« Niemals hätte ich es für möglich gehalten, das von Adam Grossman zu hören. Das machte mein Bild von ihm komplett zunichte. »Als du die Kugel aus Blackforest herausgeholt hast, dachte ich erst, dass du dich mit Raven zusammengetan hättest, und ich befürchtete schon das Schlimmste. Noch einen Raven – das könnten wir unmöglich zulassen. Deshalb bat ich Alfred, nach dir zu suchen. Aber ich wollte dir nichts tun. Ich wollte dich nur beschützen. Vor dir selbst.«

Also war Alfred auch auf Grossmans Seite …

»Auch Alfred gehörte anfangs zu Ravens Unterstützern«, fuhr Grossman fort. »Genau wie Dan, Juliette und ich. Später schloss er sich uns dann an, um Raven aufzuhalten. Ich denke, das war auch der Grund, aus dem er sich nach Blackforest versetzen ließ. Er wusste ganz genau, was sich in dem Würfel verbarg … Notfalls hätte er sein Leben aufs Spiel gesetzt, um niemanden an ihn herankommen zu lassen.«

»Ich wollte die Kugel nicht stehlen. Aber ich hatte keine andere Wahl.«

»Ich weiß. Die Liebe lässt uns Fehler begehen.«

Er ließ seinen Blick an mir hoch- und runterwandern, bis er an einer Haarsträhne hängen blieb, die mir in die Stirn fiel.

»Du hast genau dasselbe Haar wie deine Mutter, wusstest du das?« Er wollte mich berühren. Instinktiv wich ich zurück. »Tut mir leid. Ich wollte nicht …«

»Warum haben Sie meine Eltern umgebracht?« Immer schon hatte ich Grossman diese Frage stellen wollen. Hunderte Male hatte ich mir vorgestellt, wie ich ihm gegenübertrat. Aber niemals hätte ich gedacht, dass es unter solchen Umständen geschehen würde.

Statt mir zu antworten, seufzte Grossman.

»Die schwarze Kugel …« Seine Stimme war leiser geworden. »Du hattest sie die ganze Zeit, stimmt's?«

»Ja«, antwortete ich. »Haben Sie sie deshalb getötet?«

»Nein. Aber ich wollte die Kugel an mich nehmen, damit sich niemand mit ihr verbinden konnte. Ich wusste, dass sie deinem Vater gehört hatte, und wollte sie zerstören, deshalb hab ich sie gesucht. Ich wollte verhindern, dass sie einen neuen Träger findet. Deine Eltern ...« Grossman betrachtete den Sternenhimmel. »Deine Eltern hätte ich auch getötet, wenn es die Kugel gar nicht gegeben hätte.«

Die Worte hallten in mir wider. Ich war immer davon ausgegangen, dass meine Kugel verantwortlich für den Tod meiner Eltern war. Die Erkenntnis, dass ich damit falsch gelegen war, löste ein bittersüßes Gefühl in mir aus.

»Hast du dich jemals gefragt, warum Raven sich in ein Monster verwandelt hat?«, fragte mich Grossman. Ich schüttelte den Kopf.

»Nein ... Ich dachte, er wäre immer schon so gewesen.«

»Da täuschst du dich. Er war ein guter Mensch früher. Mein bester Freund.«

»Und warum hat er sich so verändert?«

»Durch seine Kugel.«

Grossman betrachtete seine Hände, als würden darin die Antworten auf die komplexesten Fragen des Lebens liegen.

»Diese Kugeln sind alles andere als ein Segen, Kyle. Du glaubst wahrscheinlich, dass die Verbindung mit deiner Kugel das Beste ist, das dir je passiert ist. Aber das stimmt nicht. Die Kugeln verderben einen. Und kein Mensch ist in der Lage, sich ihrer Macht zu entziehen. Je stärker du mit deiner Kugel verbunden bist, desto brutaler wirst du im Laufe der Zeit. Bis ihre Dunkelheit am Ende ganz auf dich übergeht.«

Mir fiel wieder ein, was mit Mike in der Bibliothek geschehen war und mit Alfred in der Lu Corporation. Dieses Gefühl ... dieser Drang zu zerstören ... Hatte das etwas mit meiner Kugel zu tun? War es das, wovon Grossman sprach? Allein die Möglichkeit ließ mich schwer schlucken.

»Ich habe dabei zugesehen, wie mein bester Freund allmählich zu Raven wurde. Ich erlebte mit, wie er immer stärker eintauchte in diese dunkle Welt, ohne dass ich irgendetwas dagegen tun konnte, bis ich ihn schließlich für immer verloren hatte und ihn töten musste, um seinem Irrsinn ein Ende zu bereiten. Ich habe mir damals geschworen, dass so etwas nie wieder geschehen darf. Deshalb habe ich jahrelang alles darangesetzt, die übrigen Kugeln zu finden.«

»Um sie zu zerstören.«

»Nein. Ich konnte sie ja nicht zerstören, solange sie mit ihren Trägern verbunden waren, sonst wären die Träger aufgrund der Verbindung auch umgekommen. Ich wollte sie nur fernhalten von den Menschen. Ich wollte sie an einem sicheren Ort verwahren, wo sie niemand jemals finden würde.«

Ich wusste nicht, ob ich ihm glauben sollte. Vielleicht log er ja auch. Aber was, wenn er doch die Wahrheit sagte? Wenn er die Kugeln tatsächlich nie für sich haben wollte?

»Ich bin auch kein Heiliger, Kyle«, fuhr Grossman fort. »Damals ... Als ich dich im Waisenhaus besucht habe. Ich wollte dir erklären, warum wir deine Eltern getötet haben. Ich war bereit, dir alles zu erzählen. Aber als ich dich dann gesehen habe, hat mich der Mut verlassen. Deshalb gab ich mich lieber als deinen Feind aus, der auch dich töten wollte, als dir die Wahrheit zu sagen.«

»Welche Wahrheit?«

»Es gibt etwas im Zusammenhang mit dem Tod deiner Eltern, von dem du nichts weißt ...«

Ich verlagerte mein Gewicht von einem Fuß auf den anderen. Etwas, wovon ich nichts wusste? Ich wartete darauf, dass Grossman weitersprach. Aber dazu sollte es nicht mehr kommen.

»Hübscher Ort für ein Wiedersehen, Adam.«

Raven. Er saß mit herunterbaumelnden Beinen auf einer

der halbverfallenen Mauern und beobachtete uns. Ich griff sofort nach meinen Messern.

Grossman biss die Zähne zusammen. Völlig ausdruckslos sah er zu Raven.

»Es ist viel Zeit vergangen.«

»Zu viel, würde ich sagen«, gab Raven zurück, und in seinen Worten lag Groll. »Als wir uns das letzte Mal sahen, hattest du eine Pistole auf meine Brust gerichtet.«

»Und das würde ich jederzeit wieder tun.«

»Immer noch derselbe Witzbold wie früher«, höhnte Raven. Mit einem Satz sprang er von seinem Aussichtsplatz herunter. Mit der Eleganz einer durchtrainierten Raubkatze landete er auf dem Boden. »Was hast du denn, Adam? Wir waren doch immer gute Freunde, du und ich. Wir haben zusammen ein Imperium aufgebaut ... und dann wirfst du eines Tages einfach alles über Bord.«

»Du warst derjenige, der es zerstört hat. Du hast dich von deiner Kugel mitreißen lassen und in ein niederträchtiges Wesen verwandelt, das wahllos gemordet hat, um zu erreichen, was es wollte.«

»Meine Kugel hat mir nur den Weg gewiesen. Wir Träger sind nicht dazu bestimmt, auf Augenhöhe mit euch anderen zusammenzuleben. Wir sind übergeordnet. Ich habe einfach nur meinen rechtmäßigen Platz innerhalb der Pyramide der Menschheit eingenommen. An der Spitze. Wo ich hingehöre.«

Wovon redete dieser Irre eigentlich? Übergeordnet? Pyramide?

»Du bist ja noch durchgeknallter, als ich dachte«, sagte ich.

»Und du bist viel zu sehr beeinflusst von deinen so geschätzten Freunden – deshalb siehst du gar nicht mehr, dass ich recht habe. Ich hätte sie erledigen sollen, als ich die Gelegenheit dazu hatte. Dann hätte ich dich wenigstens von ihrem Einfluss befreit. Wobei – das kann ich ja immer noch tun. Wenn mich nicht alles täuscht, warten sie draußen ... Stimmt's?«

Er reckte sich und sah durch die Bäume zum Einfahrtstor von Cotton Hill. Ich wusste, was er dachte. Er wollte sie töten ... So wie er es immer tat. Wenn ihm jemand lästig war, räumte er ihn einfach aus dem Weg.

Aber ich würde nicht zulassen, dass Raven Miranda und Len noch einmal zu nahe kam. Ich wollte sie nicht verlieren. Ich würde sie beschützen. Ich hielt meine Messer noch fester. Und dann tat ich etwas, das mich selbst überraschte.

Bevor Raven auch nur einen Schritt tun konnte, warf ich meine Waffen nach ihm.

Ich hatte schon immer gut gezielt, aber dieser Wurf war der beste meines Lebens. Die Messerspitzen drangen genau zwischen seinen Augen in die goldene Maske ein.

Es herrschte absolute Stille.

Dann tat sich an der Stelle, an der die Messer den Stahl durchdrungen hatten, ein Riss auf. Ich hörte ein Knacken. Und dann brach Ravens Maske in der Mitte auseinander.

KAPITEL 49

Die Bruchstücke der Maske fielen zu Boden und blieben zu beiden Seiten neben Raven liegen. Ich hatte mir nie vorgestellt, wie sein Gesicht aussah. Es hatte mich nie besonders interessiert. Ich wollte einfach nur, dass er genauso schnell wieder aus meinem Leben verschwand, wie er aufgetaucht war. Und dennoch war ich jetzt ... jetzt ...

Ich kannte diesen Menschen, der sich bis eben noch hinter der goldenen Maske verborgen hatte. Ich hatte ihn schon oft gesehen. Als ich klein war. Und auch in jener Nacht ... Als Grossman in Cotton Hill eingedrungen war. Er war das Letzte, was ich gesehen hatte, bevor ich geflohen war ...

Er war alt geworden. Falten zogen sich durch seine Haut, und über seine rechte Gesichtshälfte verlief eine riesige Brandwunde, die sich am Hals fortsetzte. Aber seine Gesichtszüge waren immer noch dieselben, an die ich mich so gut erinnern konnte. Dieselben Augen ... Dasselbe Lächeln ...

Er war es.

Er war es ...

Aber das konnte nicht sein ... Ich hatte ihn doch sterben

sehen. Ich hatte doch gesehen, wie Adam Grossman ihn erschoss. Ich hatte doch sein Blut auf dem Boden gesehen. Ich sah es vor mir, verdammt! Wie konnte er jetzt hier sein? Denn er war es. Da war ich ganz sicher ...

»Vater ...«

Ravens Mundwinkel zogen sich nach oben.

»Hallo, mein Sohn. Du bist groß geworden.«

Das ... Das ... Das konnte nicht ...

Im Gegensatz zu mir schien Grossman nicht überrascht.

»Richard. Du hast dich nicht verändert.«

»Das kann ich nur zurückgeben.«

Schlief ich etwa? War das hier ein Traum ... Oder besser: ein Albtraum?

»Du ... du lebst«, flüsterte ich.

»So ist es, Jayson.« Er kam auf mich zu. Einen Schritt. Noch einen ... Unter seinen Füßen zerfiel das herabgefallene Laub und brachen vertrocknete Zweige. Er fasste mich sanft am Kinn und brachte mich dazu, den Kopf zu heben und ihn anzusehen. »Du siehst mir so ähnlich ...«

»Lass ihn los, Richard«, sagte Grossman. Mein Vater schürzte die Lippen, die Unterbrechung störte ihn. Ein Ausdruck von Wut fegte die Sanftheit fort, die ich gerade noch an ihm gespürt hatte. Nie zuvor hatte ich einen solchen Hass bei jemandem gesehen. Dass es ausgerechnet bei meinem eigenen Vater war, ließ mich erschaudern. »Er ist nicht wie du.«

»Aber er wird es sein. Eines Tages. Das weißt du genauso gut wie ich.« Er strich mir übers Haar. »Mein kleiner Jayson ...«

Stück für Stück fügten sich die Einzelteile zusammen. Mein Vater ... Raven ... Grossman ... Das, was in jener Nacht geschehen war ... *die Wahrheit*. Mir entfuhr ein Stöhnen.

Nein, bitte nicht ...

»Du ... du ...« In meinem Kopf drehte sich alles, als würde ich in einem Karussell sitzen. »Du bist ...«

»Ja.«

»Du bist ...«

»Sag es, Jayson«, zischte mein Vater. »Sag meinen Namen.«

Ich sah zu Grossman, in der Hoffnung, er würde mir zu verstehen geben, dass das alles nicht wahr war. Dass ich einfach nicht weiter auf Raven achten solle. Stattdessen traf mich ein Ausdruck von Mitgefühl. »Da hast du jetzt, was du gesucht hast, Kyle.«

»Sag es, Jayson«, wiederholte mein Vater mit Nachdruck.

Ich versuchte, mich davon zu überzeugen, dass das alles nicht den geringsten Sinn ergab. Mein Vater konnte nicht Raven sein. Er war doch mein Vorbild. Das war er immer schon gewesen. Ich hatte immer wie er sein wollen ... Hatte ich mein ganzes Leben lang zu einem Mörder aufgesehen?

Ein Teil von mir machte sich noch lustig über diese Vorstellung ... Aber der andere Teil fing langsam an, die Wahrheit zu begreifen. Ich hatte es nicht sehen wollen. Dabei hatte alles direkt vor meiner Nase gelegen. Die Teile passten perfekt zusammen. Ich hatte nur einfach nicht hingesehen.

»Sag es!«

»Raven«, sagte ich. Mein Vater sah mich zufrieden an.

»Brav. Guter Junge. So ist es recht, mein Sohn.« Etwas in seiner Stimme, in seiner Art zu sprechen, rief Abscheu in mir hervor. Vielleicht war es auch nur die Art, wie er die Worte in die Länge zog, so als würde er wie ein wildes Tier nur auf den richtigen Moment warten, um zuzubeißen. »Vor zehn Jahren hat man versucht, mich umzubringen. Sie haben einfach nicht verstanden, wie grandios mein Plan war. Sie waren neidisch auf das, was ich erreicht hatte. Aber sie haben mich unterschätzt ...«

Er hob den linken Arm. Bis auf Augenhöhe, damit ich ihn auch gut sehen konnte. Mit einem Ruck riss er sich die Haut herunter. Wie eine Hülle zog er sie einfach ab. Und tatsächlich war es genau das. Eine Hülle, unter der sich eine Metallprothese verbarg. Eine riesige Leere tat sich in mir auf. Das Einzige, was man damals von meinem Vater in Cotton Hill gefunden hatte, war ein Arm gewesen ... Der linke Arm ... Die Polizei glaubte, dass sein Körper durch die Heftigkeit der Explosion einfach zerfetzt worden war, aber ...

»Ich habe ihn mir damals abgetrennt, um mein Alibi auch glaubwürdig aussehen zu lassen. Niemand hat an meinem Tod gezweifelt. Und das ...« Er sah sich um, sein Blick erstreckte sich über Cotton Hill. »Ich habe damals das Feuer gelegt, um eventuelle Spuren zu vernichten.«

»Aber Grossman hat doch auf dich geschossen ...« Ich konnte es noch immer nicht fassen. Es schien mir völlig surreal.

»Ich habe eine kugelsichere Weste getragen. Dank ihr stehe ich heute hier.«

»Ist Mama auch am Leben?«, flüsterte ich.

»Nein. Manchmal muss man Opfer bringen ...«

Ich hörte auf zu atmen, als hätte ich vergessen, wie das ging.

»Du hast sie sterben lassen?«, fragte ich mit dünner Stimme.

»Ja.«

»Du hast nichts getan, um sie zu schützen?«

»Ich hab es dir doch schon gesagt. Ihr Tod war notwendig.«

»Kein Tod ist notwendig!«, schrie ich.

»Sie oder ich, das war die Frage. Da musste ich nicht lange überlegen.«

Angewidert wandte ich mich von ihm ab. Ich wollte ihm nicht mehr zuhören. Wollte gar nichts mehr hören.

Also war er es, der unsere Familie zerstört hatte ... Der meine Mutter hatte sterben lassen ... Der Miranda entführt hatte ... Der die Wachleute in der Grossman'schen Villa ermordet hatte ... Der mich mit einem Dolch verletzt hatte ...

»Ich habe gewartet, bis du so weit sein würdest. Habe dich auf die Probe gestellt. Wollte mal sehen, wozu du in der Lage bist. Ich brauche schließlich einen starken Nachkommen. Und den habe ich nun. Wir beide werden die Vergangenheit wieder aufleben lassen ... Jetzt kann uns nichts mehr trennen, mein Junge.«

Grossman sah mich aus den Augenwinkeln an. Er war in Alarmbereitschaft versetzt, erwartete angespannt, wie ich reagieren würde. Auch mein Vater harrte meiner Antwort. Mich mit ihm zusammentun? Mich mit ihm verbünden? Die karmesinrote Kugel leuchtete triumphierend in seiner Hand. Ihr Nebel umgab uns beide. Es war, als spürte ich die Arme meines Vaters um mich ... Ravens Arme ...

»Wir werden wieder eine Familie sein. Alles wird wie früher sein.«

War es das, was ich wollte? Dabei zusehen, wie mein Vater sich erneut in einen Albtraum verwandelte?

»Das glaube ich kaum ...«, sagte ich so leise, dass niemand außer mir meine Antwort hören konnte.

»Was sagst du, Junge?«

»Ich habe gesagt ...«, ich trat einen Schritt zurück, »das glaube ich kaum!«

Die Kugel meines Vaters gab ein Kreischen von sich. Ihr Nebel wand sich. Getroffen ... Verärgert ... Ich nutzte den kurzen Moment der Verstörtheit und versetzte ihr einen Fußtritt. Sie flog ihm aus der Hand. Als das Glas auf dem Boden aufkam, stieß mein Vater einen Schmerzensschrei aus. Sein Gesicht wurde feuerrot.

Ich hob eines meiner Messer vom Boden auf und zielte damit auf ihn. Wenn ich ihn am Leben ließ, würde Raven wieder auferstehen. Das durfte ich nicht zulassen. Aber dennoch zitterte mein Arm. Ich konnte den Griff kaum halten. *Ich kann nicht. Ich kann es nicht tun ...*

»Das ist doch ...«, zischte Raven mit bösem Grinsen. »Wenn du deinen eigenen Vater töten kannst, dann bist du wahrhaft bereit, meine Nachfolge anzutreten.«

»Du bist nicht mein Vater! Du bist ein Schatten dessen, was er einmal war. Richard Blake ist vor zehn Jahren gestorben. Wer du bist, weiß ich nicht.«

»Wie kannst du es wagen!«, brüllte er außer sich vor Wut. »Du hast mir alles zu verdanken! Ohne mich würdest du immer noch in diesem elenden Waisenhaus vor dich hin vegetieren, zusammen mit deinen ›lieben‹ Freunden. Meine Kugel war es, die dich dort rausgeholt hat! Zero existiert nur, weil *ich* es so wollte. Ohne mich wärst du nie der geworden, der du bist.«

»Hör auf!«

»Ich wusste, dass ich ohne Zero an meiner Seite nie mehr zu meiner Macht zurückfinden würde. Deshalb habe ich Zero *erschaffen* ... Oder was denkst du, warum ich dir die Kugel damals gegeben habe?«

»Es reicht!« Ich hielt mir die Ohren zu.

Was war das für ein Gefühl, das ich empfand? Wut? Enttäuschung? Oder ... eine Mischung aus beidem? Meine Welt brach in sich zusammen. Und jedes einzelne herunterfallende Stück bereitete mir unendliche Schmerzen. Mein Vater ... Zero ...

Mein ganzes Leben war eine einzige Lüge gewesen.

»Verstehst du jetzt?«, fragte er. »Ich habe dich zurückgelassen, damit du zu dem wirst, der du bist.«

»Nein. Du hast mich zurückgelassen, damit ich zu dem

werde, der *du* bist«, sagte ich. »Tut mir wirklich leid, Vater, aber da werde ich wohl passen.«

»Ich habe deine Zukunft schon gesehen, Jayson. Es nützt nichts, zurückzuweisen, was dich sowieso erwartet.«

»Das wird sich ja zeigen. Keine Vorhersage ist unfehlbar. Ich ändere die Zukunft einfach und baue mir eine neue.«

»Das schaffst du nie!«

»Ich habe schon schwierigere Dinge hinbekommen.«

Ich ließ das Messer sinken. Ich konnte ihn nicht töten. Ich war kein Mörder. Ich war nicht wie er.

»Ich werde nicht zulassen, dass du dein Talent vergeudest, Jayson!«, brüllte mein Vater.

»Lieber vergeude ich dieses Talent, das dir so viel bedeutet, als bei dir zu sein.«

»Das will ich nicht noch mal von dir hören! Nie wieder!«

Ich weiß nicht, woher er die Kraft nahm. Er blutete und hatte sicher eine gebrochene Rippe durch den Aufprall seiner Kugel. Aber trotzdem stand er auf, als hätte er keinen Kratzer abbekommen, und knallte mir eine. Die Ohrfeige ließ mich zurücktaumeln. Das Messer glitt mir aus den Fingern.

Ich wollte es mir zurückholen, aber ich war zu langsam. Ehe ich's mich versah, hatte sich mein Vater die Waffe geschnappt.

»Wenn du nicht für mich bist, dann bist du gegen mich, Jayson.«

Ja, kein Zweifel. Ich sah weder Reue in seinen Augen noch Unsicherheit. Er nahm einfach das Messer zwischen zwei Finger und warf es nach mir.

Alles geschah sehr schnell.

Ich konnte mich nicht mehr wegbewegen.

Bevor ich es richtig realisierte, flog das Messer schon in meine Richtung. Ich schloss die Augen. Und wartete darauf, dass die Klinge in meinen Körper eindrang.

KAPITEL 50

Ich vernahm ein dumpfes Geräusch. Metall, das sich in menschliches Fleisch gräbt. Es erinnerte mich an den Moment, in dem sich Ravens Dolch in der St.-Michael-Klinik in meine Schulter gebohrt hatte. Nur dass ich diesmal überhaupt keinen Schmerz verspürte. *Wie seltsam* ... Ich dachte, ich würde schreien, bis mir die Stimme versagte. Stattdessen fühlte ich mich genauso gut wie zuvor. *Irgendwas stimmt hier nicht* ...

Ich öffnete die Augen. Als Erstes sah ich einen Rücken. Genau vor mir. Zwei kräftige Schultern, hinter denen ich fast komplett verschwand ... Ich wusste, wem diese Schultern gehörten ...

»Mr. Grossman ...« Er drehte sich um. Lächelte mich an. Und dann sah ich den Griff meines Messers. Wie er aus seiner Brust ragte. Auf Höhe des Herzens. »Wa... warum?«

Er strauchelte. Ich reagierte reflexartig und stützte ihn. Ich bremste seinen Fall und legte ihn im Gras ab. Er hatte mich geschützt. Nein ... Er hatte mir das Leben gerettet.

»Ein Trottel bis zum bitteren Ende«, zischte mein Vater. Er beobachtete die Szene mit leidenschaftlichem Desinteresse.

»Na ja, was soll's. Ich hätte ihn sowieso getötet. Jetzt hat er sein Schicksal eben vorweggenommen.«

Seine Kälte machte mich wütend. Rasender Zorn überkam mich. Und wurde zu einer Gluthitze, die die letzten Reste meiner Gefühle verschlang. Ich ließ Grossman liegen und stand mit geballten Fäusten auf.

Eines meiner Messer war mir noch geblieben. Ich zog es heraus, und ohne weiter nachzudenken, stürzte ich los.

Meinem Vater war klar, dass ich ihn angreifen würde. Seine Kugel hatte ihn gewarnt. Er wich mir mühelos aus und versuchte, mir einen Schlag zu versetzen. Ich sprang zur Seite und fiel ihn wie besessen an. Er wich zurück.

»Na, also! Das ist der Junge, den ich immer wollte. Los, Jayson!«

Seinem nächsten Schlag konnte ich nicht so leicht entgehen. Er traf mich mit dem Handrücken und schleuderte mich zu Boden.

»Schade nur, dass du nicht der Vater bist, den ich immer wollte«, stammelte ich. Er stieß mir den Fuß ins Gesicht.

»Du musst dich ganz schön ranhalten, um mich kleinzukriegen. Und weißt du auch, warum? Weil meine Kugel mir einfach alles offenlegen kann, was egal wer vorhat. Nichts geschieht, ohne dass ich es mitbekomme. Und das macht mich allmächtig. Du dagegen kannst nur vorhersehen, was dir selbst geschehen wird. Du wirst immer im Nachteil sein.«

Ich rollte mich herum, damit er mich nicht noch einmal treten konnte, und schnitt ihm ins Bein. Nicht besonders tief, aber doch tief genug, dass ihm ein Stöhnen entfuhr.

»Glaubst du vielleicht, der Kratzer ändert irgendwas?«, fragte er sarkastisch.

Sein nächster Angriff untermauerte seine Worte. Er traf mich voll in den Bauch. Ich ächzte, und das schien ihm zu missfallen. Wahrscheinlich sah er es als Zeichen von Schwäche an. Wieder schlug er mich. Einmal. Und noch mal. Bis mir alles so wehtat, dass ich mich nicht mal mehr aufrichten konnte.

Er packte mich mit seinem Metallarm am Hals und hob mich in die Luft.

»Du bist doch nur ein Rotzlöffel, der Robin Hood spielt.« Ich packte sein Handgelenk und zog daran, um mich loszumachen, bevor er mich erwürgte. Aber es gelang mir nicht. Mit seiner Metallkralle konnte ich nicht mithalten.

»Kyle ...«, flüsterte Grossman.

»Dich hat niemand um deine Meinung gebeten, Adam. Du bleibst besser ...«

Wie aus dem Nichts unterbrach ein Schuss unseren Kampf. Die Kugel flog genau zwischen mir und meinem Vater hindurch und streifte sein Gesicht, wobei sie eine Kerbe auf seiner Wange hinterließ.

»Ich habe absichtlich danebengeschossen. Beim nächsten Mal hast du nicht mehr so viel Glück.«

Wer zum Teufel ...? Ich hob den Kopf. Cooper. Er stand ein paar Meter von uns entfernt und hatte die Pistole auf meinen Vater gerichtet. Sein Gewicht hatte er auf ein Bein verlagert, und sein linker Arm hing leblos herab. Es war mir unerklärlich, wie er es geschafft hatte, aus dem Auto auszusteigen.

»Hey! Unser kleines Freundestreffen wird ja immer bunter. Der gute alte Detective Cooper hat sich herabgelassen, uns einen Besuch abzustatten.«

»Ich hatte gehofft, dass du längst in der Hölle schmorst.«

»Wie du siehst, ist das nicht der Fall. Und du scheinst ja auch noch am Leben zu sein.« Mein Vater lockerte seinen Griff und ich fiel auf den Boden. »Du bist damals nur knapp davongekommen, aber ich kann dir versichern, dass du nicht immer ein solches Glück haben wirst. Du stehst auf meiner Liste. Und du wirst sterben. Das verspreche ich dir. Aber ich bin ein geduldiger Mensch und lasse mir noch ein bisschen Zeit, bis ich dich töte. Das hier ist schließlich erst der Anfang ...«, sagte Raven.

Cooper näherte seinen Finger zum zweiten Mal dem Abzug, aber es fiel kein Schuss. Bevor er abdrücken konnte, war sein Körper plötzlich voller roter Punkte. Er war selbst zur Zielscheibe geworden.

Als ich mich umsah, begriff ich, was los war. Dutzende Schatten hatten uns eingekreist. In der Dunkelheit der Nacht konnte ich ihre Gesichter nicht sehen. Aber das war auch nicht nötig. Ich wusste intuitiv, wer es war. Boundell. Cassandra. Auch Rattengesicht und Langarm.

Ravens Anhänger.

»Nicht töten«, befahl Raven. »Ich will mich noch ein bisschen mit ihnen vergnügen.« Die roten Pünktchen verschwanden von Cooper. »Aber zuerst sollen sie noch sehen, was ich mit der Stadt anstellen werde. Und dann kümmere ich mich persönlich um sie.«

Er untermalte seine Worte mit einem abgefeimten Grinsen, und dann ging er weg, als hätte er plötzlich das Interesse verloren. Er sah mich nicht mal mehr an. Wie Abfall, der keinen Blick mehr wert war, ließ er mich am Boden liegen und verlor sich in der Nacht, gefolgt von seinen fanatischen Verbündeten.

Ich versuchte nicht, ihm nachzulaufen. Ich hätte es auch gar nicht gekonnt. Ich hatte mehrere Knochenbrüche und mein rechtes Bein war völlig im Eimer. In diesem Zustand hätte ich keine Chance gegen ihn.

Ich schleppte mich zu Adam Grossman und ließ mich neben ihn fallen. Er lebte noch, aber seine Atmung war schwach.

»Blake ...«, flüsterte er.

»Hier.« Ich beugte mich vor, damit er mich sehen konnte. Dabei musste ich die Tränen unterdrücken. Mein ganzer Körper tat weh. Cooper war plötzlich an unserer Seite und kniete sich neben mich.

»Alles in Ordnung?«

»Ja.« Aber ich war nicht in Ordnung. Die Schläge meines Vaters schmerzten mich und mehr noch die, die man nicht sehen konnte. Ich bedeckte Grossmans Wunde mit der Hand. Wir wussten beide, dass das nichts bringen würde. Sein Hemd war voller Blut.

»Du warst immer schon ein alter Dickkopf«, murmelte Cooper. Grossman lachte widerwillig.

»Da siehst du es mal, Bruder. Es hat sich nichts geändert.«

»Warum haben Sie das getan?«, fragte ich.

»Du hast es nicht verdient, zu sterben. Ich dagegen habe so viele Fehler begangen ... Werde nicht wie er. Tue alles, was du kannst, damit deine Kugel ... dich niemals beherrscht ... Nur so kannst du verhindern ...«

Die Kräfte verließen ihn. Aber ich wusste auch so, wie sein Satz enden würde. Verhindern, dass ich eines Tages zu meinem Vater werden würde. Zu Raven. Nur ... War ich das nicht schon? War ich vielleicht nicht kurz davor gewesen, Mike und Alfred umzubringen?

Die Kugel beeinflusste mich schon mehr, als Grossman dachte.

»Du musst keine Angst haben, Kyle«, flüsterte Grossman.

»Ich weiß. Es ist nur ... Was, wenn ich es nicht schaffe? Wenn ich denselben Weg gehe wie mein Vater?«

»Das wirst du nicht. Du bist anders. Du hättest uns erledigen können für das, was wir dir angetan haben, aber das hast du nicht. Deshalb glaube ich an dich. Wenn überhaupt jemand unsere Fehler wieder gutmachen kann, dann bist du das. Dein Vater hat viele Anhänger. Er wird sie benutzen, um dich einzuschüchtern. Du darfst sie nicht die Oberhand gewinnen lassen. Richte ihn zugrunde ... Aber ohne in denselben dunklen Schacht zu fallen.«

Etwas in der Art hatte Timothy auch zu mir gesagt, bevor er starb.

»Ich werde es versuchen.« Grossman krampfte sich unter Schmerzen zusammen.

»Wie anders wäre alles gekommen, wenn ich dich aufgezogen hätte wie einen eigenen Sohn. Du wärst Michael ein guter Bruder gewesen ...«

Er legte mir die Hand auf die Wange.

»Vergiss nie, wer du bist, Jayson. Niemals.«

Und dann hörte er auf zu atmen. Der Mensch, den ich jahrelang gehasst hatte, derselbe, der mir das Leben gerettet hatte, starb in meinen Armen.

Ich umarmte ihn und weinte echte Tränen, das erste Mal seit vielen Jahren.

Um ihn.

Um mich.

Wegen der Lüge, in der ich gelebt hatte.

Und wegen der Zukunft, die mich erwartete.

KAPITEL 51

Der Friedhof war voller Menschen. Viele bekannte Gesichter. Schulkameraden aus Drayton. Und an der Spitze des Trauerzugs, direkt neben dem Pfarrer, lief Mike. Marissa Grossman hatte sich bei ihm eingehängt, sie stützte sich auf ihren Sohn, als wäre sie nicht in der Lage, auch nur einen Schritt allein zu tun. Noch nie hatte sie so alt ausgesehen. Sie trug keinen Schmuck. Nur ein einfaches schwarzes Kleid.

Auch Mike war in Trauerkleidung. Und Neal, der direkt hinter ihm lief. Wenige Stunden zuvor war seine Mutter begraben worden. Seitdem hatte er kein Wort gesprochen. Er starrte nur auf den Boden, während er sich wie ein Roboter vorwärtsbewegte. Lauren war nirgends zu sehen. Sie war verschwunden. Seit sie vom Tod ihres Vaters gehört hatte, hatte sie niemand mehr gesehen. Und das lag jetzt schon über fünf Tage zurück. Die Polizei hatte sie noch nicht gefunden.

Len und Miranda hielten sich diskret im Hintergrund. Sebastian war bei ihnen. Ich hatte nicht viel mit ihm gesprochen seit den Ereignissen in Cotton Hill. Als er mich bei meiner Tante besucht hatte, hatte ich ihm eine einzige Frage gestellt.

»Hast du ihm geholfen bei dem, was er getan hat?« Sein versteinerter Ausdruck war eine mehr als ausreichende Antwort gewesen.

»Kyle.«

Tante Jane erschien neben mir.

»Du solltest dich ausruhen. Du bist doch eben erst aus dem Krankenhaus entlassen worden.«

»Ich habe mich genug ausgeruht.« Meine Stimme klang schwach und rau. Ein Spiegel meines Zustands. Ich ging auf eine Krücke gestützt, und mein Körper schmerzte wie nie zuvor. Das Bein, das ich mir in der Villa Morrison gebrochen hatte, war noch nicht wieder gesund. Genauso wenig wie der Arm, den mir mein Vater gebrochen hatte. Ich trug ihn in einer Schlinge. Aber es gab noch ganze andere Wunden, viel tiefere, die auch der beste Chirurg nicht heilen konnte.

»Ich wollte dich beschützen, deshalb habe ich dir nie die Wahrheit gesagt«, sagte Tante Jane. »Viele Träger, die deinen Vater hassten, hätten dich nur zu gerne in ihre Finger bekommen. Sie hatten Angst, dass du genauso werden würdest wie er, und waren auf der Suche nach dir, um dich zu töten. Deshalb habe ich dich versteckt, so gut ich konnte. Ich ließ dich Zero sein. Zurückholen, was immer du wolltest. Alles, was dich nur irgendwie von den Blakes fernhalten konnte.« Sie sah zum Himmel und seufzte. »Richard und ich waren seit unserer Kindheit befreundet. Wir sind zusammen aufgewachsen ... Ich war es auch, die als Erste bemerkt hatte, dass er sich veränderte. Ich habe versucht, ihn zur Vernunft zu bringen. Aber es ging nicht. Eines Tages hat er dann versucht, mich umzubringen, und ich bin geflohen. Ich hatte Angst. Also habe ich mich ferngehalten von ihm, von Allison, von dir ... Ich bin erst zurück, als ich von seinem Tod erfuhr und davon, dass du im Waisenhaus warst. Ich konnte dich nicht allein lassen. Wegen dir bin ich zurückgekommen. Aber wer dein Vater wirklich war, habe ich dir nicht gesagt.«

»Und warum nicht?«

»Du hattest ein ganz anderes Bild von Richard als wir anderen. Dir sein Erbe zurückzuholen, gab dir einen Grund weiterzuleben, im und nach dem Waisenhaus. Und ich wollte die Hoffnung nicht zerstören, die du darin gefunden hattest.«

»Ich hätte lieber die Wahrheit gewusst.«

»Und wenn – hätte das denn etwas geändert?«

Vielleicht nicht ... vielleicht aber auch schon. *Wer konnte das schon wissen ...*

»Aber jetzt wird sowieso alles anders werden. Dein Vater wird dich im Blick behalten, und wenn er es nicht tut, dann eben die anderen Träger. Glaubst du vielleicht, sie wissen nicht, was geschehen ist? Dass du es warst, der Ravens Kugel aus Blackforest gestohlen hast? Sie werden denken, dass du auf seiner Seite stehst, Kyle.«

»Ich weiß«, antwortete ich.

»Es ist gefährlich, aus Los Angeles wegzugehen.«

»Ich *muss* aber weg.« Ich verlagerte mein Gewicht auf die Krücke. »Ich muss nachdenken über das, was geschehen ist.«

Was ich eigentlich brauchte, war Zeit. Um Antworten zu finden. Jetzt, wo das, woran ich geglaubt hatte, in sich zusammengefallen war, fühlte ich mich leer. Ich wusste nicht, welchen Weg ich einschlagen sollte. Ich war mir nicht mal im Klaren darüber, ob Zero weiterhin existieren sollte. Wofür?

»Ich hoffe nur, dass du mir eines Tages verzeihen kannst, Kyle.«

»Es gibt nichts zu verzeihen. Ich weiß ja, dass du es zu meinem Besten getan hast.«

Ich drückte ihre Hand und ging zu dem Trauerzug zurück, der Adams Sarg ins Familiengrab der Grossmans geleitete.

Jane begleitete mich noch ein kurzes Stück. Dann ließ sie mich allein. Ich folgte den Worten des Pfarrers, der über das Verzeihen predigte und die Gutherzigkeit von Adam Grossman pries ... Was wusste der schon von Grossman? Wobei, wenn man ehrlich war – was wusste *ich* schon von ihm?

Als der Pfarrer fertig war, löste sich Mike aus der Gruppe und trat an den Sarg seines Vaters. Er strich über den Sargdeckel und hob dabei den Kopf.

Unsere Blicke trafen sich.

Er wusste nicht, wie Grossman gestorben war. Auch nicht, wer es gewesen war. In der offiziellen Version war von einem unglückseligen Unfall auf einem seit Jahren verlassenen Grundstück die Rede. Der Rest der Geschichte war von Tante Jane unter Verschluss gehalten worden. Sie hatte die Berichte fälschen lassen, damit die Wahrheit nicht ans Licht käme.

Ich sah zu Boden, um den Blickkontakt mit Mike zu unterbrechen. Ich konnte ihm einfach nicht in die Augen sehen. Ich konnte seinem Blick nicht standhalten, ohne mich noch schuldiger zu fühlen, als ich es ohnehin schon tat.

Eine Hand legte sich auf meine Schulter. Es war Cooper. Er sah besser aus als in Cotton Hill. Und an seinem Gürtel hing auch wieder seine Marke, die ihn als Detective von Los Angeles auswies, gleich neben seiner Dienstwaffe.

»Sie sind wieder im Dienst, Detective?«, fragte ich.

»So ist es. Dein Video hat meine Vorgesetzten wohl endgültig von meinen ›Fähigkeiten‹ überzeugt, und sie haben mich wieder in die Einheit aufgenommen.« Er holte seine Zigarettenschachtel aus der Tasche und nahm eine Zigarette heraus. »Ich wurde mit Ravens Festnahme beauftragt. Der Bürgermeister ist ziemlich panisch. Er lässt mir völlig freie Hand zu tun, was immer ich für richtig halte, solange ich ihn nur zu fassen bekomme. Und was hast du vor, Bradford?«

Ich hatte keine Lust, mich mit der Frage auseinanderzusetzen, und antwortete nicht.

»Ich habe niemandem erzählt, was ich über dich weiß.«

»Warum nicht? Ich werde es Ihnen diesmal nicht besonders schwer machen. Ich bin Zero, das wissen wir beide. Die nötigen Beweise finden Sie bei mir zu Hause.«

»Ja, da hast du wahrscheinlich recht. Ich könnte dich noch heute erledigen und dich für all die Demütigungen zahlen lassen, die ich in den vergangenen Monaten erleiden musste.«

»Und worauf warten Sie noch?«

Cooper steckte sich die Zigarette zwischen die Lippen.

»Mein Team ist hochmotiviert, Raven festzunehmen und zu verhindern, dass sich die Geschehnisse von vor zehn Jahren wiederholen. Aber ich brauche jemanden, der versteht, wie Raven denkt, und der über gewisse Talente verfügt, die wir nicht haben.«

»Soll das ein Angebot sein, Detective Cooper?«

»Deine Freiheit gegen Raven.«

»Sie wollen, dass ich für Sie arbeite?«

»Genau.«

»Ich dachte, Sie hassen mich.«

»Ich hasse dich auch. Aber Raven festzunehmen, hat für mich eben Vorrang.«

»Ich bin doch kein Söldner.«

»Und ich kann dir deine Freiheit nicht garantieren, wenn du nicht auf meinen Deal eingehst.«

Mir war klar, was das bedeutete. Die Polizei würde versuchen, mich festzunehmen. Sie hatten mich schon umzingelt. Ich bräuchte nur einen Fuß aus dem Friedhof zu setzen, und sie würden zuschlagen.

Ich wandte mich um und ging in Richtung Ausgang.

Cooper machte keine Anstalten, mich aufzuhalten.

Tante Jane wartete neben einem brandneuen roten Sportwagen auf mich. Mit ihm wollte ich die Stadt verlassen. Er war zwar nicht besonders unauffällig, dafür aber sehr schnell. In weniger als einer Stunde wäre ich weit von der Stadt entfernt. Hatte der gute Detective wirklich angenommen, ich hätte sein abgekartetes Spiel nicht kommen sehen?

»Was wollte Dimitri denn von dir?«, fragte Jane.

»Ach, nichts Besonderes«, antwortete ich. Sie hielt meine Krücke, während ich mich auf den Fahrersitz hievte. »Kannst du mir einen Gefallen tun?«

»Aber natürlich, mein Liebling.«

»Sag Len und Miranda, dass sie nicht nach mir suchen sollen ...« Ich zögerte. Es gab so vieles, was ich ihnen sagen wollte, dass es mir unmöglich war, mich auf eine Sache zu beschränken. »Nein, sag ihnen am besten gar nichts.«

Ich schloss die Tür. Ich hatte kein Gepäck dabei. Nur die Kleider, die ich trug, meine Kugel und etwas Geld. Wohin ich wollte, wusste ich nicht.

»Wir werden auf dich warten, Kyle«, sagte Tante Jane leise.

Ich nickte. Von weitem hörte ich Polizeisirenen.

Die Jagd begann.

EPILOG

Es klopfte. Das war sicher seine Mutter. Sie versuchte schon seit der Beerdigung, mit ihm zu reden. Aber Mike ging ihr aus dem Weg. Er ignorierte sie und sah weiter die Papiere auf dem Schreibtisch seines Vaters durch, konzentriert allein auf das, wonach er schon seit Stunden suchte.

Im Erdgeschoss füllte sich inzwischen der Salon mit den Menschen, die an der Beerdigung teilgenommen hatten und sich jetzt zu Ehren von Adam Grossman den Bauch mit vorbereiteten Kanapées vollschlugen.

Haut doch alle ab.

Eine nach der anderen zog Mike die Schubladen auf und verteilte deren Inhalt auf dem Boden. In einer stieß er auf eine unter einem Ordner verborgene Pistole. Er prüfte das Magazin. Geladen. Er legte sie auf den Tisch und setzte die Suche fort.

Jetzt war nur noch eine Schublade übrig. Er zog am Griff. Sie war verschlossen. Er versuchte es noch einmal. Nichts.

Mike knabberte an seinem Daumen. Ob es wohl da drin war?

Er nahm die Pistole, zielte auf das Schloss und drückte ab.

Seiner Mutter auf der anderen Seite der Tür entfuhr ein Schrei. Er hörte hastige Schritte und wieder Klopfen an der Tür. Unter dem Stimmengewirr konnte er Neals Stimme ausmachen.

Aber Mike ließ sich nicht aus der Ruhe bringen.

Neal und er hatten seit Tagen nicht miteinander gesprochen.

Sie hatten sich entfremdet. Mike ertrug es einfach nicht, Neal andauernd weinen zu sehen. Er konnte sein Gewimmer nicht aushalten. Er war nicht so. Er hatte seine Trauer unter einer Schicht aus brennendem Hass verborgen. Er hatte niemanden seinen Schmerz sehen lassen. Nicht einmal Miranda. Neal dagegen war so etwas von weich ...

Der Einzige, der ihn verstehen könnte, war Kyle.

Aber ihn hatte er seit der Beerdigung nicht mehr gesehen. X-mal hatte er ihn angerufen. Aber das Einzige, was er von ihm zu hören bekommen hatte, war die Mailboxansage gewesen. Wo war sein bester Freund, wenn er ihn am dringendsten brauchte?

Er legte die Pistole zurück auf den Schreibtisch und durchsuchte die letzte Schublade. Halb vergraben unter den Holzsplittern lag ein Heft. Mit grauem Umschlag. Mike erkannte es sofort.

Das war es, was er gesucht hatte.

Adam Grossmans Tagebuch.

Mehr brauchte er nicht, um zu beweisen, dass der Tod seines Vaters kein Unfall gewesen war. Jemand hatte ihn umgebracht. Und Mike wusste auch, wer.

Zero.

Juliettes Haushälterin hatte ihn in die Villa Morrison gehen sehen. Das Gesicht hinter der goldenen Maske verborgen, mit der er auch auf der Versteigerung aufgetaucht war. Sie hatte gesehen, wie er Neals Mutter, ohne mit der Wimper zu zucken, die Kehle durchgeschnitten hatte und dann gegangen war.

Nur nahm ihr die Polizei ihre Geschichte nicht ab.

Aber Mike glaubte ihr.

Und er war überzeugt, dass Zero nicht nur Juliette umgebracht hatte, sondern auch Dan Alec und seinen Vater. Er war es gewesen, der dem Menschen, den er am meisten liebte, ein Messer ins Herz gerammt hatte.

Er schlug das Tagebuch auf. Noch nie hatte er darin gelesen. Sein Vater hatte es ihm ausdrücklich verboten. Auf Mikes Frage nach dem Warum hatte er immer dasselbe geantwortet: »Wenn du eines Tages in der Lage bist, das alles zu verstehen, dann darfst du es lesen.«

Jetzt hatte Mike die Hoffnung, dass sich irgendetwas in diesem Heft verbarg, das ihm nützlich sein könnte. Hatte sein Vater vielleicht etwas Wichtiges über Zero herausgefunden und deshalb sterben müssen?

Er blätterte durch die Seiten und blieb nur kurz an zufällig ausgewählten Absätzen hängen. Richard ... Allison ... Träger ... Blake ... Mörder ... Was hatte das alles zu bedeuten? Er verstand kein Wort. Er wollte das Tagebuch gerade beiseitelegen und sich eingestehen, dass er sich getäuscht hatte, als er es fand. Vier Wörter, ganz am Ende des Buchs hingekritzelt. Das Letzte, was sein Vater geschrieben hatte. Es war kein Datum notiert. Nur ein einziger Satz.

Jayson Blake ist Zero.

Mikes Puls beschleunigte sich. Das war es also ... Die Identität des Hundert-Millionen-Diebs ...

Er lachte laut auf. Es war das erste Lachen, seit er vom Tod seines Vaters erfahren hatte.

Wer auch immer dieser Jayson Blake war ... Und wo auch immer er sich versteckt halten mochte: Er würde ihn finden. Egal, wo er steckte, er würde ihn aufspüren. Ja ... Er würde ihn vernichten, bis nur noch die Erinnerung an seine Existenz übrig wäre.

Von nun an würde er seine ganze Energie auf ein einziges Ziel richten.

Zero zu töten.

Morgan Dark

© privat

Morgan Dark gilt als eine der originellsten Jugendbuchautorinnen überhaupt. Sie gibt sich gerne geheimnisvoll – ihre Identität ist bis heute unbekannt.

Von ihr erschien bereits der Roman *Secret Zero – Das Spiel beginnt ...*